看守我兄长的人

詹姆斯·乔伊斯的早期生活

[爱尔兰] 斯坦尼斯劳斯·乔伊斯◎著
冯建明　张晓青　梅叶萍◎等译

My Brother's Keeper

James Joyce's Early Years

上海三联书店

译作《看守我兄长的人：詹姆斯·乔伊斯的早期生活》为国家社会科学基金课题“爱尔兰文学思潮的流变研究”（15BWW044）和教育部社会科学基金课题“2017年度国别与区域研究中心（备案）：爱尔兰研究中心”（GQ17257）阶段性成果，也是上海对外经贸大学内涵建设课题“乔伊斯与爱尔兰非物质文化遗产”、“《乔伊斯研究》与民族核心价值观”、“‘一带一路’战略格局下的爱尔兰与中国关系研究”（YDYL2018020）和上海对外经贸大学学位点专项研究生创新人才培养建设项目：研究生教育精品课程：《乔伊斯研究》最终成果。

参加本书翻译和校对的成员（按音序排列）

陈喜临　冯建明　韩　冰　侯慧凡　李　欣
林　耘　刘诗雨　梅叶萍　童雨娟　王　盈
应承言　张晓青　张亚蕊

目 录

译者序

若论国别与区域中的人文研究，不可回避对欧洲岛国爱尔兰的研究。在爱尔兰岛上，历史的发展和政治区域变化深刻影响着爱尔兰政治和文化。在总体上，国内外爱尔兰研究已取得巨大进展。自 1979 年 6 月，中国与爱尔兰建交以来，双方彼此信任、相互合作、重视交流，促进经济发展，推动社会繁荣，维护世界和平，并建立了深厚的友谊。在两国的重要城市中，不仅北京与都柏林成为姊妹城市，上海与科克也成为姊妹城市。“中-爱”两国代表性城市之间友好关系的建立颇具含义，进一步加强了“中-爱”友谊的凝聚力。

一、 中国的爱尔兰研究环境

中国的改革开放政策具有重大意义，为中国的爱尔兰研究带来了黄金时期。在爱尔兰政治文化研究领域，中国学术界不断地取得令人瞩目的成就，且近期进一步受到国家教育部的关心和支持。2017 年，我国教育部国际交流与合作司应时代要求，为了加强国别与区域研究力度，首次批准、资助了四家国别与区域研究中心(备案)：“爱尔兰研究中心”。①

---

① 上海对外经贸大学爱尔兰研究中心、北京外国语大学爱尔兰研究中心、大连外国语大学爱尔兰研究中心、河南牧业经济学院爱尔兰研究中心。

中国的爱尔兰研究发展到今天，其所取得的成绩既离不开政府的英明领导和大力支持，也离不开诸多学术团队的共同努力，还离不开各种传播媒介。在斑斓多样的传播媒介中，著作（包括翻译作品）和论文最具影响力。在人们心目中，著作和论文上的“白纸黑字”令人联想到教科书上的词句、宗教经典中的术语、家族长者的嘱咐、社会权威的指示等等，具有一定的权威性，是主流观念的书面表达。

然而，著作、译作、论文的产生并非空穴来风，一定有外在因素的支撑，是社会大背景下的必然产物，或体现了社会发展趋势，或是对文明历史的经验总结。在一定程度上，关注中国的爱尔兰研究著作，讨论爱尔兰作品的汉译作品，分析爱尔兰研究学术论文，无不有助于深入了解爱尔兰政治文化对中国现代社会发展的影响力。

不同时期，中国的爱尔兰研究成果的侧重点不尽相同。在中国“改革开放”初期，中国社会迎来了“科学的春天”，大家以读书为荣，渴望拥有知识，大力汲取西方文明和文化的精华。由于“文革”时期对高等大学教育的弱化，国民大多对外国文学的了解十分有限，大众的外国文学基础普遍薄弱。在中国的爱尔兰研究领域，实际情况类似。在研究水平方面，爱尔兰研究相对于英、美、法三国的研究来说，水平更低。在这个时期，对中国的外国文学研究领域而言，概念的普及十分必要，对专业知识的讲解会有明显效果。这个时期的学者是学术引路人，尽管他们的著作现在看来并不深奥，却为中国的西方文化和文学研究打下了坚实的基础，为中国未来外国文学和文化的研究开辟了宝贵领域。随着中国爱尔兰研究的深入，爱尔兰研究受到新一代学人的重视。爱尔兰研究者借助现代理论，运用美学观点，分析爱尔兰文学的叙事技巧，把中国的爱尔兰研究和爱尔兰作品的翻译水平提高到新高度。多年以来，中国的爱尔兰研究尤其侧重爱尔兰文学、文化、历史和政治等方面研究，并在相关领域积累了一些重要的研究经验和学术成果。

在当前全球经济复苏的步伐缓慢、国际社会面临挑战增多的背景下，中国的诸多部门将在政府支持下，在明年举办一系列“中-爱”建交周年庆祝活动。这些无不表明中国人民对“中-爱”关系的重视，以及对“中-欧”关系的重视。在庆祝活动中，讲好爱尔兰作家与中国的故事，展现中国的爱尔兰研究所取得的众多成果，将有力促进中国和爱尔兰友好城市之间的关系，加深两国人民的友谊，搭建起民心相通的桥梁，为政治和经贸等领域的合作提供保障，服务于国家“一带一路”的战略发展需要。

无论在哪个研究领域，研究著作、翻译作品、学术论文的创作都离不开学者或作者。中国的学者通过创作，不断推进爱尔兰研究，并把爱尔兰政治文化理念介绍给中国，推动了中国与世界接轨的步伐。对于中国的爱尔兰政治文化传播，不同的中国学者通过各异的学术志趣和研究方向，把个人的天赋和对政治文化的理解，以学术作品的形式展现给世人，并不断推动中国的爱尔兰研究的发展。

爱尔兰文学作品是研究爱尔兰政治、文化、经济、历史等诸多方面的宝贵财富。中国的爱尔兰研究学者从文学作品中了解到爱尔兰的传统习俗、文化思潮、学术流派等，这些共同构成了爱尔兰政治和文化体系的重要方面，并使研究成果服务于国家旅游开发、经济发展、总体战略等，增进“中-爱”双方在更多领域的合作，推动“中-爱”两国关系向更高水平发展。

长期以来，上海对外经贸大学爱尔兰研究中心不断努力，致力于探索爱尔兰研究的多个方面，尤其侧重研究爱尔兰文学、文化、历史、政治和经济等方面，并在相关领域积累了一些研究经验和学术成果。随着时代发展，此中心将进一步加强内涵建设，调整研究计划，在国际形势变化中服务于国家发展需要，提升中国的爱尔兰国别研究和教学水平，增强上海市与科克市之间的友好关系。

二、爱尔兰研究中的精选作品翻译和著作撰写

我国的爱尔兰研究与时俱进，紧密联系“一带一路”，重视共建原则。相比古代丝绸之路，“一带一路”更加宽广，其所涉国家更多，共建成果惠及面更广。“一带一路”坚持开放合作，强调合作共赢。这里的“合作”是全方位的，它不但包括经济融合，还兼含政治互信和文化包容等。长期以来，爱尔兰与我国保持了亲密和友好的关系。“中-爱”关系是异国之间合作共赢的范例。

由于历史原因，爱尔兰与英国之间存在诸多联系。对爱尔兰的研究有助于加深欧洲文化发展进程。若谈论爱尔兰文化，必须参考爱尔兰文学和爱尔兰教育。爱尔兰文学蕴含了爱尔兰文化。能完美表达爱尔兰文化的作家很多，而詹姆斯·乔伊斯(James Joyce, 1882—1941)就是最典型的爱尔兰作家之一。对于爱尔兰教育，尤其应关注当今爱尔兰教育。故此，上海对外经贸大学现阶段策划：基于乔伊斯研究，翻译爱尔兰系列作品；并侧重当今爱尔兰教育的研究。

其一，译著《斯蒂芬英雄：〈艺术家年轻时的写照〉初稿的一

部分》(*Stephen Hero*: *Part of the first draft of A Portrait of the Artist as a Young Man*, 1944)。目前,国内尚未出现《斯蒂芬英雄:〈艺术家年轻时的写照〉初稿的一部分》汉译本。该书是欧洲文学巨匠詹姆斯·乔伊斯名著《艺术家年轻时的写照》(*A Portrait of the Artist as a Young Man*, 1916,或译作《青年艺术家的画像》)第一版手稿的部分内容。《斯蒂芬英雄:〈艺术家年轻时的写照〉初稿的一部分》含十二个章节,是乔伊斯的自传性作品,以斯蒂芬·迪达勒斯的早期成长经历为主线,表现了主人公的诗人气质,刻画了他从孩提时期到成年阶段的身心成长过程,并涉及斯蒂芬的家人、朋友、男性和女性、都柏林生活和天主教艺术等,在叙述手法上,比最终出版的《艺术家年轻时的写照》更加生动、具体和详尽,尤其对研究乔伊斯和《艺术家年轻时的写照》具有重要学术价值。

文学是人性重塑的心灵史,它不会游离于文化话语体系之外。乔伊斯生活与创作的时代正是爱尔兰社会发生重大变革的时期,其作品《艺术家年轻时的写照》显出了更多现代主义意味,它将意识流与现实主义的叙事手法糅合在一起,对文学发展带来了重要的影响。相信《斯蒂芬英雄:〈艺术家年轻时的写照〉初稿的一部分》的翻译会进一步加深我国学界对《艺术家年轻时的写照》的研究。

其二,译著《看守我兄长的人:詹姆斯·乔伊斯的早期生活》(*My Brother's Keeper*: *James Joyce's Early Years*, 1958)。乔伊斯的作品充满了爱尔兰性或爱尔兰岛屿特质,对了解、欣赏、研究凯尔特文化积淀极为重要。要研究詹姆斯·乔伊斯,就需多了解该作家的生平。目前,《看守我兄长的人:詹姆斯·乔伊斯的早期生活》尚未有汉语译文。相信该书汉语译著的出版具有现实意义，其将推动我国的乔伊斯研究，有益于我国爱尔兰研究，更能加速国内高校的爱尔兰文学的教学。

《看守我兄长的人：詹姆斯·乔伊斯的早期生活》由詹姆斯·乔伊斯的胞弟斯坦尼斯劳斯·乔伊斯撰写，回忆了与其兄长共同度过的早年生活，是难得的传记性资料，对研究爱尔兰代表性小说家詹姆斯·乔伊斯弥足珍贵。该书由三位作家的成果组成：T. S. 艾略特的“序言”、理查德·艾尔曼所写“介绍”和“注释”以及斯坦尼斯劳斯·乔伊斯所写的回忆录。该书由理查德·艾尔曼编辑。该回忆录分为“故土”“萌芽”“初春”“成熟”和“初放”五部分。该书破解乔伊斯笔下人物原型之谜，揭示其故事情节的起源，探索了乔伊斯的原始材料被加工的程度和方法，把读者的兴趣延伸到乔伊斯的家庭、朋友、他在都柏林生活的每个细节和都柏林的地貌——这个承载着他孩童时期、青少年时期和青年时期的都柏林，帮助读者把握乔伊斯性格与其小说的联系，为研究爱尔兰作家提供一个独特视角。

其三，译著《流亡者》(*Exiles*, 1918)。《流亡者》是三幕剧，由爱尔兰作家詹姆斯·乔伊斯创作。该剧发生在都柏林郊区的梅林和拉尼拉格。该剧主人公是爱尔兰作家理查德·罗恩，他曾自我流放到意大利。1912年夏天，他携带与其私奔十年的情人柏莎返回都柏林，作短暂逗留，并在此期间爱上音乐教师比阿特丽斯·贾斯蒂斯。同时，柏莎则有意于记者罗伯特·汉德。这四个中年人虽有情，却难以沟通，彼此不理解。故此，无论在爱尔兰，还是在海外，他们都不断流亡。该剧除了这四个主要人物，还包含三个次要角色：罗恩与柏莎的儿子阿奇、罗恩家的女仆布里吉德和一个卖鱼妇。作为乔伊斯的唯一剧本，它虽然涉及的人物不多，却清晰地描写出流亡者之间的情感纠葛。乔伊斯运用角色转换手法，表现了现代爱尔兰人的焦虑感和异化感，凸显了20世纪初期西方社会流亡者的孤独感。

其四，研究著作《当代爱尔兰教育概况》(*A Survey of the Education in Contemporary Ireland*)。《当代爱尔兰教育概况》旨在聚焦爱尔兰岛，给当代爱尔兰共和国的教育情况勾勒一个概貌，以便为中国的爱尔兰教育研究的纵深发展，抛砖引玉；该作品包含序、参考书目、后记和由八章构成的主体部分：爱尔兰国情综述、爱尔兰教情概况、爱尔兰基础教育、爱尔兰职业教育和成人教育、爱尔兰高等教育、爱尔兰教育对外开放情况、爱尔兰留学服务信息和爱尔兰办学服务信息。该书依据诸多文艺理论，针对所选定章节的不同内容，采用开放式研究方法，重视爱尔兰历史的作用，关注爱尔兰地域特征，突出凯尔特人的民族性；它既参考纸质版经典、权威的爱尔兰研究资料，也不忽视源于网络的最新信息，避免了片面讨论、分析，从而既提供了当代爱尔兰教育情况的客观信息，也阐明了本书的研究团队对当代爱尔兰教育的主观理念。

上海对外经贸大学爱尔兰研究中心面向未来，展开多项研究，重视翻译的实用价值和现实意义，把握爱尔兰研究的热点，旨在通过翻译爱尔兰研究的系列作品，并探索当今爱尔兰教育的奥秘，为中国的爱尔兰研究增添一砖一瓦。

三、基于“忠实”和“可读”的笔译，探秘当代爱尔兰教育核心特征的研究

近年来，中国政府积极推进孔子学院建设，其在中爱两国发展进程中发挥了重要作用。爱尔兰都柏林大学和科克大学孔子

学院及其他相关机构通过传播中国语言、文化、政治、经济和社会状况，有效增进了爱尔兰对中国的了解，并引发了对方的兴趣，加强了双方的友好关系。在此背景下，爱尔兰与中国关系的研究方兴未艾。

上海对外经贸大学爱尔兰研究中心借助文化研究，并利用现代翻译理论，组织了若干翻译团队。在该翻译团队中，由上海对外经贸大学爱尔兰研究中心主任牵头，为翻译团队成员提供基本资料，制定翻译程序，提出翻译要求，组织团队成员分工协作，定期完成翻译任务。在翻译过程中，每隔一段时间进行讨论，解决翻译难题。翻译之后，采用自校和互校结合的办法以确保翻译质量。该书汉语译文出版前，本课题负责人进行全文校对、修改、重译，撰写前言、后记、附录，负责出版事宜，根据出版社要求，反复修改、校稿、重译等。

当今，翻译领域存在多种翻译原则。对于本翻译团队，“忠实”与“可读”是翻译的核心原则。对于译作，“忠实”不可或缺。这里不再进一步讨论翻译的“忠实”，而是聚焦“可读”。乔伊斯作品晦涩难懂，常被冠以“天书”二字，令人望而却步。乔伊斯作品评论无不涉及晦涩文字。基于“忠实”的“可读”看似容易，但对于乔伊斯作品翻译及乔伊斯评论而言却构成了巨大挑战。

当今世界，乔伊斯研究已取得巨大成就，它为我们团队的翻译提供了便利条件。尽管如此，对于说不尽的乔伊斯，乔伊斯研究并没有终结，它仍处于探索阶段。因此，我们的译文难免存在缺陷。何况，团队协作之优劣同存，其劣势在于：尽管有统一校稿环节，但在遣词习惯方面，团队译作仍不像出自一人手笔。我们的研究团队主要由教师和在读研究生组成，大家牺牲业余时间，不惧艰辛，进行了学术实践和探索。但愿我们能抛砖引玉，为未来乔伊斯作品的翻译和研究提供参考。欢迎大家批评指正。我们也愿不断修订译作。

至于《当代爱尔兰教育概况》,本研究团队聚焦当今爱尔兰教育情况,归纳爱尔兰教育传统特征,指出其独特性,讨论其新趋势和新特征,希望能为中国的爱尔兰教育研究的发展有价值的参考资料。

2019 年是“中-爱”建交 40 周年,愿乔伊斯研究经典著作汉译系列书籍和当代爱尔兰教育探秘为“中-爱”建交 40 周年献礼。

是为“序”。

冯建明

2019 年夏

上海对外经贸大学

爱尔兰研究中心(教育部备案)

序言

对于公众人物个人生活的好奇心可以分为三类：有用的、无伤大雅的、粗鲁的。若好奇的对象是一位政治家，研究其个人生活对理解他的公众行为有帮助，那么可称这种好奇是有用的；若好奇的对象是一位作家，且研究他会使其公开的作品更加明晰，这份好奇也是有用的。合理的好奇与无伤大雅的好奇之间、无伤大雅的好奇与粗俗无礼的好奇之间，从来都无法精确划定一条界限。若好奇的对象是一位作家，那这样可以加强我们的理解，让我们拥有更敏锐的鉴赏力和作出更审慎的评价，对其传记了解的作用会因为这个作家所代表的类型和他在书里对自己过往经历探讨的方式而有所不同。很难相信，我们对莎士比亚个人生活更多的了解竟然能够大大改变我们对其话剧的看法或者增强我们对其戏剧的喜爱；关于荷马史诗创作的起源和风格的理论，没有一个可以改变我们将其作为诗歌来欣赏的想法。从另一方面来讲，以作家歌德为例，我们对他的好奇和对于其作品的好奇密不可分；凭借外部资源信息，我们被迫去补充并纠正他用不同方式向我们讲述与他相关的东西；我们觉得我们对他了解得越多越好，这样我们也许就能理解他的诗歌和散文了。

说到詹姆斯·乔伊斯，我们有一系列他的书，其中至少有两本表面上看是极富自传性质，因此对乔伊斯和其背景的进一步研究似乎不仅仅是我们的好奇心使然，而且也是作者自己期望我们这样做。我们意欲了解乔伊斯作品中人物原型是谁、他所描写的故事情节的起源是什么，这样我们或许能揭开记忆和虚构的网，看看能到达什么程度，看看他是用什么方法将这些未加工的素材进行转化。所以，我们的探究不可避免而无可非议地延伸到乔伊斯的家庭、朋友、都柏林面貌的每个细节和他在都柏林度过的儿童时代、少年时期和青年时期。乔伊斯的弟弟斯坦尼斯劳斯为我们所做的就是让我们了解两个男孩子成长的家庭环境，其中的细节是任何人都无法为我们提供的。遗憾的是，斯坦尼斯劳斯未完成这个故事就去世了：我们再也无法从别处去了解他本可以向我们讲述的乔伊斯在的里雅斯特经历的中间那几年。但是我们有幸能够了解乔伊斯在都柏林度过的孩童时期和青年时期状况。他就是一直坚持不懈并怀着仰慕之心去观察和研究其兄长的人，没有任何人能像他这样去观察或研究乔伊斯。

然而，如果将这本书单纯归类为一部对那个时代其中一位最伟大的作家早年生活独一无二的文献记载，这将是一个错误。《看守我兄长的人》同时也是一部伟大的作品，讲述了一个名人和其弟弟之间的关系，而世界却对其弟弟的存在毫无知晓。在本书中，斯坦尼斯劳斯本人和詹姆斯一样让我们感兴趣。这对兄弟既很像又不太像！詹姆斯·乔伊斯忠诚于自己的父亲，热衷对其父亲的回忆；但从斯坦尼斯劳斯对他们母亲临终时的悲惨场景描写可以看出，他对父亲的态度截然不同。在政治和宗教问题上，詹姆斯态度冷淡亦或全是嘲讽，而斯坦尼斯劳斯有时却表现出极度的暴力。这本书我读了两遍，我发现自己对这个积极主动、勇敢无畏又尖酸刻薄的男人的品性既感到着迷又感到厌恶，他是一个集喜爱、崇敬和抵抗情感为一体的牺牲者——正如艾尔曼先生在他的介绍中所指出的那样，在这种情感的挣扎中，他某些时刻带着惊人的洞察力，观察着他那大名鼎鼎的兄长。我曾以为可能把本书命名为《儿子和兄长回忆录》倒是别具一格。更加出色的是，另一个独特的名称是《看守我兄长的人》具有一种坦诚的品质和直言不讳的特征，使我想起埃德蒙·戈斯的《父与子》。斯坦尼斯劳斯痴迷于他回忆录的主人公，带着肉体中的荆棘的恼怒，他自己也成为了一名作家，成为了这本书的作者。而在书架上，这本书值得在其兄长的作品旁占据永恒的位置。

托马斯·斯特恩斯·艾略特

介 绍

作为著名作家的弟弟，斯坦尼斯劳斯·乔伊斯不仅要担当此身份的重任，还要忍受身份上的小小悬殊。斯坦尼斯劳斯·乔伊斯教授于 1955 年 6 月 16 日在的里雅斯特去世，享年七十岁。当时，他怀着高贵的品质和不安的心情承受着不同寻常的压力。他是最先觉察到詹姆斯·乔伊斯天赋的人之一，但却发现詹姆斯的性格“难以取悦”。他晚期的作品就是废品。尽管话没说出来，他的生活大部分是以他兄长的生活为重心。他勇猛阻止别人批判乔伊斯的权利，在他最后弥留之际，他写下了他们哥俩共同生活回忆录的关键部分。

这本书的名字——《看守我兄长的人》——总结了他为乔伊斯事事操心的痛苦和束缚感，还有其他一些东西。每当想起这个的时候，他会说出这个标题，然后冷漠地苦笑道“你知道的……该隐”。某种程度而言，他希望可以消除对他所期望的自己坦诚的批评。主要是他希望将他的事例呈现在一个想象的法庭面前，并嘲讽地把自己当作该隐，因为证据将证明他不是该隐。然而，通过无言斗争，他战胜一个完全胜过他太多的人，他也许也觉得自己作为帮助者的角色有点模糊、困惑、平静。就像家里所有人一样，包括一众兄妹，乔伊斯教授有如此伟大而异乎寻常的洞察力。不难理解，这样的家庭里如何培养出了如此的天才。

尽管《看守我兄长的人》这一书名只适用于这本书里所描写的几年时光，但该书名似乎太重要了，因此不能随意更改。此回忆录描述的是乔伊斯二十二年时光里的事业及家庭生活画面，偶尔还能瞥见未来将发生的事情。乔伊斯教授真正看守他兄长的时间开始得有点晚。他如果能活着完成这本书，一定会告诉我们 1905 年至 1915 年间，在的里雅斯特他是如何拯救他的兄长远离那群狐朋狗友、放荡生活和较严重的惰性的事情。他本可能斩钉截铁地说这话的（在未整合的文章中他确实这样做了）。因为詹姆斯从未承认自己被拯救或者他需要被拯救。然而似乎也没有理由否认詹姆斯那十年过得艰难，而斯坦尼斯劳斯花了十年来帮他脱离困境。

乔伊斯教授所做的另一宣言更加无可争议。与《艺术家年轻时的写照》中对乔伊斯家庭生活虚构的描写相反，他想说明在家中，他兄长有一个聪明且富有同情心的追随者。因为斯坦尼斯劳斯如果后来成为了看守者，那他一直都是一个追随者。他生于 1884 年 11 月 17 日，差不多比自己的兄长小三岁。他虔诚地跟随自己的兄长。小时候他老老实实地跟着兄长逃课。几年后，他开始扮演詹姆斯的《尤利西斯》所描写的带有几分贬义味道的“磨刀石”的角色。詹姆斯在斯坦尼斯劳斯身上验证自己的理论，而斯坦尼斯劳斯提出了有用的反对意见，这帮助詹姆斯划分了他的理论。之后，他开始记下他兄长的智慧言论，并在日记本中也记下自己的话，因为他自己也有文学抱负。他的日记本中往往可见有改动之处。他读过托尔斯泰的《塞瓦斯托波尔故事集》之后，做了一些尝试，把一个将要睡觉之人的所有想法记了下来。把詹姆斯读了他写的东西,傲慢地将其置于一边,但是,他可能把弟弟写的东西作为写内心独白的若干线索中的一个。然而后来几年里,詹姆斯却更愿意将其对技巧的发现归功于被人们遗忘的法国作家爱德华·迪雅尔丹,而非他的家庭成员。

最初,詹姆斯本打算在其自传体小说中突显斯坦尼斯劳斯。因此,在作为《艺术家年轻时的写照》实验品的《斯蒂芬英雄》一书中,他将斯坦尼斯劳斯描写为史蒂芬的弟弟莫里斯,并带着嘲弄和喜爱之情,谈论他"忧郁的庄严"和"他认真地清洗那到处是破洞的衣服"时带着一种嘲讽的味道。当他们走在德拉姆康德拉和费尔维尤大街,他俩一定会形成惊人鲜明的对比。这两人竟然都能相谈甚欢,或嘻嘻哈哈,他们头往后仰,摆出一副若无其事的样子。斯坦尼斯劳斯体格魁梧、中等身高、肌肉发达;詹姆斯身材挺拔却瘦骨嶙峋,无精打采的样子。他们的行为举止上也截然相反,詹姆斯让人捉摸不透变幻莫测,而斯坦尼斯劳斯坦诚直率,犹如本·琼森戏剧中的某个角色。大多数事情上斯坦尼斯劳斯都服从詹姆斯智慧的指引,但他通常能够看得更深入。所以詹姆斯十分洒脱地脱离天主教会,但斯坦尼斯劳斯终生对天主教会摇摆不定。甚至作为一个青年人,他在背教之事上显得颇为极端,以至于惹事不少的詹姆斯都对他提出建议,让他在事关家庭和睦方面别动不动就闹事儿。

斯坦尼斯劳斯意识到,他应感激詹姆斯,但他偶尔又表现出不受詹姆斯约束的样子。这种独立时而勇敢,时而可怜。1904年8月,斯坦尼斯劳斯18岁。那时,他在日记中尝试着去分析这一问题:

我的生活已按照吉姆的样子编织了,但是每当我那不讨人喜欢的叔叔约翰或是戈加蒂指责我模仿吉姆，我可以很坦诚地否决他们的指责。我并非像他们所说的那样单纯地去模仿吉姆；我相信自己也非常聪明，我的思想也不会老旧到那种地步。那更应该说是我对吉姆的赞赏，我自己也对此十分崇敬，并希望拥有这样的品质。但有这样一个比你更聪明的兄长实在是有一点糟糕。我也会因为原创而得到些好评吧。对于所有事情的观点我几乎都同意吉姆的看法，但并不是全部都同意。我认为吉姆也从我身上采用了一些观点。然而，在另一些事情上我从来不会跟随吉姆的步伐。比如，酗酒、嫖妓、说大话、对他人坦诚且毫无保留、尝试写诗或散文或小说、行为礼仪、志向、有时候关于友谊的看法也不完全一样。我觉得吉姆认为我十分普通、无趣——他对此也无意掩饰——尽管对此我完全认同他的看法，但别期望我会喜欢这个看法。这个问题我俩都无能为力。

这种自我描写残酷得有点过度；再后来，斯坦尼斯劳斯在日记中写到兄长表扬他的批判很巧妙，但纵使是表扬也让他感到怀疑。日记里还有一篇他对兄长的描述，是一年前写的，尽管语气有些严苛，但是斯坦尼斯劳斯显然被詹姆斯的魅力所倾倒：

吉姆是一个天才式人物。我说“天才”，到底是比我认为的多了至少一点点才华。只是想到他年轻时我和他一起睡觉，我才这么说。科学家之所以被称为伟大的科学家，是因为他们测量了肉眼未见的星球之间的距离。那些观察到了机械辅助层面难以看见的物质运动的科学家们，被尊为伟大的科学家。尽管吉姆思维缜密，善于分析，但他可能也是个天才。最重要的是，他有种源于这个时代自以为豪的邪恶的自私，现在他还写了一首诗或者一条顿悟，如今他表现出一时兴起和贪欲的卑劣之举。这种举动一开始还只是新教义式的自我主义，或许其中包含了几分绝望,但如今这种自我主义已经在他的天性中根深蒂固了——或者说长成了一颗宇宙树。

他精神上勇气不凡——勇气大到我希望他有一天能够成为爱尔兰的卢梭。确实,人们可能指责卢梭内心抱有希望通过向不赞同的读者们坦白以避开他们的愤怒,但人们却无法怀疑吉姆这样。他巨大的激情就是一种对他所谓的"乌合之众"的极度蔑视——这种憎恨如恶虎般永无止境。他器宇不凡、举止高贵、风度翩翩:悦耳的歌声,尤其是他说话的声音(男高音)、未被开发的音乐天赋和诙谐的谈话风格。他有一个让人心烦的习惯,就是跟那些他最熟悉的人悄悄讲关于他自己或者别人的耸人听闻之事。此外,他还喜欢挑选最令人可怕的时间来讲述这些事,并不仅仅因为这些事很恐怖,而是因为这些都是真事。即使像我这样如此了解他,我相信他也不难用他所有粗俗的小诗讲述这些事情吓唬我或戈加蒂。但是他对待陌生人的言谈举止通常富有个人魅力,彬彬有礼。尽管他非常不喜欢粗鲁的行为,我觉得他天性里还是有谦恭的品性在的。当他坐在炉前地毯上时,胳膊抱着膝盖,头稍稍向后仰,头发往后梳得溜光。在火光的照耀下他那长长的脸红得像个印度人的脸一样,一脸凶狠的样子。并不是说他有时不文雅,因为他也会和和善善的。你觉得他有绅士风度也不为奇。(那些对他坦诚相待的人,反过来他也会这样做。)但我觉得很少会有人爱上他。尽管他举止优雅、极富天分,无论谁与他真诚相待,这个人在他这里可能得到最糟糕的回报。

特别是斯坦尼斯劳斯开始怀疑他对于刚写下的这些描述的艺术评判是不是准确的;之后他清晰地、有条不紊地在旁边插入一句"(这着色太过浓郁,像便士上的卡通画一样。)"。

一年之后，1904 年 10 月，詹姆斯·乔伊斯突然决定，与一个叫诺拉·巴纳克尔的年轻女子离开爱尔兰，他拒绝和她结婚。他的许多朋友和亲戚都认为詹姆斯傻得像个懦夫一样。斯坦尼斯劳斯也有自己的忧虑，但他坚定地维护詹姆斯并积极地回应他。詹姆斯起初在普拉定居下来。这个城市当时是奥匈帝国主要的军用港口。后来，他定居在的里雅斯特附近，在那里的贝立兹学校教书，从斯坦尼斯劳斯那里获取消息，甚至，在某种程度上还得到一些题材。构思小说的角色也许是一项课程，他要求不放过任何关于他认识的都柏林人对于他比较具有历史意义的出走的反应的消息。他经常把从斯坦尼斯劳斯得到的最初提示用于他的故事创作：对于"死者"，借用的是斯坦尼斯劳斯对一位爱尔兰男高音在汤姆·摩尔的一首歌中阴森森副歌唱法的描述；对于"悲惨事件"，借用了斯坦尼斯劳斯的一场音乐会偶遇一位已婚女士的描写。卓越的模仿能力一直都是詹姆斯天赋的一部分；他的天分在于改写素材，而非原创素材。斯坦尼斯劳斯是詹姆斯最早依靠获取灵感来源的人之一。正如他后来向弗兰克·巴德根谈及："你是否注意到，一旦你有了一个想法，我能从中领悟多少东西？"

这对兄弟并没有分开太长时间。詹姆斯离开之后，斯坦尼斯劳斯也去做文员了，收入微薄，但他却经常写信抱怨爱尔兰。因此，詹姆斯邀请他来的里雅斯特至少作一次客。几个月内，詹姆斯接二连三邀请他去。在斯坦尼斯劳斯看来，当时那种邀请在一定程度上似乎是提供帮助的托辞。这之前他从未离开过家，无论是先前在的里雅斯特，还是后来在奥地利。对二十岁的他，这个地方一定像是地球的尽头。跟詹姆斯一样，他也更爱都柏林，尽管他轻蔑这个城市所暗含的一切。但他依然顺从地收拾好行李去了的里雅斯特，并于 1905 年 10 月到了那里。

从他早期给家里写的信可以看出，他极其想家。他发现自己的兄长酗酒严重，也觉得震惊。在爱尔兰，他看过太多人的醉态，无法再在这儿忍受此事。他声称要实施对詹姆斯的道德权威，而他有能力利用自己发达的肌肉将詹姆斯从酒吧里拽出来。詹姆斯于 1906 年离开了他，在罗马生活了六个月；但他不喜欢这个城市，于 1907 年再次返回的里雅斯特，他被从酒吧里拉出来的次数更多。

这对兄弟经常吵架，彼此之间的关系却更加紧密。他们曾一同在贝立兹学校教书，后来他们发现上私教课可以做得更好，于是就离开了这所学校。他们的教学风格再次表明了他们之间的不同。斯坦尼斯劳斯很准时，并且尽职尽责。而詹姆斯总是难免上课会迟到，简短教学之后就开始谈论各种各样的话题；课程在老师学生同唱一首爱尔兰歌曲中结束。随后，詹姆斯就从楼梯扶栏滑下去并离开，他也离开得挺晚。詹姆斯爱纵情玩乐，他在财务上不懂节省。通常，斯坦尼斯劳斯的上课收入最终落入詹姆斯的口袋。像詹姆斯那样，斯坦尼斯劳斯一边笑，一边抽着一根弗吉尼亚香烟，提出自己最近的需求。有一个季节性的问题——学生会在炎热的夏季的几个月离开的里雅斯特——这对于詹姆斯而言实在太难解决了。他无法为夏季存一些钱，所以就依赖斯坦尼斯劳斯来躲避这一灾难。当他修订《为芬尼根守灵》中肆意挥霍的蚱蜢和那只同样有着季节性难题且懂得节约的蚂蚁之间的寓言时，他就引用了他和弟弟之间的经历，让那只不知节俭的蚱蜢取得了最终的胜利。

斯坦尼斯劳斯不仅使其兄长保持良好的精神状态，还使其资金上不至匮乏。出版商一旦发来退稿通知，他便鼓励他的兄长。从1905年直到1914年，退稿通知就不间断。也是斯坦尼斯劳斯将《室内乐》的多首诗歌放入一个序列中，并为之取名。1907年，在这些诗歌发表之前，詹姆斯突然认定诗歌里的感情色彩有误，并发电报给出版商埃尔金·马修斯，告知其不要发表。斯坦尼斯劳斯在的里雅斯特的邮局前来回踱步，跟詹姆斯争论；最终他劝服了詹姆斯让这本书问世，因为这能帮他出版其它书。他们之间意见的不同也是很典型：斯坦尼斯劳斯的评断契合实际、合理可靠，但是詹姆斯觉得《室内乐》和其他作品放一起看起来苍白无力是对的。《写照》初期版本《斯蒂芬英雄》的书名也出自斯坦尼斯劳斯的建议；他是基于他兄长喜欢唱的民谣"特平英雄"给出的建议。詹姆斯开始重写《写照》时，斯坦尼斯劳斯还建议他把这本书写成爱尔兰的《浮士德》。这个建议可以解释为什么乔伊斯在后来版本中为其英雄赋予了一些冷酷特征。

直到第一次世界大战时，正如伊塔洛·斯维沃和其他在的里雅斯特的朋友所言，斯坦尼斯劳斯一直为詹姆斯的堂吉诃德扮演着仆人桑丘·潘沙的角色。但他愈发觉得无聊，他感到自己为别人服务真荒唐。在他的不满情绪之中，战争意外地帮助了他，致使他和兄长分离。在的里雅斯特，奥地利政府起初并不会找英国臣民的麻烦。据詹姆斯转述的一个故事，斯坦尼斯劳斯按照他一贯的教条主义的方式，太过于相信他们不会冷漠无情。他和一个领土收复主义者朋友一起在市里开车闲逛，却被逮捕并拘禁在一个奥地利城堡里。和往常一样，詹姆斯更能看清时事；通过一些有权势朋友们的帮助，他得以和家人一起前往苏黎世。战争年代，他在苏黎世过了几年安生的日子。在那里，他写下了《尤利西斯》大部分章节。他酗酒的老毛病犯了，但这并未带来斯坦尼斯劳斯预言的那些灾难性后果;无节制的酗酒背后,对于其作品,詹姆斯能够悄悄保持自己的自制力。

斯坦尼斯劳斯受到的政治拘禁并不十分严苛,战争一结束,他便返回了的里雅斯特,重新开始教书。永久安身于这个詹姆斯最初给他提议的城市,也很像他的风格,而詹姆斯却在其他一些城市经历自己的人生。那时,斯坦尼斯劳斯已经有一群朋友。他们尊重他倔强而又直率的个性,也很喜欢他评判时的气势和迟钝的幽默。他和詹姆斯分开的那段时间,他曾想过再也不会重新扮演看守者的角色。而詹姆斯这边也找到了别的看守者,他们对他的要求没有那么严厉。

所以当詹姆斯 1919 年末到达的里雅斯特时,他们的关系已经变了。他从一个慷慨的资助人那里得到了一份收入,也就不那么依赖斯坦尼斯劳斯的帮助;斯坦尼斯劳斯对他兄长的不知感激表示理解,也就没那么怨恨。一次,詹姆斯谈到将《都柏林人》献给他,但该书出版时,詹姆斯却忘记了此事。将《斯蒂芬英雄》转变为《艺术家的写照》过程中,尽管有很好的艺术性原因,但主要受害者还是主人公史蒂芬的弟弟莫里斯。斯坦尼斯劳斯并未提及这些或其他的不满,但是战争期间他曾写信给詹姆斯,称他希望詹姆斯战后能照顾好自己。他收到了兄长的回信,却言辞冷酷,并不怎么听他的话,还让自己由于《尤利西斯》研究的复杂而略感烦闷。

詹姆斯在的里雅斯特待了九个月,在一所商科学校教书。这所学校如今已经成为的里雅斯特大学了。这座城市曾经一片繁华,是奥利地的商业港口,如今也破败不堪。詹姆斯不再喜欢这里了。他很快便决定离开,并且被伊兹拉·庞德说服,于 1920 年 6 月去了巴黎,以便为《尤利西斯》的出版做准备。

起初，斯坦尼斯劳斯并未被考虑接任他兄长在这所大学的职位，但一年后，他得到了这个职位，也成为一位成功且受欢迎的教授。1927年，他和自己的学生娜丽·利希滕斯坦格结了婚。他的妻子年轻而有魅力，来自一个的里雅斯特有瑞士血统家境殷实的家庭。次年，乔伊斯兄弟的两家人相聚在萨尔斯堡。

乔伊斯教授倔强的性格从不允许自己掩饰对墨索里尼统治的反抗，1936年，他被驱逐出了意大利。后来，他得到的惩罚是被免去教授职位。詹姆斯向来都习惯接受斯坦尼斯劳斯的恩惠而非去帮助对方，可这次，詹姆斯却伸出了援助之手。在苏黎世，詹姆斯见到他，并在楚格州附近的一所男子学校为他安排了一个教师职位；斯坦尼斯劳斯却认为该校呆板的安排不适合自己，通过一位罗马朋友的调解，又回到他在的里雅斯特的岗位上。

1920年后，这俩兄弟仅仅见过三次面。最后的这几次见面让斯坦尼斯劳斯十分震惊。他开始谈论法西斯主义时，他的兄长毫不耐烦地说："不要跟我讲政治。我只对时尚感兴趣。"当时，詹姆斯正在创作《为芬尼根守灵》。在乔伊斯教授看来，他却是刻意要显得功成名就而令人难以接近。他的身边围着崇拜者，他酗酒也比以往更加厉害。他兄长写了两本书，当时，斯坦尼斯劳斯不在詹姆斯身边。对于这两本书，斯坦尼斯劳斯都不是打心底完全认同。起初，在他看来，《尤利西斯》是在有意诋毁人类的生活，该书缺少对宁静时刻的描写。这片宁静正是他记忆中都柏林生活的一部分。多年后，他却在书中看到了比以往更多的人性，便赞扬了书中的大部分内容。然而，由于在巴黎人们对詹姆斯的无节制的奉承带来的不好影响，《为芬尼根守灵》打击到了他；在他看来，他的兄长对他所做的任何事情都肯定会同意,以至于已经失去了交流的兴趣。他对于那本书中对两个兄弟的主题的处理表示很难理解。舍姆看起来像是詹姆斯,是一位文人,而他的兄弟肖恩在一定程度上是以斯坦尼斯劳斯为原型(他的名字叫约翰,而他从未用过)是一名邮差;舍姆是个莽汉,而肖恩则是个好人;舍姆放荡享乐,而肖恩却是个伪君子;舍姆是一棵树,而肖恩则是一块石头。当然,乔伊斯想到的比兄弟之间的关系更多。这些关系却也发挥了它们的作用。

回到的里雅斯特,斯坦尼斯劳斯反复写信,劝说詹姆斯放弃《为芬尼根守灵》,让其写些更有价值的东西。1939 年该书出版,詹姆斯给斯坦尼斯劳斯一本复印本,但斯坦尼斯劳斯拒绝了。这是他第一次故意否定他兄长的某本书。尽管如此,他们依然保持联络。1941 年,詹姆斯在苏黎世去世前五天,写了最后一封信。说它是写给每个人的信,倒也合适,而它本应该是给斯坦尼斯劳斯的。那是一张封缄明信片,主要是告知他一些可能会帮他的意大利友人及其他朋友的名字。因为乔伊斯教授被当做敌国公民半拘留在弗洛伦萨。后来,得知兄长去世的消息,斯坦尼斯劳斯病了;他痛悔自己没有接受兄长给他的最后的礼物。

詹姆斯的去世消解了他们之间的不和。乔伊斯教授使自己成为了他兄长名誉的看守人,他多次从沉默中站出来,谴责其他一些回忆录作者对他兄长青年时期的曲解。他的兄长去世两年后,斯坦尼斯劳斯唯一的孩子出生了,取名他兄长的名字。战争期间,斯坦尼斯劳斯集中精力把他对詹姆斯的回忆写成一本书。他从植物学角度,将兄长的一生构思为一朵花迅速生长、随后枯萎的故事——詹姆斯最后从的里雅斯特离开之后开始枯萎。他根据清晰的记忆和一生之中如实记下的所有日记内容写下了这本书，完成的内容已经超出了原先打算的一半之多。这部分内容是坦诚的、仔细的，但使他的记录拥有独特力量的是这本书中混合的复杂的感情，失望、关爱、怨恨和斯坦尼斯劳斯在他和兄长最亲近的那些日子里留下的遗憾。

与詹姆斯的流亡相比，斯坦尼斯劳斯出走爱尔兰的流亡之旅更艰难。49年之内，他再未重新进入讲英语的国家，而他的兄长还去过几次爱尔兰和英国。但是1954年夏，乔伊斯教授决定去英国旅行，甚至可能去爱尔兰。他没有钱可以浪费，所以他作为一群的里雅斯特学生的导游去了伦敦；他们旅途中尽量节俭，在火车和船上呆了一天半。他的身体状况看起来很棒，但担忧使他的心脏受到损伤；他却固执拒绝诊断心脏问题，到处寻找一名认为这种不适不会产生严重后果的医生。尽管如此，突发的难题迫使他陷入了这种困惑，而看到他的人也都感受到了这种迷惘。

乔伊斯教授被邀请去都柏林，但他并不决定前往，他觉得如果前去，那么他将不得不告诉他的同胞他们尊重其兄长的唯一理由就是他在国外的声誉，而他们不会对此完全充耳不闻。他返回的里雅斯特，却发现自己的身体问题比他承认的更严重。他找了不同的医生，服用不同的药物，但最终抱怨说这些使他感觉更糟糕了。他抱着一种正式放弃治疗尤为常见的姿态，表示不需要这些东西了。1955年6月16日，他去世了，这一天正是布鲁姆日。他的兄长使得这一天闻名于世。斯坦尼斯劳斯习惯了开派对来庆祝这一纪念日。碰巧这帮助这对兄弟在死亡之际连为一体。他们的生命亦融为一体。

他留下的这本书表露了他的美德。他在的里雅斯特的朋友认为乔伊斯教授正如罗马政治学家加图，而他的一生也有几分加图般一样不朽的正直。他以真诚显著，竭力反抗帝国和法西斯主义者的统治。从自由主义和反教权主义的观点来看，他是1848 学派的民主主义者。他同时也为了更广的个人自由而奋斗，努力找到他与兄长的不同之处。最终我们可能会觉得这个备受屈辱的人最惊人的是他坚定的自尊心。

1969 年版本按语

为便于 1958 年出版，斯坦尼斯劳斯·乔伊斯的手稿稍被修订。读者若有兴趣比较其修订版和原版，可以到南伊利诺伊大学图书馆查阅原版。此版本纠正了 3 处小误：神父法利名字的拼写、亚瑟·克利里姓氏的拼写、*Il Cantico dei Cantici*①归属贾科萨而非卡瓦洛蒂。

——理查德·艾尔曼

① 译著注：意大利文剧作《雅歌》或《所罗门之歌》。

第一章

故土

我对兄长的回忆最远可以追溯到我们的幼年时期——我敢确定至少是幼儿园时代。那时，我们曾一起表演了关于亚当和夏娃的戏剧故事，那表演纯粹是给父母亲和姆妈作为娱乐消遣。虽然这段往事细节已经模糊，但还记得大致情节。我扮演亚当，比我大不到一岁的一个姐姐扮演夏娃。我的兄长扮演撒旦。我依稀记得，他拖着一条似用床单或毛巾卷曲而成的长尾巴在地上蠕动而行。当然，我已不记得他的台词了，但这表演一定使原始的神话故事生动有趣。后来，他惯常在作品中把现实中华而不实的东西从那些镀金的神话故事里剔除。所以这次表演值得记录下来。还有几次幼儿园的戏剧表演我则记得更清晰。但那都是在一两年以后的事了。这些戏剧虽然是喜剧，但是对于初次尝试将自己听过的神圣历史故事表演出来的孩子来说，并没有太多的趣味性。但是，他本能地意识到这些戏剧中最为核心的部分是恶魔的诱惑。这一点他在后来的人生中有所保留。

那时我们生活在布瑞小镇。小镇距离大海仅一石之遥，我们的屋子位于游泳池旁的马尔泰洛·特勒斯地区。该"露台"(特勒斯)顺直而下，一直延伸到海滨。冬天的时候，海水有时会漫过海堤，淹没房前的道路，直到打湿门前的台阶。透过窗户，埃斯普拉纳德滨海大道一览无余。它沿着海岸线延伸，有去布勒雅路程一半那么长。滨海大道后有一堵同样长的绿色围墙，兼有一个室外演奏台还有——颇具狄更斯风格的——无礼的赶驴少年。圆形露台后是乡间小路和渔民的房舍，还有一片延伸到基里尼小镇的海滨。关于那儿，我所记得的最开始的场景是：一个初夏的清晨，我站在齐脚腕深的泛着些微涟漪的海水中远眺。父亲在游泳。他游出了很远的距离，消失在耀眼的晨曦之中。

兄长讨厌狗，但喜欢猫。这一点由来已久。他曾被一只活泼的爱尔兰小猎犬狠狠地咬了，当时我和他正在海水浴场附近的沙滩上往海里扔石头。那个浴场如今在、又或曾位于埃斯普拉纳德的中心。那些伤“看起来很疼很惨烈”。父亲的一个朋友——万斯医生(或先生)为兄长包扎了伤口。他在沿海某处开了一家药店。他是一位充满活力、工作勤勉的药剂师，妻子患有心脏病，每天大部分时间只能躺在沙发上看小说。他的朋友们总是津津乐道于他对妻子的体贴，而他们自己常忽视妻子。但这些议论全无敌意，因为他太聪明，有他作陪又很融洽，无人轻视他。他急促而幽默的行为举止有点像喜剧演员爱德华·泰瑞(艾伦·泰瑞的弟弟)，他们外表上也有几分相似。他会讲一些发生在他家里的烦心事，事情都是他那愚笨的女仆翰蒂·安迪造成的；比如说有一次他没赶上牌场，因为她在爱尔兰炖汤里放了太多胡椒粉，使得全家人(包括这个女仆)后半晚都不得不在厨房水龙头旁边度过。

万斯医生的大女儿艾琳初次登场于《艺术家的写照》最开始的章节中。她比我的兄长大几岁——椭圆型脸蛋，苍白的面色。她有一头黑亮的长发，总是把头发梳成两股辫子，耷拉在肩膀前，这样可以衬托出脸的轮廓。她早深知这一效果。她看起来淡漠又难以接近，但事实上她绝不是这样的人。兄长在克朗伐伍斯的时候，她曾给他写了一封信，不料却被恰好我母亲拦截了。那信中有这么一首诗，可以看出她父亲的帮助痕迹：

啊，吉姆·乔伊斯，
你是我的达令，
你使我日夜神魂颠倒。
我宁愿跟随身无分文的你，
也不愿跟随有驴有花园的约翰尼·琼斯。①

尽管兄长在塑造布鲁姆的时候借用了这首诗，也融入了万斯溺爱妻子的特点，但万斯在其他方面却不像利奥波德。他节俭、活泼，人见人爱，因为他是个“很不错的伙伴”。除此之外，他的妻子由于重病几年后就过世了。他们家虽然是新教徒，却一点也不影响他们和我家的友谊。我的父母从来没考虑过不同信仰的问题，但我们家却有个人似乎认为和万斯夫妇坐在一起打牌危及到了她可贵的灵魂。如果她这样做了，将会自找麻烦。这个女人《艺术家的写照》中以里奥丹太太的身份出现，之后我还将介绍这个人。

万斯也和他们那一小群朋友一样对早慧的孩子抱有很高的

① 该诗句由万斯改编自塞缪尔·洛弗的《爱尔兰神话故事》中《民谣和民谣歌手》一章，原诗是：

哦，萨迪·布兰迪我的达令，
我日日夜夜为你着迷。
我宁爱一贫如洗的你
也不爱有房产和花园的布莱恩·加拉格尔。

期望。这一点父亲也一样。毕竟,他们也没想得太离谱。然而,当兄长读高年级时,万斯就去世了。那时兄长还在努力达成这些期望。他很喜欢万斯,在《艺术家的写照》中也直接采用了这个名字来塑造人物。无论是在《写照》中,还是在《尤利西斯》中,我们都可以发现万斯的痕迹、以及兄长对他的感激和怀念。

对于兄长这类的作家而言,早年时代的回忆清晰又持久。此外,他又有意拣选了青少年时期在都柏林的岁月,若非唯一主题的话,作为他艺术作品的主要内容。因此,探究这些回忆为何在他的脑海中如此牢固是件非常有意义的事情。他对那些真诚的、不为嫉妒所困的人们怀有诚挚的敬佩,尽管他们中有的人已经有了自己的孩子。这一点不容忽视。他并非家中长子——第一个出生的是一个男孩,婴儿期就夭折了——但他却是这个家最年长的孩子,帅气又聪明。他擅长给家中好友带来欢乐,据说狄更斯在这个年龄时也是如法炮制。记得他大学退学后,人们开始认为他是一个有出息的年轻人,或者用《都柏林人》里说的,“有着大好前程的年轻人”。那时他还年轻,人们却记住了他的成熟独立。有故事曾讲到,还不到四岁的时候,他是如何招待那些在父母不在时突然来拜访的亲戚们,他为他们“演奏”钢琴、唱歌;还有故事曾讲到他的爱好,在他更小的时候,他喜欢在餐后甜点时间从育儿室一步一步从楼上下来。那时还有女仆看护着他,他在楼上就开始呼喊“我来啦！我来啦!”。他会一直喊着,一直到了餐厅门口。(对于他这个创造者而言,该出场恰如其分。他最后的作品是 H. C. E. ——芸芸众生都来了。)此外,又传说他七岁时,常喜欢骑着三轮车从都柏林郊区到布瑞小镇,去看望一位姆妈。父母亲心急如焚地向亲戚和熟人四处打听他的下落。孩童时期经受的如此恣意的宠爱很可能使这个小男孩变成一个自命不凡的人。但随后，这个大家庭中成员龃龉不断，光景越来越凄凉。这种情境对如此有个性的男孩的成长十分不利。《艺术家的写照》部分章节中体现的紧张感和赤裸裸的现实主义，就是这些年的真实写照，但其中丝毫没有自命不凡的痕迹。

兄长的第一位老师就是《艺术家的写照》中的那个女人——里奥丹太太，我们都跟着他一起叫她“但丁”——可能是孩子般的“阿姨”的误拼。一开始，她和与她同名的那个伟人产生的作用完全不同。因为她除了教我兄长读书写字外，只教些基本的数学和地理。她反复灌输了大量盲从的天主教教义和强烈反对英语的爱国主义。我当时还是个小男孩，但对她教授的《刑事法》的记忆仍然像插在爱尔兰男人和女人的肉体里一根刺一样深刻。她是康威太太，好像是我父亲的某个远房亲戚。她和我们一起住了几年。多亏了她给兄长上的预备课程，他后来才被科隆高威伍德学院录取。这所学校是爱尔兰一流的耶稣会学院。入学时他只有六岁多。

康威太太长得不讨喜，而且非常胖。在屋内时，她常戴一顶小巧滑稽的软扁帽。因为在某些照片中，软扁帽增强了维多利亚女王那种渐渐老去的复古美。在我记忆中，她总是一直坐在某处，那画面让人印象深刻。她脾气暴躁，在爱尔兰这毫无疑问和归正基督教会有关。我猜想她可能是得了坐骨神经痛，因为她落座和起身时总是很费力，都像是在表演特技一样，还会发出疼痛的叫唤声——“哎哟喂，我的背，我的背哟，我的背哟！[①]”——我常常能准确地模仿出她的声音，逗女仆们开心。但是，她也有能量爆发的时候。我记得有传闻说，有一年当军乐队在广场后

---

① “哦，我的背，我的背！”《为芬尼根守灵》（伦敦：1939 年，纽约：维京出版社）。

的演奏台结束音乐表演的时候，她的帮忙保住了一个美好的夏季夜晚的回忆。这个传闻在《艺术家的写照》里也有所提及。当乐队在演奏“天佑女王”时，一位老绅士突然站起来，他手里着拿帽子，听着那首圣歌。而她却打断了老绅士的忠实的忘形，用遮阳伞在他的头上轻轻敲了一下。

很多年前，她曾走进了修道院，打算做一名修女。但在最后的宣誓前，她的某个兄弟去世了，给她留下了一大笔遗产。她离开了修道院，很快和一个男人结了婚，她认为他一定是上天选派而来的。我听人们描述，他身材颀长，一脸严肃，秃头。他在爱尔兰银行有个不错的职位。他习惯在办公室备两条西装裤，这样他就能穿着无折痕的、可以彰显优雅的、质地最好的裤子出现在公众面前。如果这对年轻的夫妇被邀请去参加晚宴，他会在离开家之前看一本书，这样谈话时就有话可说了。除此之外，他还有一个值得称赞的好习惯，那就是半夜起床祈祷，偶尔还生吃鸡蛋。结婚几年后，他相信自己在南美洲会发展得更好。他确实去了南美洲。他带着妻子大部分的财产去了布宜诺斯艾利斯，她再也没有见过他。她本打算跟随他去，但他的来信时间间隔越来越长，次数也越来越少。一次，他的妻子笨拙地试着给他写了一封信，信中引用了当时很流行的一首歌：

贾姆布对爱丽丝说：
“我爱你，”
爱丽丝对贾姆布说：
“我不相信你爱我；
如果你真的爱我，
若你说到做到像你说的，

你就不会去洋基镇，

我一人在这动物的囚笼里。”

这种不知廉耻的动物之间的嬉戏描述简直太侮辱他的礼仪操守。看完那封信后，他极为愤慨，再未写过信给她。她再也没有他的消息了。这是一次痛苦的经历，她自作自受。或许她觉得她与自己的良心有重修旧好的余地。无论原因为何，她都是我曾遇到的遭逢不幸的人中最偏执的一个。

据说她是一个很聪明、很机灵的女人——事实是她绝对不傻——在对孩子的指导和教育中，她被许有极大的自主权。在她那一代大家庭中，孩子太多，大人们很少去了解孩子们。“但丁”认为孩子们来到世界上本身就尾随了原罪之云，只不过她的观点比别人更明确更合理罢了。在盛年时期，她经常在圣诞节带我们去印奇科[1]看耶稣诞生的马槽，那儿还有圣家庭蜡像、东方三博士蜡像、牧羊人蜡像、马的蜡像、牛的蜡像、羊的蜡像以及骆驼的蜡像。它们在整个大厅中铺展开来，风格简约，满是灰尘却不失壮观。她还曾一脸严肃地带我们去国家艺术馆，看一幅名为“末日”的画。该画描绘的是一场巨大的灾难，黑云压境，火红的闪电霹雳，山顶崩塌，赤身裸体的小恶人做出各种绝望的扭曲姿势——啊，为何我要那样做！——他们乞求怜悯，但巨石却滚滚而来。图画的另一角，被赐福的人双臂合十在胸前，被投入

① “……舞会结束后，她穿着拖鞋喝香槟，就像印奇科的马槽里的婴儿耶稣在被福佑的圣母马利亚的臂弯里一般，肯定没有女人可以将孩子从她手里带走……”《尤利西斯》第711页(736—737)。[在这一连串的笔记中这一页参考先是标准英国版本(伦敦：约翰·兰恩，鲍利海出版社，1936)，还有插入语参考标准美国版本(纽约：兰登书屋)]

了天堂。我已不记得画中是否出现过全能的上帝。无论如何，很明显上帝很享受自己的生命时光——或许可以说他的永生都在震慑罪人。

令我记忆深刻的还有一件事。一天，我和某个女仆在外边一个婴儿车旁边散步，我已记不得哪个弟弟或妹妹在车里。我们碰巧穿过布瑞小镇，当时那里的一户两层房子的人家里正在举行葬礼。女仆可能停下来看了。他们抬出一个小小的棺材。但就在那一刻，一个女人急匆匆跑向窗口，大声尖叫，如果不是屋里的人把她拉回去，她可能就从窗户里跳下来了。我们在回家路上谈论这件事。可能是女仆说，那位母亲之所以那么绝望是因为那个婴儿没有受洗。随后“但丁”告诉我们那个小孩子永远也进不了天堂了。她的态度就是：“所以现在你们知道怎么回事儿。那个小孩子永远也进不了天堂。现在你们知道没及时接受洗礼会怎样了。”我们都留下了深刻的印象，因为上帝竟然是醉醺醺的食人魔，他的怜悯之心甚至还没有人类的怜悯心多。这居然还是天地万物间最自然的一件事。在我脑海中的某个地方，这件事似乎已经扎根，留作日后的参考。记得在贝尔维德学院，在一次宗教引导课上，我们在讨论忏悔和理智的运用时，一位耶稣会老师深情地讲到：一个披着圣徒外衣的恶棍，如今已不记得确切是谁，可能是圣奥古斯丁，说地狱里有一个七岁的小孩儿。在《艺术家的写照中》中，兄长描写过几个天主教学校的学生谈论这个话题，并通过“恶魔”之口宣泄他的些许愤怒。吉姆常说基督教牧师像所有步入暮年的妓女一样冷酷。他在小说中修改了这一措辞。

然而，但丁也并不是完全没有柔情。那时她总是叫孩子们给她带一些用来包装包裹的薄纸①。当孩子们在有客来访时给她递上几张，来客一走，她那骨子里的节约精神仿佛随着整个肥胖的身躯在笑声中一起颤抖。许多年后，她恰好死于心脏脂肪变异类疾病。毫无疑问，在炼狱作适当时间的停留后，她将在最后的审判日凭借荣耀的躯体(那不需要薄纸包裹)去向天堂，加入天使组成的唱诗班，永远歌唱那首“上帝是快乐的伙伴”。

所有支持我兄长的一小群人当中，最忠诚的是来自特拉利的约翰·凯利，他是《艺术家的写照》中的凯西先生。由于发表了支持土地联盟暴乱的演讲，他屡次入狱，又屡次出狱。实际上，经历了几次囹圄之灾，他患上了肺病，在那之后又过了十年或十一年就去世了。他服过一次刑之后，我父亲曾邀请他到海边的布瑞小镇来疗养。我记得他曾拜访过我们家三四次，还记得他为了躲避追捕逃到都柏林之后的混乱。自那晚逃走之后，他就再也没来过布瑞小镇。那天，天已经黑了，一位警官前来告诫说凯利先生的拘捕令已经下达，但他已经将拘捕令延迟到第二天早上执行。那位警官是个高个儿，身强魁梧，来自康诺特。然而在和我父亲、凯利先生一起谈话时，他显得有点矮小。他出生于乔伊斯乡下——当然他的名字是乔伊斯——由于宗派情结，他忠于我的父亲。《艺术家的写照》中对此事也有所提及。

直到现在，我还认为一个有着六个孩子的家庭不会破坏约翰·凯利在这么美丽的海滨度假区的假期。他可以恣意地享受闲暇时光，闻闻海的味道。布瑞小镇夏季大约会迎来游客百人

① “但丁给他一片口香糖，每次他给她带以一张薄纸”。《艺术家的写照》，第 7 页(2)。

[这里和后面的注释都是先参考标准英语版本(伦敦：乔纳森·凯普出版社，1924)，而插入语部分参考的是标准美国版版(纽约：维京出版社，1916)]。

左右，或者更少，因此海滨度假区这个名字显得有点夸张，也太过现代化。尽管罗马尼亚女王——卡门·西尔威亚曾莅临此地，那是我们的荣幸。凯利先生曾带我出去散步，让我骑驴。我猜兄长那时一定不在家，要不然也不会轮到我，所以我推测那一定是他初次去科隆高威伍德学院之后的事情了。如果是这样的话，那时我还不到四岁。但是我记得很清楚，有一次那只驴和我一起跑开了。牵驴的少年把我放到鞍上后，才离开驴一会儿，驴就飞奔而去，约翰·凯利和那少年立马在后边追赶。那驴肯定刚好在疾驰，因为他们压根追不上。不管怎样，约翰·凯利并不是在锻炼。那条路路面有点损坏了，稍稍有点坡度，在最陡的地方和一条平坦的路交汇了。约翰·凯利曾经常常回忆起这件事。他说，当看见戴的红色帽子的我和那只驴身上摆动的流苏一起消失在转弯处时，他认为我毫无生还的希望了。他担心那平交路口的门会关着；当火车经过时，我会从驴背上仰翻跌下来。但一路畅通无阻，那只驴也一路飞奔。我一直坐在驴背上，开始庆幸这只驴最后的这一路飞奔，因为凭我自己根本无法劝服那个懒散的牵驴少年去大喊一声，驱赶着这驴载着我慢跑四五十英尺。即使六十多年后回想起来，我的记忆还是一点也不模糊，而那次吉尔平式的骑行远非看起来那般短暂。它穿过平路之后，又经过了一个公园，或是一个装有高扶栏的大型花园，我想，后来驴又向左沿着布瑞主大街一直飞奔到市政厅前面的喷泉那里。它是一只爱尔兰驴，之所以会突然暴走，是因为他真的快渴死了。

我想，来自特拉利的约翰·凯利一定生于一个农民家庭。他面色苍白，外表帅气，语速和动作都很缓慢，穿戴整齐干净，有着一头浓密的黑发。由于在监狱里制作麻袋①,他的左手的手指因拣麻絮而永久性弯曲了。他既遵守着某种老派的礼节,又拥有农民的雄辩口才——而后的许多年间,他不止一次在我兄长的生日宴会上展示其口才——对于交朋友,他很有天赋,并且深深忠实于他的国家和他的长官巴涅尔。他对我兄长抱有的巨大期望几乎连父亲也无法超越。我无法猜测他对我兄长的期待具体是什么。或许是政治上的成就?我并不赞同。无论如何,他从不会像"但丁"那样,用她的狭隘、焦躁、狂热和偏执去教育兄长。他坚持,这个男孩若喜欢听,就让他听。兄长确实喜欢听。

无论什么时候来到我们家,约翰·凯利都能轻松融入其中。他是乐天派,也会逗别人开心。在这样一个拥有优美嗓音的家庭里,每个孩子,从最年长的到刚会说话孩子,都有自己的专属曲目。有些歌很诙谐,大家都认为那些都是孩子们的痴傻之歌。顺便说一下,那时或是再过一年多,我唱的歌是《为芬尼根守灵》。若是父亲要求大家唱歌,凯利先生也会吟诵《老格纹披巾》或是《希莫斯·奥布莱恩》——每当他唱到动人之处,我的父亲就会忙着喝杯宾治酒,以掩饰自己外露的情感——他有时为孩子们唱他的民谣《山羊》:

"啊,帕特",妈妈说。
"妈妈,那是什么",我说。
"把山羊赶到市场上
努力把她卖出去。"

---

① "……凯西先生曾告诉过他自己在狱中为给维多利亚女王制作生日礼物时,曾做到三根手指扭曲。"《艺术家的写照》

不错，妈妈很少说这话
但山羊跳起来，
撞到我可怜的妈妈
这一跳可糟了。

一撞过后，乖乖躺下，乖乖躺下，躺下，
撞过后，乖乖躺下，乖乖躺下，躺下。
不错，妈妈很少说这话
这时山羊跳起，
撞到我可怜的妈妈
这一跳可糟了。

他有一口圆润的男低音，有时还会劝诱母亲做他的伴奏，唱《潜水员》或《凉爽的酒窖》。有一次，他们去都柏林的一个小型派对上听歌剧，过后约翰·凯利作沉思状对我父亲说：

——约翰，我要告诉你一些事情，你会介意吗。如果你在监狱呆三个月，这些家伙都会被你唱下台。

“查理斯叔叔”就是威廉·奥康奈尔，他是我父亲的舅舅之一。自打我有记忆以来，他就成了我家里的一员。直到后来父亲由于公司倒闭而失去工作，我们搬到了都柏林。在那之前他一直和我们住在一起。我曾听母亲说，我的父亲总是对这个舅舅以德报怨；因为在祖父去世时，父亲的舅舅威廉·奥康奈尔当时在科克郡是位成功单身商人，他坦率地表达了自己拒绝从他那十七岁的孤儿外甥那里捞任何好处。我认识他时，他已经是一个身材高大、满头白发的老人，沉着冷静，虔诚地信奉着宗教。每天早上，他会先洗个冷水澡再去做弥撒，而后到布瑞小镇帮我母亲买东西，发挥余热。布瑞小镇离我们当时住的地方有一段距离。每次短途出行，他总会带上我一起，但我并不很乐意去，因为他有一些恼人的爱好。在我看来，他跟那些他订货的商店业主谈话停留的时间，尽管可能只有一个小时，但对我来说像是一年。那时我就在商店周围来回走，盯着那些我单凭记忆就认识的标签和广告看；有时他会在回家的路上带我去一些小教堂，为他的“心愿”念叨三遍“万福玛利亚”——无论他的“心愿”是什么，那都是我们一直尊重的秘密。

他那时也用年迈老人的嗓音唱歌，那声音听着很不舒服。他唱过《啊！让忍冬和玫瑰的树荫环绕我吧》，又或是《快乐度过每一天》。他们那一代人过去常唱歌。他们唱凄婉的民谣，那些歌谣正是慢慢褪去的浪漫主义时期的余波。汤姆·摩尔坚称在那次浪漫主义运动中，诗歌及其所有惯于表达的内容已经退化成客厅里的装饰品。不管发生任何事，他都不会沮丧；对待所有棘手的问题，他都有自己的魔力方程式：“一切安详，夫人，一切安详”[①]。有时他的安详会受到相当严峻的考验。第一个暑假期间，兄长从科隆高威伍德学院回到了家。有天下午，我们想和其他小朋友在露台前的大块草地上踢足球，但我们没有足球，兄长想出了一个疯狂的点子——这种情况很少见。他跑到屋子里，从大厅衣帽架上把威廉叔叔的大礼帽取下来当球，我们带着剩余的一点点体面就开始踢足球。随后，雪上加霜的是，我们又在帽子里塞了一些石头，把它重新放回了衣帽架。首轮风暴冲击过后，我的母亲和威廉叔叔这两个天生的和平使者，已经全然

① “非常好，塞门，一切安详，赛门……”《艺术家的写照》第 67 页(65)；和“潘趣酒在哪里？一切安详”，《尤利西斯》，第 405 页(417)。

不知道该如何向我的父亲隐瞒那顶大礼帽这次所经受的小恶作剧的摧残，因为几天之后将在布雷山上举行一次野炊，我们已经邀请了一些亲朋好友。庆幸的是，威廉叔叔认识布雷镇上的一个帽子修补工，那工匠承诺会在野炊之前及时将那顶帽子恢复原状，并还原它的美。帽子回来时看起来会像新的一样。但是，野炊那天接近下午时分，一群苍蝇发现了这顶帽子，开始簇拥在上面。不管帽子修理工在里面放了什么东西，它都好似成了苍蝇的烈酒。一只苍蝇喝饱以后就飞向它的同伴们，把这个快乐的好消息带给它们。

——我的天呀，近视的父亲盯着群簇而来的苍蝇，忙问，你的帽子怎么了？布雷山上所有的苍蝇都蜂拥而上。

——哎呀，别管他们了，威廉叔叔说。当然，动物们正在喝茶呢！

几年之后，在我们离开布瑞小镇之前，我们常和其他同龄的血气方刚的好斗少年们交战。他们是生活在圆形露台后边小巷里的流浪儿。和他们的战斗几乎全都是不流血之争，其中有一段回忆记录在《阿拉比》中。但在那个年代，这些争斗却足以激发冒险的冲动。这些事本无关紧要，可能发生在任何一个男孩身上，却足以显示出我的兄长并非是那个出现在《艺术家的写照》里的那个脆弱的、畏畏缩缩的巨婴形象。的确，在那部作品里，他大量借用了自己的人生和生活经历，以及清晰的早年记忆。毫无疑问，这一切很大程度是因为在大学时，他突然发现自己和一群年龄或大或小的男孩一起，而他们却没有自己聪明。但《艺术家的写照》不是一部自传；它是一部艺术性作品。因为我对它的再造有话可说，这一点我毫不犹豫就可以确定。在都柏林时，他开始着手写那本小说的初稿。当时他脑海中的想法就是，书中的某个角色应当如他的身体一样，从胚胎开始成长的特点就是不变的。他想要遵循的主要心理线索就是这些人物的突出之处、以及祖先的影响他们对环境反应。事实上，该书的写作目的从一开始就已经设好了。其他角色都是想象力模具之下融合了的混合体，但史蒂芬这个角色，正是以兄长自己为模型。在这小说的两版手稿中，他都紧紧围绕着自己的角色成长。兄长还从自身的经历中选择了大量素材，但是也转化再创造了很多其他的事件。起初的章节展现了一个小男孩不露声色却敏锐的洞察力。在这个孩子还很小的时候，他就善于捕捉事物的画面，反复思考，弄清它们是什么。他需要用自己能够理解的模式来构建自己的生命，他发现了某种那些最能吃苦耐劳的同学都不曾领略过的来自于勇气的意外收获。尽管这种处理方法是客观的，我们可以说是从头至尾、正如本来那样都在位于史蒂芬的脑海中的画面里。这幅图是一幅心理历程图。呈现回忆的目的是从外部给这幅画面塑造一个模型，让它作为另一只眼睛来发现并调整偏离轮廓的点和圈。

兄长还是小男孩时表现出来的唯一软弱之处就是害怕雷电——说它是种终生的恐惧也不为过。这不仅仅是一个小男孩对雷电的恐惧，也是对死亡的意识和恐惧。这中世纪就占主导地位的感觉使得《凡夫俗子》成为一部意义深刻的杰作，也让《艺术家的写照》中的退缩同样深刻。一直到十二或者十三岁的时候，一旦雷电天气，兄长都会很害怕到发狂。他会跑上楼，躲进我们的房间。母亲努力安抚他。她会赶忙关上百叶窗，拉下卷帘，将帷幔合起来。但就是这些都不够。他会躲到柜子里，一直到风暴结束。

“但丁”给他灌输的宗教的恐怖思想直接导致了这样的后

果。她常教我们每次闪电来临时就要画十字，并不断重复那句冗长的话："拿撒勒的耶稣、犹太人的王，你赐予吾等这蓦然而至、全无准备的死亡吧！哦，主啊！"那情形就好像她是某个宗教性质的保险公司的游说者一样。尽管我比兄长几乎小三岁，我完全不害怕雷电。通常，每个孩子幼时都会害怕雷电。兄长的这种惧怕也无法传递给我。我认为，这不仅是因为我意识不到别人传授的知识重要性，也因为我不太擅长学习，没什么想象力，还因为尽管我也是她的教子，我讨厌这个粗鄙而又跛扈的女人，不由自主地抵触她传授的宗教思想和爱国思想。简单来说，因为我对她没有一点好感。她热爱的东西我根本不感兴趣。但兄长很乐意内化她教的知识，又融入了想象让其变得栩栩如生。从婴儿时期开始，她就常照顾他。所以，这毫无疑问是为了回报她的关心。他对她虽不喜爱，但至少尊重。

他一直没有摆脱过对雷电的恐惧。如果雷雨来得猛烈，他会变得像猫一样焦躁不安，无法工作。在《新文集》①一书中有篇写我兄长的文章，作者是亚历山德·弗兰奇尼-布鲁尼。在的里雅斯特最初那段不受世俗陈规束缚的日子，亚历山德和我们同住一栋公寓。他写道："雷雨到来时，他如此惊慌失措。他变得不理智，像个小孩儿或者愚蠢的妇人一样，胆小极了。受到了惊吓，他就会用双手捂住耳朵，跑着找个柜子蜷缩在里面，或是为了不看不听，在黑暗中蜷缩在床上。"这一幕不用于壮丽的歌剧《命运之力》②完全就是浪费素材。在弗兰奇尼的记忆中，他要么无法将事实和道听途说分开，又或者他想将那时他听到的

① 译著注：原文为意大利文"*Nuova Antologia*"。

② 译著注：原文为意大利文"*La Forza del Rimorso*"。

关于我兄长孩童时的趣闻轶事写进他的文章,增加文学效果。那些事主要是两个刚组成的家庭在漫长却又快乐的傍晚闲聊时,我用蹩脚的意大利语讲给他听的。不管怎样,从没发生过这样的事。至多,就是若我站在窗户边看暴风雨天气,兄长会两眼闪闪发光,礼貌中透露着愤怒,对我说:

——你能不能别像个可恶又善良的笨蛋一样站在那儿,积点德,把那个窗户关上行吗?然后用意大利语对弗兰奇尼说:

——你懂的,我弟弟以为是雷电在来临之前会敲门呢。

尽管兄长在狂风暴雨的天气里总是会不安,但只有摄人的闪电才会使他感情外露。仲夏的某一天,我们在路过法比奥·赛维罗的转角时,一场雷电暴雨突然来袭。厚重的黑云似乎就停在屋顶,但天还没开始下大雨。突然电闪雷鸣,闪电照亮了老奥地利房舍的黄色墙面。我的兄长双手合十,叫了一声就跳到了马路上。正经过的一个工人友好地说:

—Corajo, giovinoto, corajo. ①

于是,我也开个玩笑,说道:

——放松点,哥儿们。为了这个,你不必跳苏格兰高地舞啊。

大暴雨来临前我们找了一个躲雨的地方。他看起来有点尴尬。但第二天一早他手上拿了一份报纸来到我的房间,让我看法比奥·赛维罗附近的花园里有棵树被闪电劈倒了。他愤怒地指着那篇文章,好像这是我的错一样。那是记忆里唯一一次他由于焦虑不安而表现出的愤怒的痕迹,至少是有一些原因的。还有一次,他还把上帝称作"街上的噪音"。那是一段关于震惊

① ——大胆一点,年轻人,大胆一点。

之论的回忆。他的意思是，当你埋首工作时，街上的噪音突然吓你一跳使你跳起来往窗外看，让你无法专注工作。这种方式更为扰乱人心，甚至要超过一些温和的、“除了我们自身以外的事……”——我已忘记他那时说什么了。

兄长的杰出作品是在爱尔兰时代之末创作出来的，或许可以说那也是欧洲历史时代的结束。他描绘的是一幅大都市日常生活的全景图。他总是坚称自己是幸运的，能够出生在这样一个古老而又具有历史韵味、堪称欧洲首都典范的城市。这个城市又足够小，小到可以将其视为一个整体；他相信这样的出生环境、天赋和性格特点使他成为一名诠释者。他怀着这个单纯的目的，将自己投入到那个展示的职责之中，甚至是世界战争的动乱对他像是一种毫无意义的打扰。

据说，大自然中绝没有无来由之事；正如《地狱之谚语》中肯定的那样，大自然会以特殊的方式，花费几代人的辛劳去浇灌一朵天才之花的绽放。这朵小花是一朵恶魔之花，频频出现，在衰败之地抽芽，在干枯的树桩上蓬勃分蘖。没有人可以在一夜之间获得他这样的天赋，造就他这样的性格。这本树干般的书必须做出一些解释，因为它孕育出了这令人惊叹的充满艰辛的盛放，这盛放也是这本书研究的主题。

在父亲漫长一生中，他的后半生属于贫穷阶级，也就是说，这个阶级的人本该是贫穷的。他出生于一个中产阶级家庭，在爱尔兰可以说是相当富裕的家庭。他的父亲一生过着绅士般的生活，字典告诉我们“绅士”意味着“他是一个不用工作却有声望的人”。从祖父的肖像和照片看，他是一个很帅气的人——照父亲的说法，他是“科克郡最英俊的男人”。和父亲一样，我祖父和他的父亲都是单传。兄长的创作为了艺术的观点，他那自我探索的古怪形式和自我主义的升华，可能就是这三代单传所致。我的祖父是一个前途光明的优秀青年，却过着入不敷出的日子。他喜爱打猎，在他短暂的事业生涯中有段时间他似乎有一匹赛马；从我父亲身上的一些模糊迹象我猜想祖父一定是个赌徒。其中一个迹象就是，他和他的一个朋友同时结婚了，他们两人压了十几基尼的赌注，赌两个人中谁先生个儿子。父亲的出生为他赢了这一局，但在父亲出生后不久，祖父就失去了他可以轻松赚钱的有用天赋。只要父亲一哭，哪怕祖父他们正骑着马、牵着猎犬准备出去打猎，他们也会转身跑回去照顾他。人们都希望警察总能掌控局势，也希望女人不把牛奶瓶打翻。确定的一点是“祖父穿过两次铁圈”——这是一个马戏团的隐喻，在无忧无虑的爱尔兰这句话意味着破产。第二次好像是和他妻子的财产有关，因为那时《已婚女性财产法》尚未出台。第二次破产之后，他带着妻子和年幼的儿子一起生活在周日时尚郊区，那是个科克郡有钱人常去的郊区。他们靠着祖母的父亲的津贴过日子。她父亲是一个有钱的建造商和承包商，有时祖父可能也做些断断续续的工作。他的妻子自有她父亲安排好的一笔养老金。祖父在四十出头的时候盛年早逝，对此他的妻子都哀伤不已。

祖父娶了奥康奈尔家的一个有钱女人，这家有十九口人，她是科克郡一家最大的杂货店店主的女儿。这十九人中，有些人成了牧师、修女。查尔斯·奥康奈尔牧师[①]是圣芬巴尔的主任牧师(我是从我父亲那里道听途说的)，作为一名传道士，他颇有

① 这又是詹姆斯·乔伊斯的夸张说法；他就是靠近科克市的卡瑞格纳瓦的助理牧师。

些声望。人们猜想这场婚姻是牧师们为了使这个年轻人安稳下来安排的。在爱尔兰，“牧师婚姻”名声狼藉，祖父的婚姻就足以证明这个恶名。结果，他尽管是一个狂热的天主教者，后来却变得十分反对教权主义。他将自己对牧师的憎恶之感当作格言一样传给了他的儿子，却发现他的儿子欣然接受。

他的妻子比他年长许多岁。从她中年时期的画像来看，她是一个矮胖女人，毫无美丽可言。她接受了乌尔苏拉会修女的教育。在我们的圆形露台的阁楼里，有一些皮面装订的法语祷告书。她从在女修道院的日子里就开始保留这些书，它们是她还是个小女孩时的科克郡文化的象征。据说她说话尖锐刻薄，她也确实有足够的理由这样做。很快，她意识到对这俘获的配偶的占有站不住脚。新婚燕尔时，他们曾在科克市周围的乡村散步。那时突然下起了大雨。他们在一个农民的房舍里避雨。但眼看天气没有放晴的迹象，我的祖父就去最近的村找了一辆车，开车回了家。那个农妇站在小屋门口看着他，可能有些故意地说：

——这确实是个好小伙子，上帝祝福他。夫人，现在我猜你是他母亲。

——不，相信我，他那新婚的妻子用心酸但不失趣味地说，其实我是他奶奶。

在这刚组建的小家庭里，他的儿子便是他热诚偏袒的一方。即使是以至耄耋之年的“威廉大叔”也对他这位优秀又挥霍无度的妹夫回忆印象深刻，他评论道他是一个有着“天使般性情”的男子，快要离世的那个晚上，他还努力劝他的儿子去听成熟的马里奥的演唱。那晚马里奥在科克演唱歌剧。他那平和的性情，正如常态，刚好跳过了一代人，传递给了他的孙子。他的孙子以他的名字命名,这个孙子在孩提时代和青年时期活波机灵,十分讨喜,所以家人给他起了个"阳光吉姆"(从某个专利食品的广告借用而来)的绰号。

父亲自年少时似乎就有一副男高音好嗓子,很小的时候他就在音乐会上登台演出。他学了钢琴,也学了一点乐理。然而,他却有副病恹恹的身子,这也坚定了祖父要送他出去历练的决心。祖父和科克港务长协商,允许父亲乘上要去越洋客轮的领航船。那段日子皇后镇是越洋客轮的停靠港口。结果,无论穿越爱尔兰海有多么艰难,他都不曾沮丧。大西洋的微风中,夹杂着海水咸味。他的身体也因此更加强壮。除此之外,他还从皇后镇领航员那里学了各种各样的粗话,满口胡诌,多年以后这些粗话成了他在酒吧那些好友的乐子。这一点体现在《尤利西斯》的某些章节中,也使欧洲和美国的大多数警察文学的审查官都大为震惊。

祖父死于伤寒时正值盛年,自那以后父亲和祖母的关系变得越来越拜伦式。他的名字被写进了皇后大学医学院。他在那里学习了三年,参加过一些考试。作为一名学生,他在体育和大学戏剧演出上表现尤为出彩。他在学院四人赛艇的划船比赛中划船,也是一位毅力不凡的越野赛跑参与者。尽管身材不高,他却在推铅球方面尤为能干,也总爱吹嘘说他在跳高、竞走、跳远(跳高第一跳高度为十八英尺)方面的记录在他离开学校多年以后仍无人打破。但是,使他大大彰显自己优秀才能的是大学的戏剧表演。我看到过大概有十二份来自科克每日报纸的剪报,包含了乔伊斯先生在不同戏剧角色上的演出的一些溢美之词。出于虚荣心,他保存了这些报纸许多年,像他儿子一样靠着对美好青春的回忆过活。在爱尔兰经历的所有事情中,最可贵的就是对过去的回忆。

大卫 · 马库斯先生是《科克的爱尔兰写作评论》的编辑，应我的请求，他友好且不辞劳苦地帮我找出了一些足以显示出父亲曾是个具有戏剧天赋又充满自信的学生的评论。1869 年 3 月，科克报纸宣布皇后大学戏剧社团重新建立，但 1 月 11 日在皇家剧院的第一次演出时，出现了一场出于政治原因反对其中一名演员的的示威游行。我父亲那时十九岁，演唱的喜剧歌曲似乎让他心情再次大好起来。《科克稽查官》称他“太过于滑稽”，“十分受欢迎”。几周过后，1869 年 5 月，他在《爱尔兰移民》的一幕滑稽戏中扮演了重要的角色。《南方报道》的评论称，“乔伊斯先生后来的表演给我们带来了乐趣，他虽非专业演员，却能够赢得我们对他的绝对认可。他的表演展现了这片土地的宁静感、真实感和活泼感，值得保留和推崇。乔伊斯先生是一位年轻的绅士，拥有无限的戏剧天赋和卓越的未来。”一家更为严肃的报纸《科克稽查官》称，“J. S. 乔伊斯先生所扮演的爱尔兰移民奥布莱恩的角色，尽管带些滑稽剧的感觉——这也是新手容易犯的错——却远超普通的业余演员的演绎。乔伊斯先生的演唱值得称赞。”后来，父亲成了皇后大学戏剧社团戏剧角色表演的台柱子。

1870 年(那时他二十一岁)，父亲和三个大学朋友尝试一起去法国军队做志愿者。后来他的母亲乘航班紧追至伦敦，这一计划夭折了，他又垂头丧气地返回了爱尔兰。自那以后，他就和反叛科克的一支芬尼亚会成员混到了一起。他的母亲不堪烦扰，因此决定永远离开科克。她做这个决定还受其他因素的影响。那时，奥康奈尔一百周年纪念日即将到来，她的堂兄彼得 ·

保罗·穆斯维尼—— 一个自由党人当选为都柏林的市长[1]。她希望这位市长大人能让她的儿子做他的秘书。

在约翰·乔伊斯出发去都柏林之前,人们为他举办了一场欢送晚宴;因为他从很小的时候起就一直在约克的音乐会舞台上做歌手,所以那时正在参观科克的一家英国戏剧公司的一些成员也受邀出席。晚宴后是非正式音乐会,该公司的著名男高音歌手和我父亲也献了唱。在我父亲唱了一些当时流行的歌剧曲调后,那个英国男高音歌手似乎放下了通常的职业嫉妒,热情地祝贺他,说自己愿意当场给二百英镑,学习像我父亲那样唱那首咏叹调。后来在他来到都柏林的时候,他得到了许多其他同样的鼓励,他们的意见在这样的事情上很重要。满怀热忱地来到爱尔兰首都后,他去找了一位教唱歌的意大利女教师来训练自己的嗓音。她听他唱了几支曲子,然后走到隔壁房间叫她成年的儿子。"过来听这个年轻人唱歌。我找到了坎帕尼尼的继承人。"伊塔洛·坎帕尼尼是当时在科芬园引起公众骚动的男高音歌手,后来于 1883 年支持福斯特在纽约创立了"大都市歌剧院"。这种恭维满足了我父亲的虚荣心,却没有激发他的任何雄心,也没有刺激他设立任何目标。在中年后,它们成了他聊以慰藉的回忆的一部分,不像他的儿子的沉思,找不到自我批评、反省和遗憾的痕迹。是因为我很久没有接触同胞,对他们开始心怀敌意,所以我认为这种幼稚而没出息的虚荣心是爱尔兰人的典型特点?我在叶芝、萧伯纳和王尔德身上都发现了这种虚荣心。乔纳森·斯威夫特至少是爱尔兰血统。当他的虚荣心受损时,它几乎就是一种犯罪本性。只有在"宽宏大量的奥利弗·戈

---

① 穆斯维尼 1875 年任都柏林市市长。

尔德史密斯"身上,它才是有趣的小缺点。它让爱尔兰人热爱奇异。我的兄长并非没有虚荣心,但目的使虚荣心变得更加强烈,所以在他与出版社和批评家做斗争时,它成了对抗责骂与怠慢的防御盔甲。

我父亲没有成为市长大人的秘书,但他将他祖父给他的成人礼一千英镑剩下的钱投资给了一家酿酒厂——都柏林和查珀尔利佐德酿酒公司,然后他成为了这家公司的秘书。有些股东是英国人,但创始人都像我父亲一样是科克人。那里的经理曾经是我祖父在科克的朋友,他的名字被我兄长借用给了"无独有偶"公司的经理。我父亲常描述他有点像十二开的切斯特菲尔德勋爵—— 一个在爱尔兰一直被人们铭记的人物。他每天早上双臂弯曲地坐双轮马车去酿酒厂所在地切斯特菲尔德,身后座椅画了一只老虎。工人都恨他,有一次他正在走廊里来回走,他们企图扔下一块重木梁杀害他。我父亲反应够快,将他拉到了棚下。就在那一瞬间,横梁坠落在他刚刚站着的地方。相反,我父亲在工人中很受欢迎,他常和他们打保龄球。我不知道他做了多久的秘书,似乎大概三四年,后来我父亲发现那个经理在挪用公款。之后发生了非常激烈的讨论和来自经理的不断辱骂,只有当年轻的秘书准备使用暴力时这一切才结束。然后我的父亲召开了股东大会。经理潜逃了,公司也破产了。会议上,股东们把他们的感谢投给了"这个使他们免于更大损失的年轻人",并任命他为受托人。从酿酒厂的清算而变现来的所有钱都以他的名义存放在爱尔兰银行,我相信现在一定还在那里,除非有效期限的法令对它的清理做出了规定。直到至少十年后,公司的文件都一直乱成一团地放在阁楼的一个大箱子里。在他最不幸的时候,他常常半开玩笑地想知道他能不能着手处理那笔钱,但一个精于世故的朋友建议他莫惹是非。[1]

他找到了一个在国家自由俱乐部做秘书的职位,看起来高效地履行了他的职责。无论如何,国家自由俱乐部把在后来的选举中民族独立主义者的胜利居为已功,选举中都柏林被革职的保守党成员之一是阿瑟·吉尼斯爵士,然后是阿迪劳恩勋爵;对于每位当选者,它都会奖励其秘书一百基尼作为礼物——七十多年前,对于都柏林的一个优秀的年轻人而言这是相当好的小礼物了。人们甚至谈论他对选民的支持,因为他口齿伶俐,是首批欢迎明日之星巴涅尔的人的一员。他传递给他大儿子的是他一生狂热的忠诚。至于他"唠叨的天赋",把加百列·康罗伊认为超越听众思维的文学寓言除外,在"死者"中经过略微润色和修改的演讲正是他晚餐后雄辩的一个清晰的例子。那个建议不了了之。很可能他既没有耐心,也没有党内长辈政客对他们晚辈所期待的顺从。

同时,因为没有迫切的工作需求,他可以享受生活。他的母亲十分独立。他从科克的房产能得到虽然少,但是足够的收入。他们居住在都柏林外,向下顺着海湾可以通往多基。他有一艘小帆船,还雇了个男孩看管它,偶尔会在音乐会上演唱。然后,如果音乐厅周围有酒吧,他会在唱歌的第一段前先唱第二段,以取悦观众席里的朋友。这样的事可能会发生。然而他有音乐会歌手的气质,尽管他不经常在公众场合演唱,他却和任何一位老歌手一样知道如何在舞台上表现完美,无拘无束,以使观众提前对他态度友好。在其中一次音乐会上,他是明星歌手,伴奏者是都柏林音乐学院的教授。我父亲的其中一首歌有几乎一页纸长

---

① 爱尔兰银行报告约翰·乔伊斯的名下没有财产。

的前奏，他喜欢它。但那位教授并没有弹，而是漫不经心地弹了他自己的和弦，并向我父亲点头示意可以开始了。但我父亲站在那里，看着他。那位教授再次弹了和弦并再次向他点头示意可以开始了。这次我父亲不拘礼节地转身面向他的伴奏者，并大声称赞道，"好极了！干得棒！很优秀！"台下许多观众都笑了，过了一段时间那个教授才终于开始弹奏他面前的音乐，我父亲才继续唱他的歌。

实际上，他和酗酒一代的酒友一起度过了快乐的时光。但是无论他对自己多么不挑剔，他的自尊也一定受到过伤害。他踏入在他面前打开的看上去前程似锦的职业大门——医生、演员、歌手、商务秘书，最后政治秘书——却都失败了。他属于那种阶级，对他们来说，假定任何一个他们能成为活跃分子的社会系统是不可能的。尽管他们拥有寻欢作乐者之名，却是生活的破坏者。他有足够多的天生优势，包括牛一般健壮的身体，却没有鼓舞这些优势的个性。说到个性，我意思是说要相信自己。没什么个性的父亲能生出这么有个性的儿子，真是令人震惊。

无所事事的他再次恋爱了，这次是和都柏林女孩。至少这次恋爱舒适而且快乐。他可能也有他会享受家庭生活的错觉，作为独子的他从来都不知道家庭生活是什么。他总是喜欢很小的孩子，甚至当他自己有了一群孩子时，如果他看到很小的孩子在父母面前独立地蹒跚学步时，他也会在繁忙的都市中心停下来，一直对周围的一切漠不关心地开始和它对话：

——你现在不就是个漂亮的小女孩(或小男孩)吗？今天天气这么好，你要去哪里呀？

小孩子会停下来，抬头看他，而略感尴尬的父母会等他说完后离开。

郎福德的某个叫约翰·默里的人是酿酒厂的顾客之一，他是红酒和白酒的代理商。他有一个独女，十九岁，长得很漂亮，钢琴弹得很好，嗓音悦耳。我父亲成了他家的访客，不久他和那个女孩玛丽·简秘密订婚了。一些有关约翰·乔伊斯曾经的婚约或者可能是他酗酒发作的谣言一定传到了她父亲的耳里。约翰·默里尽管决不是禁酒者，他禁止他们联姻。这对恋人不费吹灰之力地找到了给对方写信和约会的方法。在梅·默里的不幸生活中，那是有且只有一次的固执表现。竞争者的嫉妒之心表现在给这对恋人的绰号上——美女与野兽，这十分不公平[①]。我父亲长相相当过得去，是一个时髦而又温文尔雅的年轻人。有一次她父亲在时尚购物区格拉夫顿街看到他们走在一起。他当众大吵大闹，为了把他女儿带回家，叫了一辆出租马车。当他们在等出租马车来的时候，一小群爱打听的人聚在他们周围。人群中一个男人问我父亲发生了什么事。

——哦，没什么大事，他口齿伶俐地回答。就是漂亮女儿和易怒的父母的普通故事而已。

但是除了在公共场合，文雅远非他的其中一个特点。在他的家庭内部，他展现的完全是另一面。直到他过早变老的妻子在仅有四十四岁时过世，他虚荣心的伤口发炎了，他纠缠她父亲(当那个老人死时，他的回忆)和她家人，带着不屈不挠的怨恨和不间断的恶意辱骂，后来竟发展到痴迷的地步。他的绰号从听起来滑稽的——“戴纸帽的杂役”，到听起来刻薄的——“老奸夫”(因为那个老人在他第一任妻子死后又结婚了)。她家人中

① “当你做出当下的选择时，他们说它是美女与野兽。为此我永远不会原谅你。”《尤利西斯》，第 425 页(第 438 页)。

唯一能幸免于他粗鄙恶劣的语言的人是她母亲，因为她母亲支持他们的婚姻。她出生于音乐世家，家人是巴尔夫的朋友；他们在《死者》中多少被拙劣模仿了。她的嗓音受过训练，然而她从不在音乐会上唱歌，似乎喜欢过她女婿。那个莫名其妙的男人从不赞同母亲、妻子和孩子，却总是尊敬对待他岳母的回忆。不管怎样，她把她的免疫力部分归因于在他婚姻里早早过世。

他们在 1880 年 5 月 5 日结婚了，那时我母亲还不到二十一岁，然后去伦敦度蜜月。蜜月旅行成行时，丈夫就开始咒骂他过于忍让的妻子。当他们在温莎的泰晤士河划船时，他注意到另一艘船上的家伙带着女孩试图超过他。在随即发生的即席竞赛中，他流利地骂他的新娘没有把船划直，而当他远远超出他的对手时，能松口气时，就他刚才在兴头上爆的粗口开了个玩笑。事实上，他的格言之一就是“从不道歉”。

他通过关系在利率和税收征收总署办公室找到了一份工作。预言家说过，他应该被算入收税员和罪人一类，这可能会实现。他自己的母亲曾反对这个联姻——“他们这些人不好惹，约翰”——所以当她的儿子、她唯一的孩子结婚时，她回到了科克。他从未再见到过她。她一个人孤独地死去。

我的兄长在“流亡者”中引用了这个事件，因为在斯特恩之后，没有用英语写作的作家像我兄长一样，如此彻底地开发这些他切身经历的细微而又毫无前途的素材，为了描写角色或完成他的环境画面使用它。一些批评家坚持认为我兄长和斯特恩之间有相似之处，他们的对比基于怪诞的风格、小说结构的原创、为一个起初让读者困惑的目的而耐心地积累细节，还更深入地对比了两个作家内心的主要动机——对父亲回忆的忠诚、对母亲愿望的敌意，对有效寿命以与他们灵魂的渴望相矛盾的形式的可恶的呐喊。毫无疑问,斯特恩和我兄长身上都有一种模糊的哈姆雷特情结。但是,斯特恩尽管因为一场愚蠢的争斗的结果而失去了他父亲,在青年早期就遭受最深处感情的重击,也因此似乎有理由形成了一种对人生悲观的看法,但他拒绝这样做。他选择成为约里克,因为他不想成为哈姆雷特。

我兄长的气质顽固得多。他对他母亲的态度绝不像斯特恩那样到了蔑视的程度,也不曾是个人的敌对。他与她不和是因为他不想和她忠诚的宗教有任何关系。此外,他的风格反复无常也是有目的的。对他来说,文学不是安慰的消遣,一半平息良心,一半阻碍良心。它会带来其他满足和糟糕的领悟,这会揭开内心残暴的秘密,并唤醒内心的自由意识,也唤醒了怜悯。通过他的艺术的镜子,戈耳工思想的丑陋可以被清晰地映射出来,但它被干净地隔绝了,并没有将旁观者的心化为石头。

然而,关于小说家经营的辉煌事件和华贵名士,他和斯特恩有着共同的天生的怀疑态度。我常常问自己这样的人物为何没有成为不只是统治英格兰的首相——那个职位就太低了——而是统治欧洲的首相。对如此特大号的男人和女人来说,命运依旧竟如此相称。我至少知道一些人,他们已经到了名声的最高峰,但他们的成功是因为全身心相信一两件事情。他们与别的男人和女人的关系也不像亨利·詹姆斯那整齐有序的散文中的一页一样。

青年早期,我兄长像所有浪漫诗人一样,恋爱中也怀着许多想法,也相信思想界是极其重要的。布莱克和但丁就是他的上帝。但后来尘世间微不足道的生命引起了他的注意,他的青年时期被提取他所有服务的理想欺骗,他似乎把他的青年时期当作带有一种怜悯,他称它们为“这些使我们不幸福的大话”。然而他全心全意相信它们——相信上帝，相信艺术，或者宁愿相信通过占有天赋而强加给他的责任(他本不会称之为“责任”的)。

虔诚地相信绝对真理的才能就像是诗人的才情。它并不是通过斋戒或祈祷或挑灯夜战实现的，而是使拥有它的人具有显著的标志。它使我的兄长具有一些特征，甚至在他故意为他的主题选择了普通人、日常事务和被人们蔑视的事情的时候也有所体现。他的所有作品都渗透着某种反语，也就是浪漫主义的对立面，这可能被视为是当代写作与众不同的特点，这比说的更意味深长。然而，依然有一些天赋异禀的作家为了主题和背景而搜寻全世界，且相当受欢迎。对我而言，他们看起来就是缺少敏锐和真诚的好交易而已。他们赢得了全世界，却失去了灵魂。此外，他的朋友伊塔洛·斯韦沃对没能成为一个受欢迎的成功者感到很失望。与他不同，我的兄长从来不在乎谈论他的那些批评之声。我认为他写作是为了使自己看事情更清楚。“那为什么要出版呢？”可能会被这样问。好吧，我们思想和感觉的表达，甚至当我们是为了自己而表达，如若讲给别人听就会变得更加清晰；这也是对这些思想和感觉负责的一种方式。

我的兄长对主题的选择以一种奇怪的方式满足了我的虚荣心。当我们都很年轻的时候且我兄长依然受到华丽辞藻的束缚的时候，我用学校男生那笨拙的方式在我的日记中写道，有些科学家的工作就是研究无穷的星际空间，被人们称赞为伟大的科学家，其他在显微镜这一端工作的科学家也被认为仍然伟大。我认为从更小的范围来看，作家之间也存在类似的区别，我兄长应该属于后者。他过去常常未经允许读我的日记，还对此打趣，但他说，当他读到这篇日记时，他觉得我可能是对的。

在我父母婚后生活初期，他们好像是如离婚法院法官说的那样“勉强幸福”。孩子开始按照年与年间几乎有规律的间隔降生，第一个在都柏林，我的兄长（第二个）和我（第四个）在这之中。随后约翰·乔伊斯去了布雷生活，如他以前经常礼貌而又频繁地解释的那样，他希望火车票能使他妻子的家人离他远点。我对在都柏林的人生最早几年没有印象，但我对布雷的记忆尤深。搬离他妻子娘家过度热情的家人，包括三个敬慕的阿姨，似乎并没有使境况改善很多。他没有完全放弃自己的运动生活。他四十岁时，在布雷赛舟会划四桨赛艇，得了冠军（我不记得那次比赛，但记得看到他为比赛做训练）；他常去钓鲽鱼和比目鱼，和上文提到的万斯以及一些布雷的渔民在船边洗澡。这些渔民和他一样长有胸毛，并喜爱船上艉敞舱里玻璃罐里的东西。他那无聊且默不作声的二儿子常坐在那个舱里。那时，他的收入还够花，他的工作也很轻松，甚至过于轻松，他的孩子都很健康，其中一个由于早熟非常聪明。他的妻子和他对音乐的品味一样，在小布雷合唱团唱歌，对所有事情充满耐心，足智多谋，一点也不缺乏幽默感。我手上有一个计划书，是关于 1888 年、在镇上的礼堂里、由布雷船只俱乐部举行的公开音乐会，那一次约翰·斯坦尼斯劳斯·乔伊斯先生、乔伊斯太太和詹姆斯·乔伊斯大师（他那时六岁）都登台献唱。朋友们经常从都柏林来到小镇看望他。

然而，在家里，他是一个脾气绝对不可靠的男人。我记得不知有多少次晚上他坐在桌子边，也没彻底喝醉——那时他喝烈酒的酒量很好——但也醉得没有胃口，总讲些黄色笑话。他有个可怕的习惯，就是在半醉的时候磨他坚固的牙齿。那声音大到我常以为那是他坚硬的白领带的咯吱声造成的。后来那些年，我母亲告诉我她常害怕单独与他待在一起，尽管从平常来看，他并非一个暴力的男人。胖胖的康韦太太总是很早就躲到她楼上的房间里，保姆和仆人的房间在屋子顶楼。他总是坐在那里磨牙，盯着我母亲，零碎地喃喃自语，比如“最好现在做完”。有一次，她想到要同他分居，但她的忏悔牧师听了她的提议之后十分愤怒，她于是再也没有提起过。那个反常病态的玩偶盒威吓她放弃分居的想法，分居可能并不是长久之计，但毫无疑问对他们双方都有好处。

他的自尊受到了小小的冒犯，这成为难以摆脱的记忆，这种记忆绵延不绝，使他的憎恨之情年复一年依旧如新。当我还非常小，这段特殊的回忆是我记得的最模糊而且最年久的其中一段的时候，我们和几个客人开车去鲍尔斯考特瀑布野炊——其中有我母亲的继母，除了我母亲本人，她的所有家人对她都怀有敌意。那次短途旅行我记得非常清楚。我们并不是单独去的，还有其他人。我看到所有事物都和我的身高成相反的比例，我记得有一个巨大无比的瀑布，还有在一片超宽阔的草地上的野炊，宽阔的草地延伸到它下面的一排威严的树木那里。我再也没有去过鲍尔斯考特，我也没有好奇心想知道实际上它是什么模样。打开午餐篮的时候，我们发现忘记带餐桌布了。母亲的继母就开玩笑地提出建议，说其中一位女士要牺牲掉自己的裙子了。那时女士们都穿白色的大裙子。我父亲似乎很高兴地赞同了这个笑话，但出于某些不得而知的理由，甚至在那次不愉快的派对过去十二年或十四年之后，都成了他谴责妻子家人的又一个永远的理由。

另一次，他和他小舅子在穿越凤凰公园一个叫“十五英亩”的空地。正在这时一队在晨练的装甲兵朝向他们全速飞驰而来。那个小舅子，我的舅舅约翰·默里开始跑向树林中去，但是太远了，装甲兵几乎快要接近他们了。我父亲追赶他，抓住他，强迫他站着别动。所以那队装甲兵很容易地分开了队伍，让两个人站在队伍中间。我父亲常常吹嘘，他们冲过去的时候，指挥官发出命令，士兵们挥舞军刀向他致敬。他小舅子的惊慌和他自己的镇定的这个快乐的组合作为三位一体顺利得不得不记录下来。它被永久地记录下来。

但我母亲的性格也并不懦弱，除了在她丈夫面前，而且若时机需要，在管理家庭时也不缺乏智慧和精力。我很清晰地记得她很能干地应对了托儿所烟囱的一场危险的失火。那个时候家里安装电话是很罕见的，打电话给消防队并不容易。我记得她坐在壁炉边，迅速但镇定地往烟囱里塞进用湿布包裹的扫帚，仆人不停从她旁边地板上的水桶里把湿布递给她。我有更好的理由记得她另一次积极的介入。初夏的一天——吉姆那时已经在克朗戈伍斯伍德学院——整个托儿所的人都在外边散步。小组由四到五个儿童组成，奶妈叫克兰莉，这个年轻女人的族人是来自布雷的还算正派的渔民，还有一个十五六岁的女孩，是她的妹妹或表妹，来帮她的。在滨海大道，我们引起了一个摄影师的注意，他征求我们的允许，给一群人拍照。奶妈们很高兴——当时摄影师是稀有动物——那天晚上她们获得让摄影师拍照的批准。第二天下午，奶妈们穿上了她们的周日华服，我们都出去见那个摄影师，在滨海大道后边的绿地上，他把我们安排成一个艺术小组。我那时五六岁，要坐在前边草地上，双腿盘起，但是当摄影师说“现在，不要晃动了”，我开始捣蛋，左右转头，不管是摄影师的劝说还是奶妈们的恳求，都不能劝服我停下来。摄影师不得不放弃拍照的想法，我们都回家了。奶妈们很生气，她们说到我是如何故意毁掉这个机会时，几乎都要哭了。我母亲听了她们的报告,随后立即暂停了去托儿所的那个学期。我在托儿所被打了屁股,那一定是典范,因为我还记得它。

我的父母在布雷和市里有许多朋友,快到圣诞节和新年时,他们经常去都柏林参加舞会,并在旅馆里过夜,像"死者"里的康罗伊夫妇那样。我的母亲总是会给仆人们提出在她短暂离开的日子里他们应该做些什么的许多让人焦虑的建议,这在我看来好像是永别一样。只要她保持好美丽的容颜,他就会为嫉妒的场面找一些小的借口。在一天晚上的一个舞会上,其中一位客人请女主人把他介绍给"那位年轻美女"。"当然可以",女主人说:"但是我要告诉你'那位年轻美女'是四个孩子的妈妈"。当那位女士在舞会上向他们转述这个笑话时,我父亲也笑了,但当他们又回到家时,他就不笑了,持续了好几个月。

他跳了自己的部分,跳得很棒,他和屋里所有最漂亮的女孩跳舞,而不会顾及自己的妻子。相反,我的母亲天性中一点嫉妒之心都没有。我还是个小孩儿的时候,我父亲的旧情人的照片还摆放在钢琴上。我记得其中两个人的名字：汉娜·沙利文,一个充满活力的黑女孩;和安妮·李,就像那首歌一样。据我母亲所说,每次他都一时突发嫉妒而分手了——毫无道理的嫉妒。有一天,那些照片从钢琴上消失不见了。我父亲下一次有时机走进客厅时,他立刻注意到照片不见了。

——那些照片去哪里了？他问。

——烧了。母亲回答道。

——谁把它们烧了？他又问。

——我。我母亲大胆地说。

我父亲戴上那副那些年里他一直炫耀的单片眼镜,盯着她。

——不,不是你。他说。是楼上那个老婊子。

“楼上那个老婊子”是对康韦太太的优雅描述。他是对的。康韦太太劝我母亲,孩子们正在渐渐长大,也开始学会观察,把那些照片放在孩子们能看到的客厅里,是完全不合适的。当然,我父亲十分清楚他有一个多么唯命是从的妻子。他嫉妒的场面只是他的男性野蛮所需求的一种满足的形式。之后,我的母亲对于自己屈服于那个老女人的极力劝说感到很抱歉。“因为”,她说,“她们都长得很好看。”用她们的战利品来装饰她的简陋小屋,这或许也给她带来一种胜利感。

第二章

萌芽

我兄长前往科隆高威伍德学校上学那年六岁半，由此，入学第一年，便得了一个绰号“六岁半”。我父母带他去都柏林，购买学校清单上要求他准备的东西，还要买一个题有他名字首字母缩写 J. A. J 的箱子，把这些东西放进去。那时我大约比他小三岁，尽管没必要带上我，但有两三次我还是和他们一起去了。尽管他一定会有些预感，即使那个年龄会欢迎新的体验，去学校对我兄长来说仍然是个全新的体验。在学校大厅说再见时，他可能心中缺乏力量(我不在场)，但是我记得，当父亲决定送他去科隆高威伍德学校，他便十分渴望去，也很享受自己成为大家做如此重要准备工作的中心，包括到都柏林逛商店，在镇上吃午餐、喝茶。这一点我和他也很不一样，他总是喜欢新的探险、新的地方，新的人。对稳定的幻想从来都无法吸引他。

在探望日，有人曾带我去过几次克兰看望他。克兰位于他十分喜爱的利菲河边的一个小镇，科隆高威伍德附近，那儿又被称为“铁匠的草地”。驾一辆老式双轮马车几英里就能到学校。他看到我们当然很高兴，但在我脑海里留下印象的，并不是一个感到孤独、感到拘束的男孩，看上去对周围的环境适应得很完美。他就是众多男孩子中的其中一个。他也没有理由不这样。

他在班上总是名列前茅,而且身体健康。他写给家里的信常常是,“亲爱的母亲,希望你一切都好,爸爸也一切都好。请给我寄……”他在学校的第二年或第三年的时候,有幸被选为弥撒的辅祭者。即使在体育方面,他也很突出。大约四年之后,他离开科隆高威伍德时,我们家的一个厨具柜里放满了杯子、一个“银”水壶(电镀银)和一个咖啡壶,这些都是他在学校跳栏和竞走比赛中赢得的奖品。他讨厌足球,却喜欢板球,尽管年龄太小,不能达到 11 岁孩子的水平,他许下诺言要成为一名能干的击球员。他在贝尔福德学校时,对竞赛依然很感兴趣,而且热切地学习兰吉特、弗里、特兰佩和斯博弗斯的技艺。我记得在里士满德街我们家的后花园,我每次不得不向他投球,大概要投一个小时。对我而言,我讨厌那愚蠢、无聊而又胜负不明的比赛,我也不愿意穿过几条路去看一场比赛,所以我为他投球完全是出于好心。

对于跑步,他既能快速冲刺又拥有持久耐力,可以自由切换。帕特·哈丁是我父亲的一个朋友,在美国的鼎力神成为世界冠军的时代,他是爱尔兰 110 米栏跨栏冠军。我的兄长在贝尔福德学校最后一年时,他主动提出要训练我兄长跳栏,但我兄长已经另有其他计划了。他们成为了朋友,我兄长私奔到的里雅斯特之后,我的父亲给他写信说,“在整个都柏林,你只有两个朋友,帕特·哈丁和汤姆·德文”。在小说《圣恩》中,汤姆·德文是作为“鲍尔先生”出现的,但是《斯蒂芬英雄》中那个衣衫褴褛的教练并不是帕特·哈丁,帕特·哈丁在书中是一个充满活力的年轻律师。至于训练,帕特·哈丁自己最多就是在会面之前的一两个星期做些训练。我的兄长还十分喜爱游泳。他游泳时虽然水花四溅,却游得很快。短距离游泳中,他能超过朋友戈加蒂。戈加蒂身材魁梧，可是一个远远比他强壮的游泳健将。我兄长还是个不知疲倦的竞走者。有一次，他想去塞尔布里奇采访一位美籍爱尔兰百万富翁，这位富翁在那里买了一套房产，人们称他有意扮演梅塞纳斯的角色，资助爱尔兰的年轻天才。我兄长没有买火车票，他从我们位于卡布拉的家出发，走到了塞尔布里奇[①]，推荐他自己是一名合适的资助对象，却在大门口被守门人拒绝进入。那个守门人毫无同情之心，反应又迟钝。我兄长就去了邮局，给那位美籍爱尔兰富翁写了一封信，他的名字叫凯利，然后当天就走回了都柏林。我希望在审判日，弄明白到底是我兄长厚着脸皮去乞求，还是那个美籍爱尔兰富翁生意不好做。那时我赞同前一个观点，我兄长赞同后一个观点，但现在我更倾向于认为我兄长是对的。不管怎样，那位美籍爱尔兰富翁并不应当承担驱逐我兄长的责任，他给我兄长写了封道歉信，却没有得到回复，他很不安，想知道自己的信是否寄到了。其实我收到了他的信和电报。

兄长厌恶橄榄球、拳击和摔跤，他认为这不是一种自控的训练，而英国人假装能控制，这些运动是暴力和野蛮的训练。美国、英国甚至的里雅斯特大多数报纸的头版专栏新闻头条都刊载了约翰逊·杰弗里在里诺争夺重量级拳王桂冠的拳击比赛，杰弗里正是那个时代赛事的"台柱"。那时兄长的评论满是嘲讽，那件事是《尤利西斯》中"独眼巨人"一章中迈勒·基奥班尼特拳击赛描写的粗略草稿。但是那篇评论并非用来表达个人的偏见，而是为了将暴力和野蛮与爱国主义联系起来。此外，他的同学都在读兰姆的《尤利西斯的冒险》时，他作为一个小男孩，也

① 单程票有 14 英里那么远的路程。

第一次被激起了对尤利西斯这个人物的兴趣。男孩子都被问到他们最崇拜的英雄是谁。一般的学生都对那个健壮、肌肉发达的荷马史诗式的经销商很崇拜,而我兄长的回答却是尤利西斯。

毫无疑问,我父亲也开始打算让他前途无限的儿子接受国家为他这个年级和宗教的男孩儿提供的最好的教育。但几年过后,这个美好的意愿并未实现,只成了我父亲事业逐渐形成的废墟的其中一个小的残骸。他上班的时间很短,从早上十点到下午三点半或四点。他的工作也轻松简单,但正因为如此他常常无视自己的工作。从他自己的回忆来判断,他在办公室的时间似乎都用来和那些办公室里同样喜欢饮酒作乐的同伴喝酒、"讲故事"。他们甚至对前来抗议利息和税收的令人尊敬的老先生们恶作剧。如果工作需要,他得从办公室出去,那事情很快结束后的简单发展就是在某些旅馆的酒吧。像给纳税者发出最后通知这样的紧急工作,总是被忽视。在最后一刻,他总是找来一群失业的老员工在他的房间从早到半夜潦草写写划划,帮他完成积压的工作。最终,当他成功地及时将通知发出去后,他又会松一口气,对工作继续轻松应对。接着,他又成为一名优秀的小丑,在家里和酒吧里给他的朋友讲他找一些可怜的家伙帮忙的故事;讲一个酗酒的人,他的妻子以前常打他,早上醒来发现自己成了熊猫眼,脸也被抓坏了,说是黑夜里碰到橱柜门这样过时了的谎言(以对话形式讲的故事:富有同情心的问题和详尽的答案,还带有评论);或讲另一人的故事,那个由于手帕纸的高昂价格而用常用塑料纸来擤鼻涕的人。

我敢发誓,在监察长突然来访之前,只有在爱尔兰,或者在巴尔干半岛各国的某个地方,或者是在沙皇俄罗斯上帝保佑支持的某个地方的政府工作才能被完成。并不是说他用来装收上来的税的棕色皮包一直都是不可侵犯的，尽管有一个晚上他遇到了两个袭击他的盗贼并与他们顽强对抗。他用黑刺李木棍成功把他们打跑了，所以接下来几年他就有另一个故事可以讲一遍又一遍。然而，他也越来越频繁地从这个皮包里借钱，让他有必要给那些在短时间内需要大额金钱的借贷人提供货源。他在科克郡的房产很快都被用来抵押贷款，而贷款的利息都能耗尽他大部分出租房屋得来的租金。那时，结局已经显而易见，我的兄长从科隆高威伍德学校退学、我们搬到了离都柏林稍近的黑石镇。

我喜欢在黑石镇的房子——它的名字叫“雄狮”，因为在门口有一个石狮——这个房子比布瑞小镇的房子好。它坐落于卡里斯福特大街，旁边是围绕着新教教堂的花园。我在布瑞小镇时曾在一个幼儿园待过，而在黑石镇，我被送去一家修女学校，叫锡安山修道院，但我所能记住的就是我的兄长却被留在家中，自己玩玩具。家里没有人关心孩子们是否学习，尽管那时“但丁”和威廉大叔还和我们住在一起。但威廉大叔经常给我们读童话故事，至始至终都是格林童话和安徒生童话。如果故事讲的是一些美丽公主遭遇的不幸的其中一个故事，他就会插入一些被我们忽视的让人怜悯的旁白，但这些旁白是故意说给在另一个房间纺织的母亲听的。

我的兄长并不听他讲。他开始自己读很多书，渴望学习。他常常让母亲在课本中给他找些功课来学，并且要接受测试，这些课本都是他从科隆高威伍德学校带回来的。母亲给他找了长长的课文，她希望长课文能让他忙几个小时，这样她也能做自己的家务。但每次时间只过了母亲预计的一半，兄长就回来要求测试，并要学更多功课。他自己要求测试他功课的习惯持续了很久,直到我们俩都去了贝尔福德学校,他也上了中学,那时他十三四岁。

我相信他最初写的几篇文章都是在黑石镇的雄狮完成的。他开始和一个新教徒男孩雷纳尔多合作,写一部小说。雷纳尔多比我兄长大一两岁,我们是邻居。我想不出有什么奇怪的冒险经历能写进那本书,那本书很快被放弃了,但我记得这两个男孩儿讨论这本书的场景,也记得我兄长在客厅角落那张皮包的大桌子旁边从下午一直到茶歇时间都在写的场景。他也尝试过写诗歌,用他习惯的那种客厅民谣的风格来写("唉!我的小屋,亲爱的阴森老屋"),但最成功的一首诗关于巴涅尔的死。我觉得提到过,明显是在我兄长的批准下我看了这首诗,诗的名字叫"你呢,海利!",尽管我已不记得这首诗取这个名字是否合适。该诗一定是对所谓的叛徒蒂姆·海利的抨击。他对天主教主教唯命是从,背叛了巴涅尔,成为了巴涅尔致命的敌人,所以这首诗是对这些政治愤恨的附和,成了我父亲每次晚上半醉时又是吼叫又是用力打桌子时谈论的主题。从我记得的一些小段落的节奏来看,我认为它是用散文方式写就。其中一行是五步格诗。诗的最后将那位去世的长官比喻为一只雄鹰,俯瞰卑躬屈膝的爱尔兰政客:

> 他在时代的悬崖峭壁上筑就的精巧鹰巢
> 那里是这个……世纪鲁莽的喧嚣
> 再也无法搅扰他安眠。

我父亲和他的朋友们对这个作品大为赞赏,他们的评价毫无疑问至少从文学角度来讲和这个崭露头角的作者一样不成熟。我父亲把这首诗印了出来,并将这些大幅纸张分发给那些崇拜者。我清晰记得,我父亲带回家了一卷,有三四十份。然而,我们还在布瑞小镇时巴涅尔就去世了,所以这首诗一定是在巴涅尔死后几个月或一年才写下的,因为我很肯定那些大纸张是我们住在黑石镇的时候印刷的。所以我的兄长那时是九岁到十岁之间,他想成为一名作家的志向有了第一次羞怯的绽放。我引用的这几行诗深深刻在我记忆里,因为“亲爱的阴森小屋”和文雅而又恰如其分的“精巧鹰巢”成了我们之间永恒的笑谈,一直到我们搬去的里雅斯特也是如此。此外,在《艺术家的写照》——如今称为《斯蒂芬英雄》的首稿中,这首诗的创作时间确定在我指出的那段时期,此外我兄长描写了我们匆匆收拾行李,从黑石镇离开时的情景,他找了剩下的大页诗歌,描述了年轻的斯蒂芬·迪达勒斯躺在被家具搬运工们的靴子刮蹭又弄满泥巴的地板上,对这些诗歌引以为豪的情景。

在黑石镇,我们家以集中的速度解体。“但丁”离开了我们和别的朋友住在了一起。在她去世前还活着的那几年,我频繁地从一个朋友家搬到另一个朋友家,我断定她再也找不到像我们这样容忍她的霸道的家庭了。作为某种侍女学徒,她抚养了我的大姐姐——现在是一个修女,那时只是一个接近九岁的小女孩,她成功地使自己的生命永不止息地开始履行一轮又一轮单调乏味的职责,而这只有心中完全充满怨恨的宗教人士才能做到。但是“但丁”还和我们在一起时,我们每天晚上在我家后边的音乐学院,学习玫瑰经和圣母祷文,学习由她来主持。我唯一能说的就是玫瑰经和祷告文这两个词对我的意义和对于那些旅居在天主教国家的多愁善感新教徒的意义不同。但是当她走了,也许她是以她自己讨厌的方式想念这些孩子。威廉大叔也离开了我们,重新回到了科克。

我有一些零散但很重要的回忆,是关于相对富裕和真正贫穷之间的短暂插曲。比如说,我记得我们和父亲一起从都柏林乘火车回到黑石镇。在三等车厢里,只坐着另一个身穿红色外套的英国军人。父亲当时处于好争论的醉酒状态,他开始喃喃自语,讲些能听清的诅咒,诅咒那个人。那个军人很严肃地看着他,慢慢向我们移动。我处在他们中间,如坐针毡,害怕他们吵起来,努力问些幼稚的问题,想要将父亲的注意力从他身上分散开,但那位军人说:

——我知道你已经不记得我了,乔伊斯先生。

我父亲平息怒气,说,"是的,说实话,我不记得"。那位军人随后解释说他就是多年前父亲花钱雇来照看船只的那个男孩,又讲了一个那时候发生的事情:海湾有风暴时,他就开始哭,要求回岸上。父亲把他放在林森德郊区附近的某个地方,独自划船回到了多基。父亲这才变得友好起来,却装作记不起来,但当我们在黑石镇下车时,我被送回了家,而这个叛逆者和那个穿红外套的军人换地方去了一个小酒馆,畅谈旧日时光去了。晚上沿着黑石镇的浅滩和其他男孩儿玩耍过后回去仍然不太开心,我却看到父亲酩酊大醉却依然保持绅士风度,眼镜也固定得很好,在镇上的主大街边弹电子琴边哼唱"韦克斯福德的男孩"。此时,一个意大利街头手风琴演奏者站在那里,看着他,双腿交叉,一只手放在手风琴上,对他心中坚定认为"英吉利的这个早上"表示一脸疑问。我们从大街的另一边小心翼翼地经过——其他男孩子和我一样小心翼翼,我赶快跑回家报告父亲回家的好消息。

我希望我能像我的兄长那样,看到现在或是能够看到当时发生的这些事情有趣的一面。然而，在《艺术家的写照》中，他写道，“一个男孩或一个老师对他父亲的任何暗指都会一举磨灭斯蒂芬·迪达勒斯的镇定，会使他脸上的笑容消失”。当然，看起来似乎并非如此。但是斯蒂芬·迪达勒斯是想象出来的人物，并非真实人物，是一幅自画像，可以随意加工。

在他就读的耶稣学校里，老师们经常大力阐述“人类尊严”面临的危机，他们打算做一些事情或什么都不做对抗某人的意识，因为害怕人们可能会说什么话，或者怎么想你。我们能清晰明白他们模糊的言语。他们希望自己的学生对某种自卑的情结提高警惕。在都柏林这个小世界里，当这些学生与一个占据统治地位的新教阶级有联系时，这种自卑情结就可能会侵入内心。他们发现我的兄长比他们预期的要聪明，或者说确实是比他们期望的更聪明。毫不夸张，那个时候不仅在黑石镇平庸的中产阶级中而且在欧洲，都很少有年轻人像他那样注定如此平静地走自己的路，如此无情地反抗这些污蔑，或者说如此坚决没有任何表扬，或者为了他们认为该做的工作可能降临到他们身上的责备。

我既没有这样精神上的勇气，也没有父亲如此深沉的爱，相反，我对他的抵触似乎与生俱来。聪明人睡觉时，头和脚都和地球的旋转方向保持一致，所以他们的健康和内心的平静能获得极大的好处。相反，我最坚信如果心灵一直滋生仇恨和蔑视，人类就将走向一条错误的道路。但一个人怎能对现实假装视而不见而又保持内心的忠诚呢？兄长读到哈代的小说《两个有志青年的悲剧》时，他几乎无理地批判了哈代的作品为“令人难以置信的呆板乏味”。那部小说是关于一个经常喝酒的技工和他的两个严肃、办公室文员的儿子的故事。但是由于考虑的是我们自己的情况,我试图做一个概括。我说这就是撒克逊人的严肃和凯尔特人的轻浮的证明,即表明了一个英国人暗含的悲剧在爱尔兰只能创造一种低级幽默的情形。兄长默默的接受了这一嘲弄,因为他既不喜欢概括也不喜欢暗含的推理。但他可能对两者皆会深入思考。

公职由那些我努力去描写的一类员工所担任,公职的作用迟早会受到其依赖的更高级别的官方质疑。这一点并不奇怪,且是受多方控制,一部分受政府控制,一部分受地方控制,命中注定很难维持长久的寿命。在 1891 或 1892 年那家政府机关被废除了,其员工也发放了养老金,一一被辞退。由于父亲有一些不良记录,起初不能肯定他是否能领到养老金。但是在母亲苦苦求情之下,高层的人,不论是谁,给他发了相当于三分之一薪水的养老金,相当于每个月 11 英镑。大概在同一时间,他在科克的房产或该房产所遗留下来的任何东西都被卖掉了,很明显是为了弥补亏空,但他的债务很重,所以从那次房产的出售中他基本没赚,或者说什么都没得到。我们匆匆离开了黑石镇搬去了都柏林。

我父亲那时才四十出头,他曾接受过大学教育,从未受过一天苦。但是尽管他一大家子都是小孩子,他从不会因为对他们有种责任感而觉得压力沉重。他的养老金或许可以抵消他失去的房产的一部分,也成了挣来的收入的一大笔补充,这也是他和我们的唯一的生计来源。

一个人渴望摆脱自己责任上的精神负担只不过是众多普通、完全无法实现的人类愿望之一罢了。然而,那并不会使这个愿望无法作为一个文学主题。世界杰作之一——《浮士德》——就是基于这样一个愿望写成的。在《尤利西斯》里,对此我父亲将西蒙·迪达勒斯当作一个模型。他是一个受到重创的残骸。对他而言,自由地活着这一愿望甚至都成为了模糊回忆。但如果他表现出的性格的另一面能够使该人物成为一个有影响力且惊人的文学创作,这很有可能,仅仅是因为文学的包容性远远超出了现实生活的包容性。

在都柏林,我家的境遇每况愈下期间每个阶段的标志便是我们住址的无数次变化,期间还有债主们在门前讨债和耀武扬威的房东们。我保存的就有大概十一年内的九处地址的清单,虽然我已无法确定先后顺序。起初,我们搬家时只需两辆家具货车、一艘船;到最后,只需一艘船就足够了。这些往事的低音是父亲微醉时吹嘘的材料:

——我将给他们玩个戏法。你们等着瞧。我现在还没死呢。不,借着上帝,我不是半死。啊噢! 你认为呢?

他的孩子们毫无质疑地接受一切事物,这是他们童年的命运,孩子们又有能力发现简单的幸福,甚至晴朗的天气都能使他们满足。有了这些,他的孩子们对于搬家的疲劳得以缓解一部分,但是搬家的压力却让妻子迅速变老。

无条件接受所有童年恩惠的一切事物和找寻简单幸福的能力,甚至是对好天气也会觉得知足,部分程度来说削弱了搬家带给孩子们的疲倦,但是这样的压力之下他的妻子快速老去。

在我的记忆里,我们于 1893 年搬到了都柏林。头几个月我们在临时寄宿处,不需要考虑我们上学的问题。我们度过了漫长的假期,期间我兄长喜欢探索都柏林的一切,我就跟在他后边。后来我父亲在离蒙乔伊广场不远处的菲茨吉本大街上租了一个阴暗的老房子,面积很大。菲茨吉本大街那时是富裕家庭相当不错的居民区。从房间的大小来判断,这座房子曾经也有过美好的时光。我们的住处之所以接连不断变换，是因为我父亲作为一个爱尔兰人，全然拒绝支付房租。我不知道他自己那时是什么样子的房东。在所谓的分裂时期，当八十三个爱尔兰民族独立主义成员中绝大多数人都受到神职人员的煽动而背叛了帕内尔，只剩下他和八个追随者。我的父亲在一次选举中未辞职就不干活了，直接去科克说服他的租客投票给“那个首领”。在办公室关门时这只是针对他的其中一桩事。我能回忆起至多十一年期间里的九处地址，它们代表了我们家命运之梯台阶的不断下滑。此外，在我的记忆里其中的每一处地址都和我们吉普赛人式的家庭生活的某些特殊阶段相关联。我们从在菲茨吉本大街，和基督兄弟学校度过了几个月之后，在康米耶稣神父的邀请下，免费进入贝尔福德大学耶稣学校。该校位于蒙乔伊广场另一侧的丹麦大街上。

在我对基督兄弟学校的模糊记忆里，教室很大，感觉被淹没在满屋子的学生里，坐在后排的一张长凳上听不到更听不懂。尽管如此，这些都不重要。在贝尔福德学校，班里学生就少许多，监督也更严格。我在那里呆了没多久，就看到我们的耶稣教师让一个大概九岁的男孩儿膝盖跪地，用一个皮质打手棒狠狠地打他，因为他在听写时用铅笔写了“我们的神父”，而不是用钢笔，看到这一幕我大为吃惊。但牧师们的消遣方式终究就这么一点。他还有别的简单的乐趣，那就是将运动精神和他对宗教的狂热混为一谈。那时他总会走到一群男孩子面前，搓着双手，傲慢地宣布：

今天真是天主教徒的伟大日子！曲棍球比赛中北方女队打败了南方女队。天主教徒的伟大日子！

另外，他非常无聊。一天晚上，我正准备和其他几个男孩去凤凰公园散步。我们碰见他正从公园往回走。他停下来和我们谈论那个美好的夜晚，以及令人愉快的散步，随后他突然张大嘴巴，肆无忌惮地打了个哈欠。他十分镇定，眼睛里闪烁着打哈欠流出的眼泪，祝我们有个美好的夜晚，于是就漫步离开了。《艺术家的写照》的初稿对他就有一个幽默的暗指。我在贝尔福德大厦里他们的私人教堂里初领圣餐时，就是同样的一个人在弥撒开始时会用英语为自己祝福。当然，尽管我猜上帝，明白所有相同的，正如所有天主教徒知道的一样，和上帝对话时，拉丁语才是合适的官方语言；或者他可能让那个爱尔兰伟大的朋友阿德里安四世为他做了翻译。他纠正了自己的错误，然后继续忙自己一天的工作，但我很好奇，门外是否有人在弥撒过后等拿着打手棒糊涂的法利神父。

不幸的是，我班上有个住在黑石镇的男孩，他乘火车来学校。他告诉同学们我父亲因为破产从黑石镇逃走了。我认为自己有责任一定要说他是个骗子(尽管我知道我才是个骗子)，并向他发出挑战，放学后和我决一死战。集合地点选在圣乔治教堂后面的一个安静的地方，我们正准备开始大打一架。这时一个对这种不成熟的暴行感到震惊的女人，从可以看到广场的另一边的窗户开始大喊，并叫来路过的一个男人阻止我们。我们散开了，但那次冲突之后，与我对抗的敌人——我甚至不记得他的名字——无论得知了其它任何有关我家的一手消息都会保守秘密。

我们在菲茨吉本大街一定没呆多久，因为我兄长在中级考试中赢得他的第一次奖学金，预备年级学生奖励二十英镑，当时我们已经搬到了第二个住处。那时他十二岁，我九岁。我年龄还太小，搞不懂他究竟为何在夏日晴朗的下午更喜欢待在家里看书，也不愿出去玩儿。我还清晰记得他的拒绝，微不足道的事情往往铭记于心而重要的事情却记不住，这很是恼人。然而，我们离开菲茨吉本大街之前，我母亲有段时间得了猩红热病，最小的弟弟乔治被她传染了。发病一阵子后他们被隔离在二楼的一间大卧室里，但除了两个很小的孩子，家里的其他人依然住在这个房子里。在危险的康复期，我不记得采取了任何专门的防范措施。父系大家庭心照不宣的准则就是必须有充足的备用资金来弥补亏空，而更坚强或更幸运的人能够活下来。

我们的新房子坐落于都柏林市郊拉姆康德拉的一栋小型半独立式住宅。我很喜欢这个房子，因为它几乎是在一座小山脚下的一个乡村，刚好房子附近有深入托儿卡河的堤坝的田野，还有我学校的朋友们和我可以随意进入玩耍的森林。除了住宅里面的另外一半人家，我们在米尔本小路上的邻居都是居住在破旧农舍的农场工人和建筑工人。尽管我们家的孩子身上的确没有富贵的迹象，但农舍里那些无产阶级的孩子十分不友好，异口同声辱骂我们还向我们扔石头，以此显示他们对我们的敌意。这真是无缘无故，只因天生敌意，他们对任何还不像他们那样境遇糟糕的人充满强烈的敌意，而这在低层阶级人群里随处可见。我们的房子刚好在那条小巷的尽头，所以每天晚上从学校回家时不得不受贫穷的下层人们的辱骂。最后，我和其中一个辱骂声音最大的人打了一架。他是一个红发小流氓，很喜欢“倒霉的杜菲”这个绰号。当时是傍晚时分，农舍里闲荡的人、甚至是女人们都围了过来，却毫不劝阻。以此为模型的《痛苦的情况》的想象出来的肖像里，我兄长给我起了名字就叫杜菲。

我和“倒霉的杜菲”的小冲突过后，我开始和班上的一小群男孩儿混在一起。有天晚上，我们正要与一群街头流浪儿交战，却看到我们学校的牧师亨利神父向我们走过来。那群街头流浪儿一看到牧师就匆忙离开了。我们向他致敬，他回敬了我们，用他那又黑又浓密的眉毛下的双眼向我们投射犀利的目光，但他并没有停下来。第二天我全心期待着麻烦的到来。亨利神父给我们上拉丁语课和希腊语课。课一开始，他便叫到我的名字。我站了起来。

——昨天晚上我看见你时，你在做什么？他问。

我像往常一样愚蠢地回答：

——什么也没干，先生。

——你是说在河堤上跟一群叫花子打架是什么都没发生吗？

——我没打架，先生。

其实，我们仅仅才到了"说话充满火药味"阶段。

——噢，牧师说，我猜，除非你被打成熊猫眼或者是鼻子被打流血了，你才说是在打架。

随后，他软下来开始往日的警告和威胁，但我看得出他并非不高兴了。他呆板学究，认为我是一个典型的学校男孩。那真是远远超出我的描述能力。我身材瘦弱、营养不良，胳膊细得像鹈的胫，我太清楚自己的弱势了，所以不爱争吵，但若你被石头擦破了皮，就无可避免要干一架了。

即使是我兄长，他尽管拥有男孩子的坦然自若和不慌张的品性，也无法逃脱同伴们挑衅的嫉妒。在《艺术家的写照》里，有关拜伦和异教邪说的讨论以及他与他的三个同学之间的打斗既不是创造出来的情节，也没有夸大其辞。他一定被狠狠地摔在了有刺的电线上，因为我母亲不得不修补他衣服上的裂缝，这样他第二天早上才能穿它去学校。那是在米尔本小巷难过的回忆之一。

一个男孩在这里出生,他活到了能在接受洗礼时取名为弗雷德里克的时候,几星期过后他就死了。他的死给我的内心留下了一种尽管不是念头却至少是一种徒劳无益的感觉。这个婴儿曾由某个托赫医生——艺术家帕特里克·约瑟夫·托赫的父亲(我母亲告诉我的)——照顾。这位艺术家在很久以后为我父亲画了一幅很棒的老人肖像。也是在米尔本小巷,我父亲曾糊涂地企图掐死母亲。他有一次喝醉酒,狂躁不安,突然向她冲过去,掐住她的喉咙,吼道:"借上帝的名义,现在是时候结束这一切了。"屋子里的孩子在他俩之间跑来跑去,尖叫着。但是兄长表现比较沉着,他迅速扑向父亲的背,使父亲失去了平衡,这样他们都摔到了地板上。我母亲猛地牵起两个最小的孩子,和大姐一起逃到了邻居家。我记得,这精彩的一幕过后几天,一名警官前来拜访,在客厅里和我父母谈了很久。最终,我们和周围的建筑工人和农场工人一样了。除了不再有更实际的暴力发生之外,没有再发生任何其它事情,尽管我们一直生活在不断的威胁之中。

与我相比,我兄长受这些事件的影响更小,尽管它们的确影响了他对婚姻和家庭生活的态度。我们也听说过一些被隐瞒了一半的故事,都是发生在我们朋友家里的有些类似的事情。他们的物质条件至少有保证,算得上舒适;因此,贫穷不可能是邪恶的根源。我们认识的与那些形形色色的这个太太、那个太太,而她们主要的挣扎就是要小心掩盖家里发生的事。但不到几年之后,这些家长里短让兄长坚定要揭露这些事情。他最初在学校写的一些短篇故事——《影子》——既不是冒险故事也不是浪漫故事。这些故事已经是《都柏林人》的风格了。他对父亲十分忠诚，从未改变。他去科隆高威伍德学校时，离开的那个家还算富裕和幸福。一次圣诞节节日氛围浓郁的时候，他回来了，我记得刚好是复活节，漫长的暑假时他也回来过一次。夏季总是一种恩惠，“早晨清新四溢”萦绕在最初的记忆里。因为他在学校一直待到大概十岁，所以他只知道家里生活更为舒适的一面，父亲性格中更为和蔼的一面，且他在那些年形成的画面从未抹去过。另外，他能从中跳脱出来，将其变为小说的疆土。再后来，他记下了阅读艾克曼 · 沙特里安小说时的记忆——在学校读的《侵略》《朋友弗里茨》《波兰的犹太人》，和其他一些他自己写的小说，这些书的共同著作者似乎并没有创造出他们想要的效果。

明天不用去上学：这是冬日一个周六的晚上，我坐在火炉边说的话。他们很快就会回来，带着粮食、肉、蔬菜、茶、面包和黄油，还有在平底锅上可以发出声音的白色布丁……我坐着看阿尔萨斯的小说，翻着泛黄的书页，看着身着奇怪服饰的男男女女。阅读他们的样子，心情很是愉悦；透过他们，我似乎接触到了他们生存的土地之外的生活，和德国人一起领受了圣餐。最美好的幻想，就是我青年时的朋友！……在他身上，我可以想象到我自己。有了他们深刻的同情之心，我们的生活依然神圣。夜晚，当他读哲学家写的书籍或者古代的一些神话故事，我和他是同在的。当他独自漫步，或者和他从未见过的人一起漫步，我和他在一起。那个年轻女孩用胳膊搂住他，这样的做法毫无坏意，只不过是付出她单纯、满满的爱，倾听并回应他的灵魂，而他却不知她能如何做到这一切。

那些日子，兄长曾十分渴望学习，甚至我们去霍斯或布尔野炊时，他身上总会携带一些小笔记本，用于记录历史或文学概述、法语或拉丁语单词列表，这样我母亲就能在午餐后给他做测试。尽管我有时会抗议，但这也没有影响我们的短途旅行。午餐前，我们游了泳，下午时我们围着霍斯山或沿着北斯特兰德漫步，间歇的大约半小时里会进行测试。每周的英文写作是他的强项。A. M. D. G——Ad majoreum Dei gloriam[①]——他虔诚地题写在从练习簿中间取出两页纸张的顶部，接下来紧挨着的四页是关于能启发灵感话题的一些新颖想法，比如“爱国”、“独立”，或者是“太阳放光时抓住时机”。他对于说什么从不会感到迷茫，不需要事先打个简单草稿，而是匆匆写完。然后就做出了总结——L. D. S. ——这并非 L. s. d. 的字母易位词，而是一句基督箴言“荣耀永归上帝”。他的英语老师乔治·邓普西很快就注意到他的写作天赋。邓普西在《艺术家的写照》中是“泰特先生”。他向教学主任指出，兄长是一个“脑袋里有很多想法”的男孩儿。当我兄长升到高年级以后，邓普西常常将他的作文当做范文读给学生们听。最后，邓普西认为“格西”理所当然会成为一名作家。“格西”这个名字是他在打趣时会叫兄长的中间名“奥古斯丁”一样。兄长对邓普西的鼓励似乎并非毫不在意，因为我从巴黎那边听来的消息说他直到死前都和这位老人保持着联系。那个牧师却不太欣赏我的兄长。吸引他注意的是末尾的签名——Jas. A. Joyce，下边还带有一个挥动的姿势——他对此的评价充满讽刺的意味。他应该是更欣赏谦虚与温顺。好吧，我兄长刚好不具备这些品质。

兄长从不会喜怒无常或轻易发脾气，而这些往往逼迫我在父亲一回来就上楼回到自己的房间。我走时兄长他还要接着说

---

① 译者注：拉丁文“愈显主荣”。

一句挖苦的送别话："真是个可爱的儿子！[①]"他不仅享有聪明的美誉，不错的幽默感和活泼的性格也让他在众多姐妹和亲戚中间大受喜爱。无论是在家里争吵，还是不知疲倦地跟那些好朋友夸夸其谈政治，亦或醉酒时几近愚蠢的言行，从未破坏他和他父亲之间的和谐。他在预备年级赢得的二十英镑奖学金由父亲全部授予这个年轻的男孩，用这笔钱想做什么就做什么。兄长不知如何处置这笔钱，因为当时二十英镑相比在今天能买到至少是那个总数二倍的等价物，这笔零花钱对任何一个男孩子来说都太多，无法去处置。他为我们所有人买了礼物，都是些实用的礼物，给这个买双靴子，给那个买条裙子。还频繁去电影院看便宜的剧目，我偶尔也一起去，看爱德华·特里表演喜剧角色，或者能买到票时去看欧文或特瑞，亦或去看不那么有名的人物埃德蒙·泰勒表演奥赛罗或奥尔加·奈瑟索尔。他尽管很聪明，但依然不过是一个孩子而已，喜欢拿着钱玩耍。为了体验开收据和充值账户，他为家里开了一个账户。我莫名其妙背负了大约六便士的没被索取的借款，或者对我是笔大的负担，但他的父母是最主要而且十分殷勤的顾客，所以这笔钱很快便三三两两逐渐花完了。但即便如此，在最初悲惨的那些年，他仍旧因为满足于能够带来成功的努力而感到幸福。

有几次都柏林外的旅行，兄长陪父亲前去，他似乎很享受和他一起旅行，至少他很乐意去。科克的房产卖掉后，他和父亲一起去，我认为是他最后一次前往他的故乡。在《艺术家的写照》

---

① 由上帝，你们就是两个可爱的儿子，你和你的弟弟！《斯蒂芬英雄》第 207 页［页码参考《斯蒂芬英雄》一开始的英国版本伦敦，(乔纳森·凯普出版社，1944)然后插入语指代美国版本(纽约，新方向出版社，1944)］

中,那次前往是后来才发生的事,而且在斯蒂芬心中激起了一种不安的原始冲动和精神上的不适,但兄长那时给家里的信语气愉悦,即使是他在描写从一个酒吧到另一个酒吧的时候也是这样。我们还住在米尔本巷时,在我父亲的朋友、杜克客轮之一的船长的邀请下,夏季还到格拉斯哥呆了一些日子。那次旅行的大笑话就是天公不作美下了大雨毁掉了旅行,父亲返程途中彻底淋湿了,他和那个反对巴涅尔的船长激烈争论政治问题。幸运的是,那位船长尽管在船上嗜酒,但上了岸却滴酒不沾。

——感谢上帝,先生,我父亲结束时会讲讲这个精彩万分的故事,如果他喝了酒,一定会把我扔下船的。

我将兄长描绘为帅气的小男孩,一切眼神和神经都那么帅气。格拉斯哥下着闷热潮湿的毛毛雨。他跟在醉酒的父亲后边疲惫前行。在都柏林,那时我不止一次看到比我兄长还小的孩子努力带着步履蹒跚的母亲回家。由于人们假装遵循十条戒律,我想知道命令为孩子们做一些考虑的同时,为何人们认为给第四条戒律加上旁注不适当呢?难道是摩西在匆忙记下更重要的事情时忘记了吗?比如说不要觊觎邻居的房子、邻居的妻子、他的男仆、他的女仆、他的牛或者他的驴这些戒律?

我不知道那位宽容的房主允许我们在米尔本巷的房子住了多久,但那段时间长到让我发现了书籍的迷人之处。正是在那里,我第一次独自读完了一整本书,尽管这花费了我大约六个月时间。那本书叫做《大卫·科波菲尔》。这本小说的大部分内容我都无法理解,但我能够体会它的情感和奇异之处。书中一半以上的内容生动逼真;它激起并满足了我想象中的一些渴望。我试图在我了解的人中间对应一些角色,在我看来,适合我兄长的角色毫无争议就是斯提福兹。但我兄长从不关心狄更斯。我们搬走之前，高大而瘦骨如柴的 P. 达菲先生神父过来道别。我们在被拆除的客厅接待他，喝了不止一瓶烈性啤酒后。他表达了对过去误解的遗憾，并代替农舍里的人们给予美好祝愿，这样我们在重建和平光环之下离开了。

我对下一个房子记得更清楚，因为我们搬进去的时候我已经大概十岁了。就是在《阿拉比》中写到的北里士满街的一栋房子。地段是一个安静的居住区，"北里士满街只有一个出口"，如我兄长所说，"一所无人居住的两层楼房（真的是两层，还有一层巨大的地下室），矗立在大街的尽头，在一块四四方方的平地上，同它的邻居隔离开来"——那是一个种满苹果树的花园。故事《阿拉比》的其余部分纯属想象。在美国版本《都柏林》[1]的序言中，培德莱克·科拉姆说这个故事和《姐妹们》明显是童年回忆。这是错误的。实际上，只有两则故事——《偶遇》和《一位母亲》，描写了兄长和约翰·马克科马克一起演唱的一场演唱会——这都是基于他真实的个人经历。其余的故事要么纯属虚构，要么间接描述他人的经历，其中大多数是我的经历，这点我之后会做说明。

在《偶遇》中，我兄长描写了他和我策划并实施逃课的那一天，我们遇见了一个好男色的老头，那时我们还住在北里士满街。对我们来说，他就是个"傻子"。那时我们俩没人知道他属于哪一种"傻子"，但他滑稽的话语和行为让我们立马产生了警惕。我们想他可能是逃出来的精神病患者。他看上去大概五十岁，一副军人的气势，我引用曾经在圣经引语中某个地方看到的一个措辞给他起了个外号，叫"五十岁船长"。兄长直到去了的里雅斯特才写了这个故事。我依然在都柏林，当他把手稿寄给我时——他完成

① 纽约，维京出版社，1925 年。

一个故事时一直都是这样做的，我建议把我给那个家伙起的外号作为故事的标题，但兄长更喜欢他自己给故事起的标题。

1912 年，和罗伯茨——都柏林出版社即曼赛尔公司狡诈的经理之间的激烈战开始，那时该故事是被强烈提出异议的故事之一。兄长在都柏林的律师乔治·利德威尔恳求他对其作品做改动的态度不要那么顽固，跟他说：

——现在你看到了，你的父亲读了这个故事，他是个有丰富生活阅历的男人，也不明白你写的是哪一种人。

我那时在的里雅斯特，然后一直做好自己分内的事情。我回信建议兄长可以这样回应，"我也不明白，但我有自己的猜疑，并把它们写进了故事"。兄长重视汤姆·凯特尔的观点，因为他的天主教教义是明智的信念，而不仅仅是民族主义的一个说法。但他也声称反对这本书。他一直说：

——啊，那本书一出版，我会狠狠批判。我会批判那本书！

那是兄长接受的一场公平争斗，如果一战未让他成为憔悴的受害者之一，凯特尔渐渐地会失败，我兄长指出，这是一次真实的经历，但凯特尔对该回应不屑一顾。

——我知道，他说。我们全都达到了他的标准。

我想正是凯特尔的话使我兄长决定保留他自己给故事起的标题。他写信给我，说想把它献给《奥菲尔之旅》的作者①。但为何决定选可怜的乔治·梅瑞狄斯，一个英国教育方式和其影响备受怀疑的一个典型人物呢？为何不选《拉尔夫·罗伊斯特·多伊斯特》的作者？

父亲现在成了或者说已经成了一名被《自由人杂志》雇佣的

---

① 梅瑞迪斯的诗歌是为了 1901 年威尔士王子和公主的帝国之旅而写。

随和的商业广告推销员(兄长在编造利奥波德·布鲁姆故事时利用了这一财务背景)。他还做了一些与修改投票清单相关的零碎工作,偶尔还由于扮演市政选举的主持人获得一点儿钱。但这点微薄的收入充入到养老金里,对于满足大家庭的最迫切需求而言,依然是杯水车薪。兄长在期中考试中获得的奖金,名义上是任其自由支配,但都用在了太过高尚而不能称之为家庭开销上,且只能满足一家人一个月的开支,勉强不那么拮据。在这种情况下,父亲像一朵雨中枯萎的花朵,再次盛放。

他总在找工作,当然是找一份对一个不想工作的男人而言舒适的工作。现在只是短暂的清醒,因为你一定不能想象着他能偶尔清醒,会主动计算他在“三天打鱼两天晒网中间”能挣到多少钱。

在那段平静的日子里,尽管没有执迷不悟,他也临时“戒了酒”。如果天气好,每逢周日和假期,他会在都柏林舒适的环境中散步,走得远远的。兄长和我总在一起,经常在一起的还有他的一两个朋友。尽管他们比他更像真正的都柏林人,但对他们而言,他更像是一个向导。我们会停下来往乡下的宅邸门里看。

——好美的地方,我父亲总是充满热情地说。在这里死去,我也心甘情愿。

——这地方属于谁,约翰,你知道吗?

——哦,它过去是属于某某老头。

——你是说在圣母大街的那位律师吗?

——对,就是那个人。

接下来便开始聊这个老头的一生、去世和传奇故事,或者是有关更重要人物的八卦消息,聊艾迪生走过的地方,说不准是不是斯威夫特的住宅,臭名昭著的“假乡绅”弗兰西斯·希金斯在斯蒂芬绿地[1]的房子，或是外科医生王尔德（奥斯卡从未被提及过）在梅林广场的房子。他对都柏林闲谈充满无尽的兴趣，兄长和他分享了对都柏林传说的兴趣，距离和时间的间隔只能使这一爱好有增无减。

朋友每周日或周内某个傍晚前来拜访时，我父亲见到他们由衷地高兴，夜晚渐深，父亲还不愿他们回家——“为什么，先生，夜色还早”。他友善好客，有趣好玩。跟其他人比起来，他有说不完的话，讲不完的故事和回忆。他们似乎很仰慕他。当然他们还叫他唱歌。他的嗓音依然美好、悦耳，洪亮的高音唱起时面色都是深沉的。他唱的许多歌曲都是没意思的东西，比如说那首让人受不了的《是的，让我像一名士兵倒下》（从这首歌中威尔第可能得到了创作《熊熊的烈火》的启发，尽管爱尔兰的这个咏叹调无法做这种对比），然而为了结尾的高 C 调他唱得并不十分严肃。但他用英语唱得很好的民谣和歌剧曲调都是以意大利歌名出名的——《堪默》（唱得相当棒）、《啊，亲爱的恋人》《你好啊，住宅》《爱神悄悄地》。我最喜欢它们，尽管他对此不这样认为而且很少唱。我兄长也开始开金嗓，过去的一些歌手经常成为讨论的对象，正如在《死者》中那样。在的里雅斯特的最初几年，我们和托斯卡纳一家住在一起，兄长找到了相同的氛围。他朋友弗兰奇尼的妻子婚前一直在歌剧舞台上表演，唱《梦游女》和其他一些女轻高音角色。她总是敦促我兄长要完全准确解决他的困难，就得对他的嗓音进行训练。在家里度过的这些

---

① 希金斯（1746—1802 年），都柏林的一位律师办事员，娶了一位年轻的女人，他引诱她相信他是一位乡下绅士。他嫖过娼，入过狱，后来拥有一处赌博房产和《自由人日志》，在杂志上他诋毁亨利·格拉顿和其他的爱国者。他收了一千磅用于揭露爱德菲兹拉德隐藏的住所。

夜晚，我们通过母亲熟悉了大量浪漫的钢琴音乐家：肖邦、门德尔松、李斯特、舒曼和舒伯特。这些深沉忧郁的音乐家曾经是精英界的偶像，对他们的兴趣对我们家而言并不像一开始看起来那么奇怪。沉溺于情感是青春廉价的奢侈品之一。我明白他们情绪忧郁的日子或许比我那段不成熟的日子要好。兄长明显对《世纪之病》也无抵抗力，因为他给第一卷诗集起的名字就是《心情》。这一诗集是他大概在这段时间或稍晚些时候开始写的。

快到暑期尾声将会为我提到的一些童年故事要么启发了想法，要么创作了情感氛围。两位圣多明教会的牧师来拜访我的父亲。他们被引入到客厅，父亲一出现，他们便很快声明这次拜访的目的，几句恭维之词迎合了他自父亲那里继承而来的虚荣心。期中考试的成绩刚刚公布，从成绩来看似乎兄长再次获了奖，这次是在高年级中获胜。那两位道明会牧师前来是为了让他就读乡下一所属于他们管辖的学校，帮他免除住宿费和学费。父亲叫兄长去房间里，向他解释了这个提议之后，告诉他必须自己做决定。我兄长毫不犹豫做了决定。他拒绝了那个提议。

——我一开始就在耶稣会学校上学，他说，我也想在那儿结束。

不管那个决定本身是好是坏，我觉得我父亲做得很对，他把决定权留给儿子，因为他相信这类决定可以锻炼兄长的意志。我兄长学会了做抉择并且毫无遗憾。我父亲称此为“让他成为真正的男子汉”。

对那道明会牧师而言，他们没有越距参与与敌对的神职人员这场阴险牧师之间的小竞争；且他们一定都是狡猾的商人。学生们的住址并不会在教育委员会发布的名单上显示，只有他们学校的名字。为了迅速找到我们，尤其自父亲的行踪很难追踪起，他们在教委会办公室一定有告密者。当时交纳少额的考试入场费，我们在教委会登记了姓名和住址。

后来一名贝尔福德学院校长抓住一次采访《詹姆斯·乔伊斯的都柏林人》的作者帕特里夏·哈金斯的机会，强调称我兄长在贝尔福德学院时提供的有早餐。其他一些匿名的消息补充说还有晚餐。但据我回忆，我在贝尔福德学院呆的整整七年或八年的时间里，那里从未给任何人提供过早餐。

同样接受到他命令的被告知错误信息的发言人说，“尽管那时亨利神父本是好意，让一个背景与学校的文化标准和宗教标准差别如此之大的男孩子在这里接受教育，真是个错误”。（建议是康米神父提的，不是亨利神父；我们那时在其中一所基督兄弟学校，亨利神父并不认识我们。）我记得我的同班同学。如果从“文化背景”来讲，他意指独立自主，包括课外对文学、音乐、绘画、宗教、历史或者甚至政治的兴趣爱好，那么我的“文化背景”——就不谈我兄长的——远远高于我的同学，由于错综复杂的原因，我们这类家庭生活的结果和他们家庭类型的结果是一样的。实际上，这样夸口毫不费力，因为他们的文化背景几乎很难超越网球和晚礼服。至少对我来说，似乎可以合理地猜测，这正是贝尔福德学院校长想的“文化背景”。

神职人员是这个国家最不知耻的乞丐。后来迈克尔·麦卡锡在他的《爱尔兰的牧师和民众》中揭露，他们垄断了中等教育，在这方面蓬勃发展，却认为由他们授予中等教育可以看成是一种恩惠。那至少是贝尔福德学院耶稣会士们对一百多年来他们培养的优秀学生的态度。甚至只是个小孩的时候，他就赢得了三次奖，在中年级和高年级时他曾两次获得英语作文奖。在欧洲任何一个文明的国家，这样一个贫穷的大家庭（那时我家有十个孩子)的儿子被免除学费的公立学校录取是一种权利,而非恩惠。在爱尔兰,中等教育也是时候由非宗教机构来掌控了。

大约是在我们搬进里士满街的房子时——那时我九岁——发生的一件事展现了耶稣会士典型的教育方式,给我的"宗教背景"造成了巨大的影响。一天,亨利神父派人叫我过去,毫无任何我能想象到的理由。他开始问我一些关于我课堂上功课的问题,这使我感觉不妙,但很快就转变问更加私人的问题。尽管他是一位牧师,他交替问的一些问题对我似乎也没有什么不正常的,我还是非常懵。接着,他的问题再次变了,开始问我关于我兄长品行的问题;在爱尔兰人生活中,牧师过去(现在也是)都处于统治地位,所以我脑海中从未意识到他无权这样做。无论如何我没回答上来,因为我不了解;我也这样说了。这些事是我从未考虑过的奇怪的事情。他似乎猜疑我在回避他的问题,因为他警告我说这"正如在告解室",牧师不会透露的。他是个黄脸男人,头发乌黑发亮,声音深沉。男孩子中间传闻说他患有心脏病,随时都可能死掉。他用一种敏锐而猜疑的眼神注视着我,这样一个不再信天主教义的狂热皈依者,将手指神圣地放在嘴唇上,承诺"我可能说的任何一句话都不会从他的口中泄漏出去"。他说得十分诚挚——他被誉为能言善辩的传道士——所有罪恶中最严重的就是对圣灵说谎之罪。我印象很深刻。我努力有意识地回忆圣灵诗篇里的东西,但什么都想不起来,除了我兄长和那时我们请的一个顽皮的年轻女仆之间玩的恶作剧,一种猫捉老鼠式打屁股的游戏。所以我为了圣灵的名义将此说出,希望足以算得上理由。牧师明显认为那就是原因了,因为他准予我离开了,并把我送回了教室。又过去了半小时,但那位耶稣士教师没问我任何有关我久久缺席或那天课程的问题。我坐在那里，脑子一片迷惑，几乎没意识到同学们奇怪地盯着我，比被反复讯问时更沮丧。

第二天，牧师又请我母亲来，没有提到任何具体的事实，也没提到我，使她明白应该管教好她那不学好的大儿子。我母亲感到十分惊讶、震惊，但同时也感到怀疑。她从学校回来，只说牧师请她去学校跟她谈了谈吉姆。我陷入疑问，不知说出来是不是犯罪，我把前一天的长问话告诉了她，一五一十告诉了她；但尽管我解释自己的原因过程中提到了保守秘密的誓言"正如在告解室"，我依然只是稍微感觉到思想背景有些模糊，不像言语表达那样清晰，我自己被骗了，而且背叛了信仰。我那时太小无法区别"在告解室"与"正如在告解室"两者之间细微但有帮助的区别；那时无论如何我脑海中也不曾闪过怀疑的影子，在这种情况下尤其是学校严厉而虔诚的校长，牧师不可能有错。但我迟钝的回应也没使我损失什么。

我母亲听到了这些当然不高兴，但某种程度上她也感到欣慰，因为校长真诚的忠告导致她担心更糟糕的事情。当然，她责备了那个女仆。女仆有二十三四岁，比我兄长大十岁左右。她已经离开了我们，我们也没有再请别的女仆。在那之前，母亲已经很久没有向父亲吐露任何事情，但他觉察到一些事情出了差错，就询问整个秘密的有关内容。

——我在学校受到怀疑，兄长说。

——关于什么事？我父亲问。

——我不知道，兄长说。你最好去问校长。

父亲去了学校，但校长再次仅仅给出了些严肃但模糊的忠告。

——那个孩子会给你惹麻烦，校长告诉他。

——不，他不会，父亲说，因为我不会让他那样。

他们中任何一个人都不知道他要对付谁；但几年后，直到兄长离开都柏林，父亲总会间歇地复述校长的攻击和他自己聪明的回击之间的故事。似乎没有人认为我做了一些该受批评的事情，但我内心十分不安，对那次惹上麻烦，心不甘情不愿做了一名代理而念念不忘。

至于兄长，他只是笑话我，说我是个傻瓜。不仅在家里，在各种和校长面谈的场合，他的沉着应对都远远超出他那个年龄的人。这也深深地惹恼了校长，他认为这就是无声的挑战。他确实刚刚又拿了奖，而且在为第三次拿奖而努力学习。父亲即使有聪明的美誉，但明显他什么都没猜到，他咒骂校长每晚阴魂不散的"黄褐色幽灵""让这个男孩儿从学习上分心"。然而，这个男孩儿并没有落下作业；他十分规律地投入到学习中。兄长从不低估自己的价值。这一点十分确定；但它也不足以解释他的沉着。从他不受影响的沉着来判断，他可能一直在参加他漠不关心排练十分糟糕的喜剧演出。他在《艺术家的写照》中写到，那"严酷而理智的冷漠"在男孩斯蒂芬第一次性体验之后便占据了他的灵魂，似乎挥之不去。但我猜想还有一个更深刻的原因。我猜他很快便懂得了我冥思苦想很久之后才懂得的东西，即校长险些违背了对告解室法师保密的诺言，而且他对校长了如指掌。他知道自己是耶稣会士阴谋的受害者，下定决心要使那个耶稣会士违背耶稣。即使年龄不大，喧闹依然无法扰乱他。甚至那时，他给出了那个警告的证据。这份证据对他后来跟各个地区和动乱时代的敌对权威做斗争时帮助甚大。

暴风雨突然平息，正如当初突然袭击那样，因为这两个手头有事情的人，一个已经滔滔不绝，另一个却一言不发。但这只是校长亨利神父和我兄长之间几乎要公开对战的开始，一直持续到兄长离开贝尔福德学校。然而，对战主要是单方面的。在《艺术家的写照》贝尔福德章节中，描写校长时，我没发现任何敌对的痕迹。兄长认为他是自我狂热主义的受害者；不管怎样，对他自己创作或想象出来的再创造的角色应该保持公正的态度，这便是他艺术创作的原则。那一年或下一年，兄长在中年级拿了一项奖，也拿到了令人垂涎的英语作文奖，但尽管其他老师都面带微笑表示祝贺，校长却沉默不语。有趣的是，他在中年级时数学拿到了高分——在爱尔兰大概排名第十三，我记得很清楚他非常优秀。他讨厌数学，那是他最弱的科目，但他坚决克服了数学困难，因为他想得奖，他做到了。实际上，他拥有的那种短时间内获得的聪明注定应该成为一名杰出的律师，这种聪明就是能在需要的时候短暂掌握某个他们毫无个人兴趣的学科。

我们离开北里士满街之前，兄长和我经常受邀周日晚上去校友希伊的家里。他住在离我家不远的蒙特乔伊广场，那片区域似乎已经破败成一个住宅区了。这段情谊持续了好些年，事实上那是兄长在都柏林期间可能唯一能称得上社交生活的经历。希伊的父亲是议员，他有两个聪明的兄弟，四个聪明的姐妹，其中一个女孩漂亮极了。父亲大卫·希伊看起来精神饱满，活到大概九十岁。我喜欢他，但兄长认为他很傲慢，喜欢发号施令。他更喜欢那位母亲。

我们第一次去那里时我一定还是个年轻小伙，因为我记得最年长姐姐的一个大学朋友，一个女学生硬是拉着我，几乎整个晚上都在跟我讲体操和运动。我是一名赢得了校际体操眉形奖章的校队里资历较浅的队员。她体态轻盈、长得好看，也热爱运动。对我来说，她看上去是个年轻女人，但我被她迷住了，因为一次又一次不能见到她我感到很失望。还有一次，希伊先生在舞会上将我和他最小的女儿安排为舞伴之后。舞蹈一结束，我和她坐在一张大扶手椅的两侧，她向西南方向看，我向东南向看。

对兄长来说，他从不会乱了阵脚，尽管他一般举止相当冷淡，但希伊夫妇和其兄弟姐妹对兄长都像成功的学生那样热情招待，他们兄弟姐妹那时或后来都上了大学。大儿子去世时是高威大学的教授。我兄长不仅是学校最优秀的学生，至少在那时他的勤奋堪称典范，他还阅读英语和法语书。他读各式各样且大多都是非正统书籍，这经常让他们吃惊不已，也成了善意的玩笑对象。为了提升法语，他和卡尔瓦多斯省维尔镇的某个学生通信。他从其中一个促进英法关系的社团找到了这个学生。玛格丽特是第二个女儿，她那时刚刚在业余戏剧界成为了一名女演员，小有名气，她会频繁安排字谜游戏。兄长也几乎总是参与那些游戏，并发掘了扮小丑的真正天赋，这在如此严肃的一个年轻人身上还真想不到。除此之外，他的嗓音已经在培养了，尽管希伊一家并没有音乐天赋，但经常叫他唱歌。

他直到十四五岁才按照学校的课表固定地学习。如果不是他从卡佩尔街借阅图书馆借的书，有时管理员觉得对他那个年龄的男孩子表示怀疑，总体来说，他险些成为高年级坏学生的典范。其中一本，图书管理员老格罗根严肃提醒我父亲不要让孩子看《德伯家的苔丝》。我父亲不知道这是本什么类型的书，作者是谁，他自己对文学的品味徘徊在《我们的汤姆·伯克》《弗兰克·费尔利》之间，还有让人难以忘怀的《月亮宝石》。

——我听说你在读的那本书是什么？他问我兄长。

——我读了很多书，你说的是哪一本？

——老格罗根对你借的上一本书说了些意见，我父亲说。

——什么！《德伯家的苔丝》是托马斯·哈代写的。那我不得不问老格罗根我下一本书读什么呢。愚昧的粗人！他最好在土生土长的老家呆着而不是在图书馆。我倒是很想给那家机构写封信，投诉他。

——好吧，如果你这么说了，那就没关系了，父亲说，他很容易就信服了。

老格罗根尝试过做一名低级别的教师。由于我父亲经常拿老格罗根做他模仿的笑柄，这位图书管理员就沦为了思想自由交谈祭坛的牺牲品。但我在这次和图书审查员的第一次冲突中也几近成为了又一个滑稽的受害者。卡佩尔街公共借阅图书馆离我们住的地方约有一英里远，兄长借着自己课后没有空余时间，经常派我为他换书，给我列一个按照喜爱程度排序的书籍清单，以防他想要的那本书已经被借出去了。图书管理员试图扮演审查员失败之后，他给我清单上的第二本或第三本书是哈代的另一本书《无名的裘德》。我不知道这本书，去图书馆的半路上，我看了看清单，却无法正确读出那个书名。从我兄长潦草的笔迹看，似乎是《淫荡的裘德》。我深感困惑，可看起来这也没什么可怀疑的。我越看，越确定那个词就是"淫荡"。起初，我想我会说成那本书被借出去了，但即使在我看来，我也不希望被发现有想对图书管理员宣战的想法。幸运的是，清单上的第一本书可以借到，因为我已经鼓起勇气去克服那个纠结的问题，并下决心大胆讲出那本书的名字《裘德》。我回到家，告诉兄长我的尴尬境遇，他大笑起来。他说他很抱歉，他并非一定要借那本书。他真想自己当时也在场，当我说借《无名裘德》时，看老格罗根和我愚蠢的表情。

此时，我们已经再次搬家。新房子在费尔维尤的温莎露台，靠近环绕利菲河朝向克朗塔夫的宽宽的浅口处的公路。它位于两层楼房平行排列的尽头，左边倒数第二幢，边界是某处看不见的郊区别墅，相当广阔的土地，属于一位名为拉夫的年轻男牧师。他是一名长期受苦的基督徒，人们希望他能有其他收入来源。他在《尤利西斯》中简短露了个面。我们在大海附近住了些许年头，接下来的两次搬家都是在附近的居住区。克朗塔夫是爱尔兰历史最有名的战场之一，乘电车到那里很方便。克朗塔夫这个名字的意思是“公牛的草地”，公牛就是长长的沙堤，在高潮位时，一条窄的水道将沙堤与滨海大道完全切断。这片多沙的小岛上高低不平的绿色草地因无人照料而长满了灌木丛和苦味的常绿草，吸引了打高尔夫的人。他们建立了一个小俱乐部房子，在公牛牧场上面铺了绿叶和人工沙坑，延伸了超出公牛草地一半的长度。靠近海的防波堤在高潮位时部分被淹没，从河口处远远延伸开来。像从前一样，我们在这里度过漫长的暑期，天气晴朗，潮水不高时我们几乎每天都去洗澡，全家人经常在公牛草地的尽头或在霍斯山上野炊，我们从多利山的电车终点站走路就能去那里。这片宽广而行人稀少的海滨、浓浓的干海草味道和刺人的海风，这些难忘的回忆在兄长的作品中不同地方都有出现，但主要是在《艺术家的写照》里。正是在这一幕，斯蒂芬突然决心像艺术家一样自由而勇敢地生活。

如我所说，十四五岁之前，兄长一直是个听话而勤奋的学生，但从这个年龄开始，他以前遵循规定的课表系统性的学习就逐渐退让给了阅读一系列自己选的书籍了，我父亲一般更喜欢这样说。他按计划复习的最后一场考试是在中年级时。我们大概三点从学校回来后，他经常上楼去我们的房间呆几个小时，一直到十点钟，他会在睡前①高高兴兴下楼吃些容易消化的晚餐。与此同时，每周有四五个晚上，我在厨房或客厅和醉酒的父亲一起，我很开心。我莫名其妙在预备年级赢得了一个图书奖(是学生可以获得的书店老板设置的一个小小荣誉奖)，家里认为这不值一提。那时我自己的印象是，测试者误把其他某个家伙的分数打给我了。尽管赢得了图书奖，我那一年(还有其他几年)都在缺少一些重要课本中度过。我记忆力相当好，经常在短暂的课间甚至课上背东西，一般都成功地学到足以应对考试之日的些许知识。我对耶稣会士布朗神父出的一个希腊语法耿耿于怀。我还记得，校长亨利神父就是我们的希腊语老师，他总是置变音符号于不顾。我在同学中间得了个"惯犯"的名声，在老师眼皮底下抄袭作业的老手，当没能逍遥法外时，在老师恼怒的审讯和威胁之下我还能毫不眨眼。最终，虽有些不体面，但我还是勉强通过了各种考试。

在学校的时光总是紧张不安，回到家也无法放松。一个喝醉的男人坐在桌子另一边问各种问题是无法帮助一个男孩好好学习的：

——你会赢吗？

——嗯，我会尽力。

——那就好。我就是这么想的。(大概要重复个十几次。)

接着又从头再来：

——你想赢吗？

① (他的母亲对斯蒂芬说：)你消耗脑力后每晚让迪利给你弄煮熟的米饭。《尤利西斯》第548页(566)。

——我会尽力。[①]

同样问题，同样答案的酷刑逼问持续了多久我已经不记得了，但一定相当久，久到对于不了解醉态的愚蠢的人来说似乎难以相信——那令人反感的部分麻痹与半疯狂的混沌感。最终，那个“瓷男”和“惯犯”在泪水中崩溃了。后来，我母亲安排我去和兄长在一间房间里学习。

我还记得另一件关于家庭作业的激烈小插曲。有天傍晚，我父亲和一个渔船的船长都喝醉了，彼此回了家。据报道，这位海上船长正是于1865年将芬尼亚会组织者詹姆斯·斯蒂芬从里士满监狱逃走之后带到法国的那个人。故事是这样的，詹姆斯·斯蒂芬打扮成一个女人，装作是他的新娘。他带他登上他的鱼帆船。船起航不久，就在都柏林海湾被一艘英国的巡洋舰拦下搜查。斯蒂芬沉着镇定，但明显十分紧张，他紧紧依靠着船长。船长则请求负责搜索的军官不要吓到他新娶的新娘，那位英勇的绅士军官对给他们带来的麻烦道了歉，放渔船继续向前。不幸的是，我的崇拜之情并不是对那位反应机敏的爱尔兰船长，但至少是那位英勇的英国绅士军官。

那时我说这位船长是个一本正经的男人，扎眼的灰白色胡须，即使喝醉了走路也很稳，但某种烈性葡萄酒似乎击败了他，当他东转西转时必要时需要把所有东西都挪开。我脑海中想象了他的画面：他呆板地坐在我父亲膝盖上像个会腹语的傀儡，他们和谐地哼唱，“我梦到你，甜美的玛德琳”。我父亲不时地打断那二重唱，扯船长的胡须，大喊，“啊！你是沉没了一只船的最

---

① 吼，孩子！你会赢吗？嘿！斯科特！头抬起来！要保持气势！《尤利西斯》第540页(557)。

凶残的人”,直到不结实的椅子在双人的重量下撑不住了,他们掉落在地板上瘫坐着。这次音乐会匆忙结束后,船长带着尊严离开了,还不忘他放在房间角落里的雨伞。

我发现,用我们这个时代的伪科学行话往往会将这类人划分为懦夫。但如果这船长的故事是真的——可能是真的,尽管他自己一直回避谈论这件事——出于少数原因已经冒着长期坐牢的危险,并且在面对危险时表现得沉着镇定。父亲不仅仅是一位超出大众的全能体育运动员,还是一名毫不怯场的业余演员、歌手。他活到了 83 岁,膝下不止 12 个孩子。如果这类人是懦夫的话,那么这个词一定有着非常灵活可变的内涵。

在这样的环境下,我几乎没有学习的欲望,即使是兄长坚定不移的态度都有些动摇了。我也读了很多书,大部分是跟从兄长的步伐。他读书很快,而我很慢。然而,有时我吃惊地发现,不仅兄长对于他如此贪婪读到的大部分书都几乎记得甚少或者根本记不得,以至于需要的时候可以充分利用从阅读中记住的一两件事而已。他读得很快,如果书的内容和作者都无法吸引他,他便会将书和作者一起忘记了。但相反,如果一本书的确给他留下印象,那么他会尽其所能阅读尽量多的他能找到的同一作者写的书。不管何时我都坚持自己这样读,不过总会感到一点愧疚,好像我沉溺于劣等的品味一般。那些备受质疑的品味包括斯科特和狄更斯,兄长受不了他们。事实上,只是在读了《巴黎的罗伯特伯爵》时,我才读了威弗利的十本或是十二本小说,跑着大喊“停下来,够了!”。我们在的里雅斯时这一前一后阅读的习惯一直保持着,当然并非所有书籍(他读的比我多得多),但很多都是,甚至一些外国作者写的书。我的阅读必须有用,而非有规律的研究,作为一种修正对他而言可能会很有用处，因为在我们毫无休止的讨论中我偶尔会指出他曾忽略的东西，重新激起他的兴趣。他坦率地说他利用我，正如屠夫利用他的屠刀①。

在《尤利西斯》中就有一个这样修正的例子。斯蒂芬·迪达勒斯给玛拉基·摩利根发了一封电报，如是写道"对于一件没有出现巨大负债关系已经完成的事情，感情用事的人会觉得高兴。"兄长在读《理查德·法弗尔的苦难》时没有特别注意该警句。当他唱起"山顿的钟声"，其中一个多愁善感的人哭了起来。对我而言，努力读懂围绕在我身边多愁善感的人们时，对比这种迷茫和他们愚蠢的行为，似乎实在是太肤浅了。梅雷迪思的警句是个突然的启示，我把兄长的注意力引到了它上边。至少我现在明白我为何讨厌"山顿的钟声"，还讨厌其他一些流行曲"失落的和弦"和"你逝去的艺术人生，我的兄弟"。

当然，我不记得作为《艺术家的写照》中心主题的宗教危机。给人留下的印象就是它是一次真实的经历。我清晰记得外边的许多标志，这才加深了这一记忆：学校里漫长的对话，不是和校长之间的谈话，而是和四旬斋布道的布道者杰夫科特神父。在科隆高威伍德学校时他就知道我兄长，以及和加德纳街和康米神父对话；一段善意忠告大主教的简短对话；他和母亲参加了清早的弥撒，过后他会呆在寂静的小教堂做另一个祷告，弥撒就在这个安静的小教堂开始与结束，母亲会轻声告诉他早餐准备好了；还有在四旬斋期间，自愿强加戒除糖果、报纸和影院。

我吃惊地看着这些疯狂的苦修生活，但没有任何崇拜或内心渴望去效仿。在那个年龄(我那时将近十四岁)，我仍然每年

① 你兄长去哪里了？药剂师说到。我的试金石。《尤利西斯》第 199 页(209)。

复活节、圣诞节时去忏悔或参加圣餐仪式两三次，其它时候可能会多去一次，但一直都不乐意。相比某项罪孽，我对荒谬的大错或者粗心的小过失更难过。冒犯上帝从不会使我不安，而和他人之间的关系出了错就会使我不安。周日的小弥撒我一直参加，因为时间更短，当主持弥撒的神父走上布道坛宣读“重大精神罪孽”的危险时，他的话无法引起我的兴趣，在我耳朵里也没有回声。我觉得这些话对布道者也没什么意义，都是些胡言乱语，让我无聊至极的二十分钟布道，对他就像是每周的英语写作，对我而言，真是压榨干柠檬片。但我自己在想，“雷诺兹神父不是个好布道者”，那一刻，他是最坏的一个。

我亦无法像对圣餐的宗教热情那样让自己尝试任何事情，主持人就像薄纸，带有一种奇怪的没有味道的味道，粘在上颚，不得不小心地用舌头把它弄出来。圣餐过后读的祷告语中包含着语录，“主，我不配您进入我的屋下”，这句话像一个不合时宜的双关语令我困惑。我嘴里的屋顶还是某个人房子的屋顶？有些人生来就是伪君子，而有些人则攻击伪善。我那时属于后一种。当然那是耶稣的血和肉。啊，当然是！随后我想到了那是一种自相残杀的行为，恐怖中被捆绑出了门而从窗户回来寻找答案。我的耳朵一直被灌输说耶稣基督是真正的上帝，真正的人，他作为人就拥有人类的血肉之躯。在弥撒仪式上，主持人上百万次被神奇地转变为耶稣的血肉之躯。这些是他们的话。当我和其他几个男孩在为第一次圣餐做准备时，他们已经告诉我们作为天主教最盛大的盛宴之一的基督圣体节宴席，中世纪一位疑心的牧师通过主持人的双手和祭祀亚麻布在发现滴血之后就已经设立。口头上否认这样普通的教授指令，说圣餐是一种同类相食的行为，至少从意图上讲，至少在想象中就是完全的谎言，而我无法无视这样的结论。如果一个人不相信犹豫不决的信徒便会受到永恒的威胁，那么就会一直有突然死去并下地狱的危险。当然，假如是忠诚的怀疑并竭尽所能探索这样一个最为重要的事情的真理，人们可以怀疑。所以，我猜想，在研究了一辈子之后，五十岁或六十岁时，人们可能就敢于对圣体怀有疑问。与此同时，我进退两难，强迫对自己撒谎说即使有些厌恶，但我相信内心不相信的东西。

我尽管接受了杰夫科特神父布道的四旬斋，却并没有像在我兄长身上那样激起如此这般恐惧和懊悔的头脑风暴，但我记得它很好地收场了。我听时带有一种类似于愤怒的情绪，就好比一个人听了一个感觉编造出来但又无法反驳的故事一样。为了说明上帝对罪的极端厌恶以及罪冒犯上帝的程度，杰夫科特神父告诉我们，如果故意犯下一个可宽恕的罪可以避免所有自然灾难和一切战争以及一切人类的疾病和魔鬼，倒是莫犯，那么一定最好不要去犯那个罪。他的布道一开始便充满愤怒，使我耳朵震聋了一会儿，他讲的其他部分，我认为是"撒谎！天大的谎言！"，后来我的怒气退去之后，"人的苦难没关系吗？"当我再次开始听他讲，他说的话都无关重要了，因为有一个想法把我逗笑了。大概是这样的：如果罪真的会冒犯上帝这么严重，考虑到每平方英里每分钟罪的数量，那他一定永远处于极端震怒的状态，这和天国的喜乐十分不一致。对于"我们的其中一位神父"揭示出的怀疑有直接的效果；它激起了我们世俗的老师的冷漠，邓普西（"塔特先生"）。我们从学院教堂赶回来时，男孩们在讨论最近的一次传道。其中一个人告诉他，杰夫科特神父说已经向一位耶稣圣贤揭露说被咒骂之人都像冰雹一样被倒入地狱。班主任和学生们那一刻鸦雀无声、肃然起敬。

——冰雹落得相当快,我说。那肯定和速度有关,照着这股速度全世界的人正在死去。

——我猜也是,邓普西说某个人的时候带着冷漠,没有意识到他承认了什么。

——我总结道,那就意味着在上帝和魔鬼争夺人类灵魂的斗争中,魔鬼一直都赢。

邓普西一直在捋他的小胡子,漫不经心地听着这个关于他认为理所当然的宗教问题对话。现在他醒过来了。他发现自己掉进了一个圈套十分生气。

——我不想和你讨论宗教。那不关我的事,他尖锐地说。你应该去问教你们天主教教义的人。

但教我们天主教教义的是校长,我本不愿问他任何事。所以我只能闪烁其词。

——我不相信,我说,我们有义务接受圣贤的观点作为福音的真理。

那也不全是闪烁其词,因为当时我对天主教教义暗中探索中的疑问几乎不能解释那个观点。

那位温莎露台虔诚的房主一定像他的名字显示的那样被赋予了极大的基督善心,因为我们在那个地方的住处不知为何似乎比在其他地方都更久。我无法确定兄长对宗教的皈依更改持续了多久,可以说有不止一年时间,因为有反动开始时我们还住在温莎露台。那时,他受到了亨利克·易卜生的影响,后来证明了对他的一生产生了重要影响。生活在像我们家这样卑劣的醉酒世家的典型环境里,竟会有人努力发扬诗歌或小心接触欧洲思想的潮流,在我看来这简直是个奇迹。内心世界的有些想法改变了他。

我清晰记得一个下午，那天下午易卜生的《建筑大师》在海尼曼出版社问世，由威廉·阿切尔翻译并做了绝佳的序言，薄薄的一本书，外页还有一张希尔达·温洁尔手执登山杖的插图，封面是黄色纸张。这是一个大事件；我兄长那天晚上熬夜读了那个剧本。早上我一定是第一个下楼的，因为我发现长扶手椅被移到了熄灭的壁炉旁边，桌子挨着扶手椅。灯被移到了桌边，这样桌布就能下垂到地板上。整个房间便是他一直看书看到深夜的见证。兄长一直没有睡，为的就是收到来自挪威那个晚辈传来的音信，而他迟早会前来敲门。[①]

---

① 乔伊斯教授正在回忆他兄长在"反叛日"结束说的话："其他任何地方都有值得继承将在克里斯钦自由城快要死去的老主人传统的人。他已经在"迈克尔·克雷默"作者中找到了继承者，他的时代来临时，第三个部长也没有必要了。甚至现在可能就是站在门前的时间。

第三章

初春

大概四年后，1902 年 12 月 18 日，叶芝给我的兄长写了一封信，信中写道："在诗歌技巧方面，你远超我一生中在都柏林遇到的任何年轻人。它或许是生活在牛津文学圈子里年轻人的作品。"[①]我兄长并非牛津文学圈子的产物。他的文化背景属于那种我一直在努力详细描述的一类。他尽管表面看起来泰然自若，由于他对父亲十分仰慕，且他清晰了解自己想得到什么样的生活，总是心神不宁，因此他遭受的影响远比我深。在贝尔韦代雷学院的最后几年，他已经开始把我已提到的那些诗歌整合在一本厚厚的硬皮练习簿中，并在卷首的空白页题上书名《情绪》。这是在满目疮痍和狼藉的生活中他极力保持自己赤子之心的证据。那本卷册含有大约五六十首原创抒情诗，其中一些相当长，可能有六首是从拉丁语或法语翻译而来。他很快整合了另一本类似的卷册，名为《光与暗》，借自惠特曼的如下诗句："河潮明暗斑驳的大地呀"。据我所知，这些早期的诗歌中只有五首格式是完整的：他将附在《艺术家年轻时的写照》后边的诗称为《妖妇的维拉内拉诗》，戈尔曼在我兄长的传记中引用了其中两个翻译

① 这封信全部内容见第 208 页至 209 页.

版：一首为詹姆斯·弗朗西斯·伯恩斯的《岁月无声》所引用；另一首为《室内乐》所引用，并且最初的题目是《平凡》。我记得一些篇幅更长、更宏大的作品，比如有关瓦尔基里的诗，以及另一首有关歌颂青春的欢乐节日的诗歌：

他们挥舞着东方旗帜
在长满波状胡须的国王前。

我反对这一描绘，因为它使我想起扑克牌。我的兄长怫然不悦，嘲讽道我既然通晓上下，为何不自己写写诗。事实是，我也曾做过一些失败的尝试。那一定是在我兄长在贝尔韦代雷学院的最后一年，因为我们在低年级时还在读《克莱蒙娜的小提琴工匠》。我偷偷试着将它的前几页翻译为诗歌，但在对我的成果的再三审视与兄长写的诗歌进行比对之后，我悲伤地做出结论：我压根儿不是做诗人的料。但任何人都有评论的权力。我的评论常常是无边无际的赞赏，但就批判而言，兄长不是对其置之不理，就是只欣然接受好的一面。他也用方言尝试写了一些略带幽默的诗歌。那些方言主要是现在分词中省去“g”这个字母。

我傻抱着一线希望
你莫关窗
听见我徘徊
来这儿在歌唱，我的小姐？

他给这首小夜曲取名为《鞭策》(Rebuking)。每当他问我觉得这个名字怎么样，我总以学生的口吻说，我觉得很好，但应该把题目中的“b”改为“P”。他笑了；但他再没用方言的风格写诗，而那首致摩莉·布鲁姆的“摩莉·布兰尼根”曲调写的诗歌则例外，它感觉更加真诚。①

他在贝尔韦代雷学院的最后一年，整个人完全陷入对易卜生的崇拜，就像停滞在死水表面的轻舟突然又遇到了前进的风，像迷失方向的帆船又找回了船舵。尽管最后已经接受，他所感受到的其他影响却近乎强加于他身；像回应上天的召唤一般，这激起了他内心的渴望和热切。帕特里克·坎贝尔夫人创作出《玛格达》(苏德尔曼家园)时，也许正是他整理好自己最后一本作品情感丰沛的时候，他和父母一起去看那场剧。第二天，他和他们讨论那出戏时宣称：

——那出戏的主角是一位在家中爆发又奋起反抗的天才。你们本来无需去看。你们自己家里也将上演这一剧本。

坎贝尔·帕特里克夫人拥有至少一个不把那出戏仅仅当作是饭后消遣的听众。对我兄长来说，那出戏和曾经的弥撒一样成了最重要的东西。若是仅将他的主张误读为一个年轻人的一丝傲慢，毫无疑问根本不对。至少他对他人的赞赏和对自己的赞赏一样多。在易卜生的影响下，他下定决心要鄙视虚妄的下流之辈，但是他内心大喜的原因并非自负，实则他认为自己属于那些塑造他们种族良知的选民。

也是在这一次，他想成为一名戏剧家的雄心开始表露。他看过的每一部戏剧都会写评论，然后将之与报纸上那些陈

① 这首诗由赫伯特·戈尔曼，《詹姆斯·乔伊斯》(纽约：法拉尔和莱因哈特出版公司，1939 年；伦敦：约翰·莱恩，鲍利海出版公司，1941 年)提供。

词滥调进行对比。他在学校最后的一年里参加了校戏剧演出，在安斯蒂的滑稽剧《反之亦然》里饰演校长一角。他在舞台上相当从容自若，展现出了惊人的表演天赋。通过即兴表演，他为教练的恐惧和那一角色增添了让人意想不到的乐趣，并且他出色地模仿了学校的校长，而校长当时就坐在校戏剧演播室的前排，似乎和坐在观众席里的学生一样喜欢那一场表演。

然而，他离开贝尔韦代雷学院之前，吉姆和校长之间发生了严重冲突。学校的暑假已经结束，期终考试也在一两天内即将开始。兄长已经报名参加高年级考试，这与其他国家的最后一次离校考试一致，更重要的是该考试由教育委员会直接举行。当然，这是一次非宗教性考试。宗教考试（如果有的话）是由各大学自己设定。那一年，校长指定在期终考试前一天进行基督教教义的学校考试。兄长没去参加。他说自己一直在学习，就当时状况而言，这是事实。他放弃考试的行为深深激怒了校长，我觉得他是故意而为之——兄长——尤其是因为我兄长是学校的优等生，并且他在学校的职位相当于英国学校首领的位置。对此校长除了火冒三丈之外什么都做不了，结果的确如此。他说这是一种叛逆行为，不允许我兄长参加贝尔韦代雷学院的期终考试，走后让兄长站在院子里。兄长的外部表情没有一丝波澜。年轻的耶稣会士马克艾瑞兰是法语教授，也是学校能力最出众的一名老师，那些年他最得意的学生就是我兄长了，他让我兄长等着，跟着校长进了书房。不管他说了些什么，最终劝服了校长允许我兄长参加考试。一番讨论过后，尽管兄长已经迟到，但获许进入考场。

此事恰逢他期末考试开始之时，加之家中有关这个问题正误与否的愤怒争执，只会让兄长心烦意乱。尽管那年赢得了英语写作特等奖，他却没拿到应得的奖学金，而仅仅保住了之前在中年级获得的奖学金。那位年轻的耶稣会士挽救了那一境况，但他和兄长之间几乎合不来；因为那个耶稣会士是个体重 13 英石、肌肉发达的基督徒，也是一级体操运动员和游泳运动员，还是爱尔兰语言狂热爱好者。但他是个北爱尔兰人。这些北爱尔兰人和苏格兰人一样，无论在哪里，他们都会尊重有智慧的人。

我兄长两次英语写作奖都是对他辛勤学习的奖励。他从上学一直到大学都在努力学习。尽管他偶尔会叫我提些建议，但一般他会根据自己选择的主题来写一些散文。有时候他会故意效仿卡莱尔、纽曼、麦考利、德·昆西和其他人写散文。他熟知他最崇拜的文体家的长篇作品。约翰·罗斯金去世时，兄长写了一篇名为《野橄榄之王》的散文，这一名字也暗含出他对已故作者作品的一次真挚效仿。第一次世界大战之后[①]，我们在萨尔茨堡相见时，他才告诉我真正令他感兴趣的唯一事物就是文体，而我后悔当时觉得那有可能是真的。

但更能象征他思想趋势的是他最初写的随笔，那时我们还在学校，我家还住在温莎露台。他称这些随笔为《轮廓》的第一稿，尽管我只记得其中两篇，但可能还有更多。《轮廓》就像《都柏林人》的前三个故事，以第一人称单数娓娓道来，描绘了一排叙述者傍晚过后经过的破旧小房子。他的注意力被两个焦躁不安的人物吸引，他们在拉下的窗帘内，屋里亮堂堂的，一个身材魁梧的男人，醉酒后摇晃着身体，举起拳头威胁另一个身材娇

---

① 1928 年。

小、面部清晰且在唠叨不停的女人。一阵风袭来，灯灭了。叙述者等着看随后会不会有其它事情发生。是的，无疑，百叶窗又被一只蜡烛微微照亮。女人的清晰轮廓伴着两个小脑袋以及被吵醒孩子们的吵闹声出现在窗沿上方。女人做出警告手势，她说："别吵醒爸爸。"

这当然不是在孩童时期创作的男学生成为作家的那类故事。高贵的情感诗歌、浪漫音乐和戏剧性激情带着突出的爱情主题，这种文化让他对人类生活的普遍问题有了更真实的诗意洞察力，这并不符合他所知道的生活。那种生活价值明显已经被贬低，但他猜想不那么低级的生活可能也有它本身的奥秘，不管怎样，他不了解的生活并不能引起他的兴趣。他只接受他了解的生活，正如他接受自己那样，正如他那锋利的凿子所造就的粗糙物体一样，也正如上帝出于他的乐趣制造了这两者(还有亚马逊丛林和它的不洁之处)。他毫不怀疑，大多数艺术家甚至最伟大的艺术家都掩饰了他们了解的生活，展现的是一个虚假的世界。他说文学是对生活的拙劣模仿。他痛苦宣称自己只相信两件事：一个女人对孩子的爱和一个男人对谎言的爱——所有可能的谎言形式——他坚定认为自己的心灵历程绝非虚构。

尽管如此，周刊编辑称：他有两篇学生时期的作品"情节错综复杂"。实际上，其中一篇按照利奥波德·布鲁姆崇尚的一份周报文体风格写就，是为了寄给《趣闻》当作一个笑话，并当作筹集资金的一次实验。他不想使用自己的名字，就将它给了认识的一个年轻人。那个年轻人继承父姓马克金蒂，很高兴用这个名字将作品寄出。我最后一次听说那个故事时，马克金蒂"正要"将它寄给《趣闻》。费了这么多波折，他才把一份手稿放进一个署名的信封，还附上一封简短的信。

故事讲的是一个男人打算伪装成一名著名的俄国外交官去参加化装舞会，徒步回家时，在俄国大使馆外险些被虚无主义分子暗杀。那个暗杀未遂的杀手被逮捕了，而那个伪装的人由于在惊慌中忘记了自己伪装也被当作可疑人物逮捕了。但他被“不久便成了他的新娘的那个爱笑女巫”所救。女巫听说了那次暗杀，立刻猜到了事情的真相，就匆忙赶去警察局证明了他的身份。因为那场不成功的暗杀，他从“爱笑的女巫”的幻想中惊醒，简单几句话描写这一幻想并非毫无优雅之词。在《尤利西斯》里，一篇和这类故事类似的报刊故事投稿给了伦敦莎士比亚戏剧俱乐部的一位菲利普·博福伊先生。如果我并非大错特错的话，他那时是、且我希望如今依然是那些年《趣闻》采纳的那些短篇故事的真正作者。“《趣闻》报纸”是我父亲了解大众文化而常看的唯一读物。

这个故事的第一个版本是兄长还是学生时模仿一个情节普通的故事而写。第二个虚构的版本大概三四年后写成。但几乎从一开始，兄长便顺从自己爱好写无故事情节的随笔天赋。渐渐地，他认为小说或故事中循序渐进的情节是一种华而不实的文学情趣，比如“a tableau de genre”[①]里的故事。即使在枯燥无味的几何学和数学问题中，“假设”是一个很常见的词语；在我看来，如果在精密科学中允许假设，那么为了帮助艺术家弄清他大脑中努力表达的对人类生活的推测，便应该允许艺术家在一个故事中使用更多的假设。但是，因为符合逻辑的假设几乎纯属猜测或者与实际情况毫无联系，所以一个故事也可以与生活中

① 译者注：此短语为法语，表“（文学艺术作品中）体裁列表”。

实际事实毫无关联。不可否认，小说中即使相当不真实的内容也能得到广泛接受。

我兄长不仅反对为了保持读者的兴趣而精心创造跌宕起伏的连锁事件，还反对小说中无处不在的文学心理学。他说文学给男人和女人带来错误认知——文学认知。《轮廓》首次浅尝辄止地暗示了他未来对于艺术虚伪的抵制。他发现小说中的生活和他那双湛蓝的双眼所看到的，和在家中所观察的，和在都柏林大街上所呈现的生活都不一样。他在诗歌里发现的情感并不是他从自己内心发现的情感，而是诗人借助高贵傲慢而精心设计的生活所引起的奢华浮夸之词。这些简短的尝试性草稿是反叛的开始，将会像反叛宗教理念那样反叛文学理念。他开始拒绝向这些事实妥协。世界上一些最贫穷的民族——亚美尼亚、希腊、爱尔兰——诞生了世界上一些最富有的人。欧洲最为藏而不露的爱尔兰民族，其文学除了学术理念之外从不敢表达其他任何观点，这个民族诞生了文学界中最为无情的现实主义者。他将写到，偶像"冷漠无言居于……我们内心：秘密厌倦了他们的残暴—暴君愿被废黜"。①

当兄长被爱尔兰皇家大学录取为预科学生时，在附属的耶稣会机构大学学院，我们又搬到了另一个房子里。那里有许多宽敞的房间、房门，还有一个花园，或者说是一个无人看管的田地，大小足以让我和我学校的朋友们在里面踢足球了。一组五六个人。这栋建筑快要坍塌了似的，无人修缮，但只要我们能住在这里我就已经很高兴了。父亲成了这里的房客。我们租下了一半的空间，一个高大而行动迟缓的北爱尔兰人和他的妻子、孩

① 《尤利西斯》第 26 页(29)

子住另一半。舒适的都柏林气候一定将这个男人在贝尔法斯特的本土气息耗尽了，因为他和我父亲一样不知节俭，所以虽然我们相处得很愉快，时间却十分短暂；在北爱尔兰微褪色的橙色国旗和爱尔兰绿色的国旗下，贫穷和无情的房东为我们这次共住一栋房子的经历划上了句号。

1900 年 4 月，我们还住在那里的时候，兄长把他关于易卜生的文章投稿给《半月评论》，题目是《易卜生的新剧》。那时他十八岁零两个月，成为了当时英格兰最重要文学评论的最年轻的贡献者之一。《半月评论》发表了该文章，这在某种程度上认可了学校期终考试考官们的洞察力。他们曾两次授予我兄长英语写作奖，与一年前他拒绝将自己的名字写在抗议《凯瑟琳伯爵夫人》出版的名列上相比，这在学院为他引来了更多的关注。当时，在学生中崭露头角的暴徒头子受到政治阴谋家芬利神父 S. J. 的怂恿，正为了签名进行拉票。据说，这位耶稣会士曾说他很高兴看到他们出于爱国的原因而抗议，因为从神学角度来看，这一问题一直存在很大争议。我兄长只身站出来抵抗那次抗议。这只不过是一个小冲突，是一群偏执的人、一群自封为领导的人为了维护他们的影响力而发动的一场一击即溃的战争，然而，它也表现出我兄长以身作则的一个事实，那就是热诚的斯托克曼博士在《人民公敌》中大声讲出：最坚强的人就是最孤立的人。意外的是，关于易卜生的那篇文章让一些本科生和一名教授鼓起勇气尝试写长篇评论，那位教授坦白承认自己的文章不由分说就被打了回来。

我兄长一直对他的这篇文章所带来的影响轻描淡写，这并非出于假装的虚伪，他本来就不擅长这一套，而是出于强烈的自我批评的警醒习惯。易卜生在他的翻译威廉·阿切尔的帮助下给我兄长写信，感谢兄长的那篇文章：

弗农2号房间，
南安普顿街道，W. C.
1900年4月23日

亲爱的先生：

我想你会对我说的内容颇感兴趣，一两天前我收到了亨利克·易卜生的一封来信，他在信中说："我一字一句读了詹姆斯·乔伊斯先生发表在《半月评论》上的一篇评论，文笔友好亲切（velvillig[①]）。如果我能熟练掌握他使用的语言，我会对该作者感激不尽。"

谨上，
威廉·阿切尔

将近一年之后，在给易卜生的一封长信中，兄长说他的文章"草率"、"不成熟"，但兄长对自己"故意的愚蠢行径"毫不内疚。他尽管为自己的成功感到开心，但经常跟我说那才是他对这篇文章的真正看法。看了戏剧《咱们死人醒来的时候》的法语翻译版之后，他迅速写下了那篇文章。阿切尔或是海尼曼将剧本以及尚未问世的英文翻译版本的校样本寄给他，作为文章中的注解。对一个并不缺乏业务能力的十八岁青年来说，新闻行业是"一个聪明的行业"。他尽管赞赏易卜生，但对《旁趣》中一篇《咱们死人醒来的时候》的一部模仿作品觉得有趣极了。他的赞赏之情无需备受呵护。

---

① 译著注："velvillig"为挪威语，表"友好的"。

这篇文章中还有一点值得注意的是易卜生身上让他钦佩的品质,在很大程度上,他自己也拥有:这种“从不屈尊与敌对者纠缠”的“卓越沉着”,绝不允许“质疑的声音影响他的作品”。他推崇易卜生,因为他放弃了“合法英雄”的称号,而且“为不妥协的真理而选择平庸的生活为他后来的戏剧奠定了基础”。他指出兴趣并不依靠“行动或事件,而依靠一些伟大的理想冲突,随着戏剧的发展我们逐渐意识到这种冲突,并引起了我们的注意”。尽管易卜生的形式主义和他的现实主义刻板僵硬不可更改,他那年轻的追随者却在他身上发现了“一种对人类深深的怜悯”和“一种夹杂着目的和矛盾的深切同情”。

那篇文章由心而作,未经太多反思。他自己当时在一所学校正经历这种带有多种目的和诸多冲突的同情,且他已经了解了这些理念冲突的凄凉后果。这场冲突背后的受难者经历着痛苦的自我分裂。正如他在给易卜生的信中所说,“一定要首先解决掉”这些冲突。在他母亲去世之后,这种尖锐矛盾让他的生活变成了一种精神折磨。

据我所知,兄长的文章得到了每页一基尼稿酬,全书大概挣了十二基尼(我手头没有那篇文章)。他和我父亲一起离开去了伦敦。父亲总是兴奋不已想着自己享受一番,挥霍些意外之财。兄长喜欢和他一同旅行;对我来说,我更高兴父亲整个星期都不在家。我忘了他们去伦敦的蹩脚借口是什么了,也许是为了没有必要地将自己介绍给《半月评论》的编辑考特尼又或许是为了见阿切尔,但要紧的是,尽管没有说,兄长见识了他一直想要去的伦敦,并且这一周他们玩得非常愉快。他们住在一家廉价短租房里,女房东只有一只眼能看见,我父亲叫她独眼人。他们去了那时炙手可热的剧院和音乐厅。我父亲回来以后,带来了一些版本含糊不清，滑稽的流行歌曲，兄长则称那家音乐厅是对生活的一种批判，而并非诗歌。父亲的侄子奥·康奈尔和其朋友邀请他们到处玩。对他们而言，在那五天里，兄长让他们感到十分惊奇。兄长那时也许还未声名鹊起，但是有人认为他年轻那时就是名流了。

布尔战争沉重痛苦而漫长，终止之日依然遥不可及。我父亲像所有爱尔兰民族主义者一样，滔滔不绝地说着要支持布尔人。在从霍利希德去伦敦的火车上他和另一位游客—— 一位英国的侵略主义者谈论这场战争，兄长沉着的辩证逻辑避免了他俩真的动手打起来。他们参观国会大厦，观看奥利弗·克伦威尔的雕像时，一位年长的先生站在一旁，认为谈论奥利弗的伟大很合时宜，他总结说：

——今天，再没有像他那样的伟人了。

——恐怕不是，我父亲说，或许保罗·克鲁格是个例外。你知道的，他一手执圣经，一手执剑。

那个伦敦人哑口无言，愤怒地瞪着他，随后走开了。然而，我父亲对他侄子的儿子感到自豪。他是个年轻的股票经纪人，曾是伦敦帝国志愿者的一名陆军中尉，尽管这支部队一直受到正规军的嘲笑。他高大英俊，身高超过六点三英尺，曾登上英国战争办公室宣传出版物的一期封面。我父亲把那期刊物带回家给他的朋友们看，给记录天使办公室增添了欢乐精神。

后来又一次，我们搬到了皇家露台八号，依然是在费尔维尤区。我们总是带着热切的期望搬家，但每次找到的房子看上去一个比一个空荡。然而，那些年最幸福的回忆都和那栋房子有关，比如在天气晴朗的早晨和弟弟乔治一起去游泳。大海、夏日薄雾、清晨静默的光辉，这些美好的回忆依然在我的记忆中流淌着。或偷偷溜进某户人家的花园，那儿有一个小湖或者可以说是一个大池塘，一端有一个高高的堤坝，像悬崖般陡峭，花园里还有一片灌木林和杂乱的灌丛。很显然，这个地方对它主人而言必然没那么有吸引力，因为那里除了我之外从来没有其他人出现过，我可以藏在小野树中间几个小时，阅读《君在何处》和《造谣学校》。但一般来讲我并不喜欢露天看书。

在我们家贫穷的日子里，兄长努力抓住生活中难以捕捉的神圣时刻，对他来说更频繁更生动，并通过那些让人如释重负和倍感舒畅的歌曲将它们抒发出来。其余时间，主要在国家图书馆，他追随自己强烈的兴趣，如饥似渴地看书，每天晚上一直看到十点钟图书馆关门。有时若他对某位作者生出钦佩之情，他也会把我叫去，验证他对托尔斯泰、屠格涅夫的作品或是《运动员的笔记本》的看法。他只是必须要把他的钦佩之情传达给某个人。廉价的外语类书籍开始占据他的书架，我想他是用剩下的《半月评论》的稿酬买的：白色封皮红色字体的邓南遮的戏剧和诗集，还有许多意大利剧作家和外国剧作家的廉价版本；黄色背面的魏尔伦和莫里斯·梅特林克的法语版，还有德国人译作：赫尔曼·苏德曼的"Frau Sorge"[①] (La Dame en Gris)[②]、"*Es War*"[③] (L'Indestructible Passé)[④] 和 "Geschwister"[⑤] (Le Souhait)[⑥]；乔治·摩尔的小说，从《无用的财富》到《伊芙琳·英尼斯》，开头都很不错，还有他新出版的《特蕾莎修女》系列，包括

① 译著注：德语《忧心太太》。
② 译著注：法语《忧伤夫人》。
③ 译著注：德语《曾经》。
④ 译著注：法语《坚不可摧的过去》。
⑤ 译著注：德语《兄弟姐妹》。
⑥ 译著注：法语《愿望》。

《独身者》,他在的里雅斯特居住时将这个作品中不错的章节翻译成了意大利语。他读了叶芝所有的诗歌或散文作品,只要是他能找到的都一一拜读,他认为叶芝和摩根一样,是唯一配得上高贵头衔的爱尔兰诗人。我反对他对摩根的赞赏。我很难说服自己读完摩根的幽默散文和诗集,哪怕它们都很短,我想说像“伊斯坦堡海峡”这样韵律的作品,表达“于我们而言生活已经失去了它的光泽”这样粗俗又令人厌恶的句子,只能安慰自己作者是在醉酒时才写下了这样的句子。但我兄长却坚持认为摩根是一位真正的诗人。后来,他给摩根的两三首诗配上稍微轻快活泼的调子倒是别有趣味。至于叶芝,尽管他认为叶芝是一个非常优秀的诗人,但是他把叶芝的唯美主义归咎于他所谓的“男人漂浮不定的意志”和犹豫不决、左右摇摆的个性。

在前辈诗人中间,他对拜伦的崇拜始于孩童时期,发展到雪莱甚至布莱克,而我理智的偏见阻止自己追随兄长。我至多能欣赏一下《天真之歌》和《经验之歌》。我愿意承认：许多言语之所以使人信服,是因为它们浓缩深刻的能量而非它们真正的智慧。但在神秘之书中,除了纯粹的狂热什么都没有,任何提及布莱克的名字只会引起我的嘲笑。正是叶芝修编的那版布莱克诗集让兄长注意到了他。兄长在的里雅斯特对布莱克大发评论时,他对他的兴趣明显不是已逝去的激情。那个毫不妥协的年轻现实主义者和那个“拥有丰富想象力”的疯子诗人之间到底有着什么样的精神共鸣呢？可能就是那些吧。神秘的布莱克“拥有丰富的想象力”。那时,这种想象力正拼劲全力争取在我兄长灵魂里夺得它的一席之位。在那个自我满足的物质主义时代,布莱克竟敢宣称想象力最重要,且用他的一生来证明这一主张。这深深打动了兄长。

他阅读的书籍越多，对戏剧中古典主义艺术性原则的偏爱就越强烈。他的这种偏爱以及对易卜生的狂热崇拜影响了他对莎士比亚的态度。但是他似乎心里记住了莎士比亚戏剧中的大多数歌曲和许多段落，出于某些目的，他学习了这些戏剧，或者说出于某些原因，这些戏剧留在了他的脑海里。他曾在一篇论文中强烈批判了《麦克白》在格式上的不足，而托马斯·阿诺德[①]将此论文划定为很高级别的论文，但他主要反对的并不是莎士比亚戏剧中格式的缺乏。我敢说他的厌恶来自于比格式感更深刻的东西，他讨厌莎士比亚完全缺乏忠诚或忠诚的对等物，一种绝对忠诚于某个事物，而不管它是否对他尘世的安逸有益。他认为莎士比亚是一个趋炎附势的人，总乐意写能够迎合大众的东西，但他天生的语言天赋使他成为人类的发言人。

我们搬进皇家露台时，有人在花园的尽头发现了两本书，孩子们给其起了绰号叫“炉灰书籍”。其中一本是歌曲书，前面几页不见了。里面收集了大量各式各样经典歌曲和传统歌谣、流行民谣和许多所谓的滑稽歌曲，对我来说，其中的滑稽之处一直都是些粗俗的秘密。另外一本是一本四福音书的整理版，红布封面，印刷太过紧凑且质量糟糕。这栋房子的前一家租户是新教徒，但很明显他们的新教教义是“animato ma non troppo”[②]。尽管由于风吹日晒其中一面封皮的硬纸板脱落了，但这本小册子依然像模像样的，所以我把它摆到了书架上，后面就把它忘了，直到在学校里发生的一件事情再次唤起了我对它的记忆。我们当时正在读约翰·济慈的《夜莺颂》，读到段落：

---

① 托马斯·阿诺德(1882年——1900年)：马修阿诺德和都柏林英语大学学院的教授的兄弟。

② 生机勃勃，勿太快。

露丝忧郁的心，思念着家，
她站在异邦谷田，不禁落泪。

这时，邓普西老师叫了那个正在心里预演这一幕的男生回答问题：

——你知道露丝的故事，对吧？你曾在圣经里看到过。

那个男生点头，说：

——是的，先生。

但他一定不知道这个故事，也从未在家里看过圣经。对邓普西来说，他知道每个都柏林人和每个爱尔兰人一样都知道，不论是以前还是现在，天主教家庭和天主教学校从不看圣经。从我在布莱克罗克上修女学校到我离开贝尔维迪尔那些年，课内课外从不会打开，阅读或者讨论英文版圣经，杜埃版圣经或者拉丁通俗译本圣经。在爱尔兰天主教徒的祈祷书中，有一部分非常短暂且非常不充分的摘录是绝大多数爱尔兰天主教徒都知道的犹太历史和希伯来文学的纲要，而他们应当将这些历史和文化视为最重要的部分。天主教教堂出于其狡猾的盘算，宁愿用一种死亡的语言将圣经内容保密。因为人们对宗教的无知，宗教得以日渐繁盛。

邓普西对虚伪如此坦率，这让我大为愤怒，尽管那个问题并非针对我，我却没有去追究它。后来，我真希望自己当时能直言不讳，说自己从未翻过圣经，我一直被引导将其视为一部新教书。在回家的路上，许多这样的想法在我脑海中浮现出来，那天晚上我拿起那本带有四福音的“炉灰书籍”，开始漫无目的地看（而非研究），几天后，我把它全看完了。结果直接引起了我内心不安的疑问。我去图书馆查找《大英百科全书》是怎么解释四福音书的。考虑到作者身份、日期、发源地，甚至是原始文本使用的语言等所有相关事宜，与之持相反意见的能人造成了一种称为既定信仰漩涡般的疑惑：任何一个神志清醒的人都不会买下一座拥有像教堂大厦相关的地契那样的房子。然而，由于四福音书从未被视为与当代证据所证实事件的历史文献。几个世纪以来，各大基督教堂一直在要求承认这些从未被承认的历史文献的真实性，即：非常详细的绝对“福音真理”。

几个月后，我失去了起初的浓厚兴趣，因为我意识到：这些问题是学者们的事情，而且不具有普遍重要性。实际上，这些问题就如《伊利亚特》或《奥德赛》的作者身份问题一样，是一种上帝赐予学者们的有争议性话题，也是他们养家糊口的生计。我看了理性主义者出版协会出版的勒南的《耶稣的一生》的廉价译本，后来在的里雅斯特，读了法语译本。这两次，我都未被他的基督情怀或对圣路加的福音——“世界上最美丽的书”的热情所感动。旨在了解宗教改革背后隐藏的动机，我读了路德和菲利普·梅兰希通之间的对话，但新教主义并未让我产生任何改变信仰的想法。相反，我认为在路德身上我能觉察出他对某个顽固的爱尔兰教区牧师最基本的心理态度。那个牧师拥有大都会警察的身材和未剃胡须的碴青下巴，谈论起女人就会满嘴跑火车，并和路德说一样的话：“舒尔，婚姻就是痛苦的膏药”。但是至少，当我读托马斯·卡莱尔写的关于路德的文章时，我读到的并不 2 个陌生人，当校长在班里谈论新教时，告诉我们新教主义只是一个教会的影子，路德之所以离开修道院是为了和一个逃跑的修女结婚，有一个听者在脑海里小声地想，“我怀疑你教的其他内容是否和这两个论断一样可靠”。我涉足新教主义时也出现了一个小小的不便之处。一天晚上，我在去离我们最近的一家借阅图书馆的路上被沙勒维尔购物中心的管道挡住了去路，这时街道拐角处一小群男孩子开始追在我后边大喊，有韵律地喊出那个音节“马-丁·路-德，马-丁·路-德”。图书馆的一个低年级助理认为他有宗教职责，告知那些拐角处的男孩儿朋友或许还有别人我那时在读什么书。

我和兄长之间的谈话无休无止，几乎每隔一个晚上我都要陪他穿过这个城市去国家图书馆，然后回家做作业。其中一次闲逛，我突然宣布自己拒绝履行复活节义务。吉姆漫不经心地试了试劝阻我不要那样。他问我：

——为什么？

——因为我不信它，我也不想装作自己信它，我心情十分激动地说着。

——你是说你不相信圣餐变体论，吉姆说，话中还讽刺地强调了一下那个多音节词。

——是的，我说，我就是这个意思。

我们继续向前走，沉默了片刻。随后兄长用异样的语调说：

——你难道不觉得，他谨慎地选择自己的词汇，深沉地说，神秘的弥散和我正努力做的事情之间有一些相似之处吗？我是说，我在自己的诗歌中，为了人们精神上、道德上、心理上的动力，努力通过把每日生活的琐碎转换为拥有永恒的艺术生命的一些东西……而给人们带来某种心理上的愉悦或精神上的享受，他不假思索总结道。

——我不知道，我回答道，我坚持着自己的想法并努力集中几星期以来散乱的思维，我不知道弥撒承载着什么重要的象征意义。在我看来你的观点是在转移真正的问题。我知道人们把主持弥撒之人假定为基督真正的血和肉，我也知道人们若不相信这些便会被烧死，我还知道战争主要是为了镇压那些否认这些的人。好吧，我不相信这些。我认为弥撒是对有比喻性意图话语的字面解释，不管怎样，现在要从一蒲式耳的传说中将一盎司的真理筛选出来绝不可能。

——你认为传说是什么？

——拿童贞女之子为例。早在人们听说基督教以前的很长一段时间里，在罗马历史中，人们就讲到了维斯塔贞女雷亚·西尔维亚的传说，还有那个尚未被证实的父亲是一个神。

——基督教传说更有趣，吉姆说。复活节前的星期五举行的弥撒在我看来是一部相当伟大的戏剧。

——或许吧。我可没心情欣赏。无论如何，即使有权力去细细考究这个传说，我也一点没觉得自己受到上帝的召唤去这么做。而且，我也丝毫不觉得自己受到了上帝的感召去接受别人有关它的任何发现。长话短说，我不想再去参加圣餐仪式了，因为我不相信主持弥撒之人是基督真正的血肉……就算是真的，我也没兴趣，我生气地补了一句。①

吉姆站在巴里暴夫路上，一动不动，高高扬起头，像一条要吠叫的狗，大声笑起来，之后我们继续向前走，他依然在笑，说：

——好吧，你想怎样做就怎样做吧。我当然不想强行改变你。

我稍作平静，补充说道，我心里相信圣餐就是食人主义的宗教仪式存在。

提到圣体圣血预先祝圣的圣餐礼弥撒并不是为了转移讨论话题。我认为这才是这种特殊弥撒的正确名字，但我已有很长

① “怪念头：吃一具尸体的碎片，而讨好食人族。”《尤利西斯》第 73 页(79)。

时间没有参加过天主教礼拜仪式，无法确定且也无兴趣去查证。它的庆祝是在圣星期四或耶稣受难节上午。我想，该庆祝节日一定是在五世纪或六世纪时被引进，毫无疑问是为了根除人们对异教秘密的强烈兴趣。而人们依然怀念那些秘密。作为一部原始的宗教戏剧，我兄长对它的评价相当高。他将其理解为一部戏剧，剧中一个男人要完成危险的使命，纵然他事先知道最亲近他的那些人都将会背叛他，他也必须完成这一使命。棕枝主日犹大或彼得的圣歌和言辞"*Etsiomnesscandalizati fuerint in te, ego numquamscandalizabor*"[1]深深感动了他。兄长是个习惯晚起之人，但无论他在哪里，是一个人在巴黎还是婚后在的里雅斯特，无论何种天气，他一直坚持早上大约五点钟起床去参加圣星期四和耶稣受难节清早的弥撒。在的里雅斯特，他出于对我挖苦的憎恨，问我：

——你觉得我过于传统了，是吗？

——不，但我觉得你曾看过那场表演。

——所以你以前看过《诺尔玛》了（我最喜欢的歌剧之一）。说到传统，我想知道我们两人中间谁的生活方式更传统。

因为我斩钉截铁拒绝参加忏悔或圣餐仪式，我母亲责备了吉姆，但她错了，因为至少从时间上来说是我先拒绝的。母亲和兄长之间痛苦的冲突就源于我的拒绝。他们对话的语调在《斯蒂芬英雄》中十分忠实地再现，尽管他给我讲了他与"克兰利"之间的一次对话，这次对话与《艺术家年轻时的写照》中那次对话相比更模糊更简短。我父亲还像往常一样表现得像个傻瓜。他声称要给学校写信，惩罚我以儆他人。我目光专注地盯着他，眼

① 即使全世界都抛弃了你，我不会抛弃你。

神中带着蔑视，说“啊，不要太在意”。如今当我回想起来时，那个眼神依然历历在目。他没有给学校写信，或者是因为母亲劝阻了他，或许更可能是因为他的手由于酗酒而颤抖不停。不过我并不关心。我记得不久之后，我习惯性地在我的日记中写下了一些持怀疑态度的观点。吉姆像往日一样读了那篇文章，毫无恭维之词便把它撕了。

他也经常看我的日记，而不问“我可以看吗？”或者甚至是说一句“请原谅”。在《斯蒂芬英雄》第二十一章所引用的和克兰利之间的对话中，有两处是从我的日记中借用而来。书中参考了“丑陋、畸形的耶稣”这一观点。我曾在许多圣诞节布道中听说，本可以选择成为一个国王儿子的基督却宁愿选择做一个穷木匠的儿子，就是为了承担可怜之人的痛苦和苦难。我的观点是，如果他想全力以赴，他就应该选择出生时是一个长相丑陋而思想歪曲的小犹太人，而非意大利画家曾展现给我们拥有男子气概的完美形象——完全可靠的出身！健康和美丽是比贵族出生更珍贵的礼物，丑陋与畸形是最残忍且最无法弥补的不幸。或许他长相丑陋。其貌不扬的外表和他的一些天生短暂临时的信仰疗法或许可以部分解释大众在棕枝主日和耶稣受难节之间突然改变的感受。天主教教会创造了美丽的耶稣，明显是为了驱逐太阳神阿波罗。无论如何，《斯蒂芬英雄》中间接提到了这一观点。此外，他很熟悉马利亚·抹大拉、约亚拿、不贞洁的苏撒拿[1]，以及他知道其他许多人反驳基督并不是一个没有男子气概的牧师。我兄长在首稿中更广泛地应用这个观点，但后来又删掉了。

---

① 见《路加福音》8：3。

在吉姆撕掉的那篇关于《第十二夜》的文章中，谈到托比·培尔契爵士时带着对醉酒和宗教的双重厌恶。我坚持认为微醺状态可能受到最高程度的制裁，因为在迦拿的一场婚礼喜宴上，客人们把宴会上所有的酒都喝完了，并且毫无疑问他们中有人已经喝醉了，这时耶稣相当不情愿地在他母亲的要求下容忍他们再喝一杯。幸好吉姆把那篇文章撕了，我也没时间再写一篇。邓普西老师周一早上来收作文时，我告诉他我没有作文，因为我兄长把它撕了。吉姆在学校里的威信让邓普西没再过问。

兄长脱离天主教另有动机。他觉得自己应该把他真正的精神世界拯救出来，不再受错误宗教遮盖、镇压，而这才是他迫切需要做的事情。这个错误的宗教已经无法再适用于他的成长。他相信，据天赋和本性来判断，诗人才是他们种族精神世界真正的智囊人物，而牧师是篡夺了这一位置。他憎恶虚假的东西，比我认识的任何一个人都相信个人自由。反对我们的多数群体，他们的人生目标就是沿着理智和经验的轨道旅行，直至他们不得不下车，以此来获得稳定和安全。他们中间稍加有智慧的人像普罗克拉斯塔斯人一样努力让生活满足自己合理的计划，甘愿在秩序、确定性和安全性三位一体的祭坛上牺牲自由。他们渴望一种生活几乎不会向他们妥协的秩序和稳定，且无论如何都会排除那些宏伟的经历，尽管缺乏了这些经历生活将更加贫瘠。兄长对天主教会哲学思想一直持有兴趣，源于他认为天主教哲学是建立最连贯一致的知识和物质稳定的尝试。但是，从他自身来看，自由是一种必需品：那是他生命的主旋律。他像接受自己的个性和生活把他变成的样子，接受自由带来的礼物与险境。他的叛逆是保护自己的个性不受某种制度的伤害，这种制度对顺服的侵犯已经结束，就好像由它复制而来的现代集权主义制度，只是将个性之处完全删除。结果是，他的个性具有挑战性，激发了一些人的妒忌之情。

他在学院学校还是个新生时，就宣称想要用自己有限的生命去体验生活。他决心要让行为与坚定不移的欲望保持一致；他尽管从毫无怜悯之情的教条主义到充满怜悯的怀疑宗教主义进步中成长了许多，但从本性来讲，却能够完全致力于一个使命，偶然发现天生有天赋让他感到自己受到这一使命的召唤，即使他从一开始就预见这一使命将会让他成为一个被排斥之人。与那些惯于引用文本的人相比，他更能理解：能让儿子背叛父亲，也背叛母亲，这种内心的必然有多么冷酷无情；可是与如此年轻如此有目标的人生活在一起是振奋人心的事。他对生活的信仰让他可以保持一种快乐的确定性，尽管他周围的环境卑劣，但生活依然有一些并不卑微的意义。

在我们如今的世界里，主流文学取代了宗教地位。拥有选择自由的人们不会去周日的布道会，而会去欣赏文学，这对他们心灵和智力上的问题寻求更有启发理解意义。文学会用一些寓言来回答问题。兄长坚持认为这些寓言大多数都误导了男人、女人和许多问题——事实是，这些问题正如每一天所度过的或活在想象里那样；他还认为文学至多是一种娱乐消遣，属于学者文人的领域。叶芝、罗素还有怀有嫉妒之心“约翰·埃格林顿”①坚持认为兄长傲慢自大，这在很大程度上是对兄长的一种错误评判。这种所谓的错误评判也绝非总是出于好意，因为兄长对那些玩弄文学的文人学者充满蔑视并且向来直言不讳。他对自我的反思让自己可以完全意识到自己的局限。他认为自己

① 约翰. 艾格林顿，W. K. Magee 的笔名，散文家和编辑。

比同时代的人更具天赋，但他意识到叶芝是更有天赋的诗人时，他对我反复提及。他谴责的是他们对文学及由之引起的诸多问题的犹豫不决和妥协的态度；他谴责的是他们竟愿意为了一丁点和平与成功而屈服于乌合之众，这是他们兜售文学的罪孽。虚伪的目标是对圣灵犯下的文学罪孽，而他对此异常警惕。尽管不祈祷，也不是不希望卡莱尔愿诗人成为牧师的理想成真，他却以自己的方式观望着。

我们一直是希伊家的常客。在他们家，吉姆遇到了弗朗斯·斯凯芬顿，他成为吉姆作品中"麦卡恩"的原型。选择这个名字是因为它对应的内涵是北爱尔兰。在我们家有两个人曾使用这个名字，一个是我父亲的祖母，一个是我兄长的监护人。第一次世界大战刚开始时，一天晚上，斯凯芬顿在回家的路上被捕，尽管他冤于反叛或是任何反叛的阴谋，但是未经审讯就于第二天早上黎明时分被枪毙。谋杀他的那个英国上尉很快被查出精神失常。那个时候，斯凯芬顿和最年长的女儿订婚了并最终娶了她，并且把她的姓名加在自己姓名前，叫做弗朗斯·希伊-斯凯芬顿。他颇有些个性，而且因为他是一个游说者，一个素食者，男权主义者和和平主义者，他被认为是大学学院最优秀的学生之一。他身材矮小、粗壮，金红色的胡须未经修剪，无论什么场合都穿一身狩猎制服，因此他的同学会给他取一个并不好笑的外号"纽约人"。他和吉姆有时会一起玩猜字谜，因为除却姓不说，斯凯芬顿还有些幽默，而正如我所说，吉姆示意动作叫人们大笑不止。我记得有一次猜字谜时，玛格丽特正在做叙述，他则坐在地板上，半倾斜着身子，半倚靠着一只手，仰望着她，脸上一副愚蠢的表情。随后，等她叙述完，他的脸上显出愤怒、震惊或是开心的表情，但看起来一直都是傻乎乎的样子。谈到任何讽刺的话题，他总会陷入一阵愚蠢的怪笑，简直就是对我们一个女生朋友笑声的完美模仿，随后又自己意识到讽刺的话题早已经结束了，取而代之的是悲伤的话题，于是他就又开始抽泣、大声擤鼻涕。我从未见过比这受欢迎的更有趣的即兴哑剧表演了，但只有在希伊家这段无忧无虑的晚上，他才会沉浸于这样的状态之中。但是我在《尤利西斯》里的一些篇章中也发现了这样的痕迹。我曾提到过吉姆长相英俊，但他毫无虚荣心。他一点也不注重仪表，厚厚的头发总是蓬乱无章，皱巴巴的衣服通常看起来像是睡觉时穿的衣服。在一次叫做"忏悔"的客厅游戏时，当被问及厌恶什么东西时，他立刻回答"肥皂和水"，我相信这是真的。在这方面我们也不一样，因为我一生钟爱洗冷水澡。

一次圣诞节，玛格丽特·希伊创作了《种姓制》[1]。高处的一个房间移除了折叠门，用来当作舞台，相邻的一个大房间作为观众席。玛格丽特·希伊饰演波莉，充满与生俱来的活力。吉姆饰演浩特力上尉，却没能扮演出一幅军人健壮的模样来。但肤浅的观众毫不吝啬自己的掌声，因为业余表演的一个巨大优势就是，人们认为回家之前对表演批判很不合适。

我们大多数人中年时都在调整年轻时被误导的价值观，因为人生中一个小小的秘密就是人们起初从不知道哪个人或哪件事会十分重要。但我一直相信我兄长，并非由于弟弟总是会仰望哥哥的原因——儿时的我忙于忧郁而无暇顾及，而是因为我从他身上意识到一种与他接触的任何一个男人或青年都不同的思维方式——他生涯中某种直接、热切、不屈不挠又冷漠的东

① 托马斯·威廉罗伯森所著。

西。我大概从那时候开始写日记，记录的更多的是他所做的事而非我自己做过的事。我们确实几乎时时刻刻在一起，因为无论兄长去哪里，我一定会像一只不太温顺的小绵羊一样跟他一起去。在希伊家，我并不引人注目。我有时会被邀请唱歌，因为我歌喉也不错，但也仅此而已。不过有时，小事件往往能揭示一些东西。在那个家庭，他们最喜欢也经常玩的其中一个客厅游戏叫做"造谣学校"。其中一个人去房间外，而其他人说些有关他的糗事。当他重新进来时必须猜出是谁说了"丑闻"。轮到迪克·希伊出去了；他高大健壮，脾气好，说的一些玩笑有时乏味无聊。麦琪·希伊在收集我们要说的丑闻，她走到我跟前时，我个人觉得迪克"有勇有谋"。麦琪·希伊一改往日的彬彬有礼吃惊地看着我，直率地说：

——他竟想不到你会这么说。

——哦，我道歉地回答，这难道不就是这个游戏的意义吗？

我总是陪吉姆去参加国家图书馆与历史协会在周六晚上举行的聚会。在会上，那些胆小的或是爱国讨论听起来都令人很沮丧。比如，一个趋炎附势的墙头草——休·博伊尔·肯尼迪后来成为了爱尔兰自由邦的首席法官。一天，他读了一篇关于《战争机器，国家所需》[①]的论文。在那所学校，难以找到一个比未来首席法官更加反战的人。我曾提到的神父芬莱，暂且不管那个西班牙军官秘密军事组织创始人的身份，据说芬莱神父曾表示对他而言，更合适的主题应该是"缝纫机，家庭所需"。

兄长读过那篇论文之后，为此次辩论做出了八项祈福的讽

① 这篇论文在 1800 年 2 月 11 日被读到。

刺性的修改，以适应战争机器的危难情况①。他讲话平静有力，像是一个从内心发声的男人。在他最后的日子里，战乱侵入法国之前他都打算逃离了。他看待欧洲的动乱就好像一个人在看一场暴风雪或龙卷风，只想知道是否仍然可以从巴黎拿到他需要的书；然后，作为一名年轻的学生，他倾听着这狂热的爱国之情，他厌恶战争。此外，很明显，基督教神话的某些反军国主义方面仍然让他着迷。在另一次辩论中，亚瑟·爱德华·克莱里——耶稣会士对他厌恶至极，难以掩饰，平静地告诉他的听众"尽管我们(爱尔兰人)有时偶尔可能会在饮酒作乐上越界(幽默地咳嗽两声，笑着)，但我们绝对没有更糟糕的习惯了(片刻沉默的自我认可，随后观众一片掌声)"。

至少有一个爱尔兰年轻人不在那自我安慰的一代人之列，也并不关心谁会知道。那时，吉姆常去音乐厅听歌剧，比如《快活的女孩》《马戏女孩》和《锡兰语》，他耳朵灵敏，能在钢琴上弹奏出吸引人的曲调。在音乐厅明星中，他偏爱体型相当丰满的少女，并谦和地承认"他喜欢她们的大号身材"。这些欢快的戏剧表演在他身上产生的吸引力只有短短一两年，或许是因为只有很少的表演有深度。尽管在他过世之后，我看到他在一些文章中有提到对一个巴黎明星的崇拜，那个明星也是一个歌喉不错的歌剧女主角。总而言之，他发现音乐厅直白的庸俗并不比他那个时代大多数正统戏剧中的虚假那么令人讨厌：琼斯、毕涅里欧、苏特罗、菲利普斯(韵文总是一种缓解)，尤其是萧伯纳。

---

① 英国祈福！……啤酒、牛肉、商业、圣经、斗牛犬、战舰、鸡奸、主教《尤利西斯》P406(417)

他们喜欢相当大的他们。主要的香肠《尤利西斯》P52(59)。

在学校时，我只学习必须要学的课程，读了兄长的英文和法文书籍。梅特林克的作品易于理解，即使是他所谓的哲学作品，魏尔伦的作品不太难，但在维尔的通信员给吉姆寄的光滑绿纸封皮书《大鼻子情圣》，要读懂这本书真是吃力。但是，科克兰来到都柏林的时候，我满心欢喜地发现我可以不费吹灰之力理解他的作品。我清楚地记得那种活力，他蹲在观众面前，向阿拉斯的围攻者嗤之以鼻。我记得他那聪明的弟弟扮演了诗意的面包师角色，我记得罗克珊，但很遗憾我想不起来那个女演员的名字了，因为我后来对她单相思了很长时间。透过将顶层楼座与舞台前的脚灯分开来的巨大差距看过去，她浪漫、聪明、美丽，但对我而言，她身上更加吸引人的地方在于她不是爱尔兰人。

就学习而言，兄长的大学生涯并不那么出色。他一般都能通过荣誉考试，却没拿到任何奖学金，但总会不时地怀疑在大学里究竟值不值得拼了命地学习。在学校师资方面，教授们只有平平的教学能力，不同职位的教区牧师唯一关注的就是让学生们通过科目考试。他们认为其他任何事情都很多余，甚至是在浪费学生们的时间。

我们还住在皇家露台时，在穆林加尔短暂度假期间，我父亲在那里找了一份整理投票清单的临时工作。那时，吉姆创作了他的第一部戏剧，是一部现实主义戏剧，有四幕，如果我没记错的话，他管它叫做《光辉事业》。在从穆林加尔回来之前，他在夏季结束时完成了这部戏剧。在一个"顿悟"和《斯蒂芬英雄》中有提到他关于这部戏剧的工作。我对其中的故事情节记忆甚少，但从我回想起来的内容来看，这部戏剧换汤不换药，他无意识地保留了《咱们死人醒来的时候》《玩偶之家》和《青年同盟》的内容。

一个年轻的医生保罗为了自己的职业生涯抛弃了他爱的女孩安吉拉，娶了另外一个人。他放弃了年轻时坚定的目标，成了一个趋炎附势之人。他事业有成，年轻时就当选为一个不知名小镇的镇长，故事的场景就设置在这个小镇。港口发生了严重的鼠疫疫情（当年格拉斯哥发生了一些零星的鼠疫疫情），该镇陷入了恐慌。那个镇长，身兼医生一职，精力充沛地处理当时的情况，在短时间内消除了流行病的威胁。从瘟疫爆发到结束，有一个女人一直在组织援助那些受瘟疫感染的人，在公众向这位镇长表示感谢之后，这个女人来看望他。她就是安吉拉，那位医生抛弃的女孩。悲伤的是，她也嫁给了一个善妒的丈夫。那位医生意识到自己卓越的生涯毫无价值可言。我对这部戏剧，尤其对结尾的回忆十分模糊。尽管并非悲剧，但却是心灵上的灾难。在痛苦的相互指责过后，安吉拉走了，留下医生陷入沉思。我似乎记得最后一幕是，安吉拉走后，仆人进来宣布晚餐时间到了。

他完成这部戏剧之后，把手稿寄给了威廉·阿切尔。那位显赫的苏格兰戏剧评论家肯定立刻找时间看了看，因为很快他就回了封长长的信，信中他以认真且并非用打击的口吻评论了这个青少年的作品：

韦尔农套间2号
南安普顿街，西中央区
1900年9月15日

亲爱的乔伊斯先生：

我最终还是抽时间看完了你的剧本。它既让我我颇感兴趣，又让我困惑不已——对这个剧本我确实不知该作何评价。在我看来你似乎很有天赋——可能远不止有天赋——但我不能说这个剧本是成功之作。当然，对于舞台而言——任何商业舞台——它绝对不可能成功。毫无疑问你意识到了这一点。但简单地把它看作一首戏剧性的诗歌，我不禁发现整个布局对于这个主题来说太大了。戏剧的最后一幕几乎是一段二人对白，这部戏剧缩小成了爱情悲剧，但为了实现这一点，你构造了一个巨大的政治虚无和瘟疫故事，任何一个读者在这则故事中，完全忽略了你原本为这部戏剧设计的核心思想。我曾试图在第二幕和第三幕中努力去理解一些复杂的象征手法，以理解你在这两幕处理上宏大的手法，但假设你想达到某种象征主义目的的话，只能说我无法理解。它可能是很不错的象征主义手法——也许是我没能力去理解这些聱牙诘屈的文字。

但是，你确实有天赋写出简单、自然但令人印象深刻地的对话，并且带有一种栩栩如生的画面感。保罗和安吉拉的那一幕对手戏十分有冲击力，不过要是这出戏能够逐渐引起或反过来引发一些明确之事，或许就更好了。然而从整体来看，你似乎缺乏角色设计的能力，以抓住观众的注意力，并点燃他们的想象力。事实是，这个方面你有些束手束脚了，因为你在一个舞台上塞满了太多复杂的角色，就连莎士比亚也没办法在这样的情况下让每个人物饱满突出。在第一幕结尾，我没法了解任何一个角色，只好猜测这部戏剧的重心在于保罗和安吉拉之间的“爱恨情仇”，但我错了。你可能会说我很显然没有足够专注地去看这部戏剧。或许是吧——但要激起我的专注力是你的事。到了第三幕，人物角色才终于开始凸显出来。我坦白告诉你我的感受——

毫无疑问别人的洞察力可能更敏锐，但值得关注的是你对一个喜爱此作品的读者产生的影响。

不知你是否确实想写舞台剧。若是，我可以斩钉截铁地建议你：通过练习，去布置窄一点儿的格局，努力创作一部人物不多但角色鲜活的戏剧。如果你能做到如此，我至少能对你真正的天赋做出公正的评判。就目前而言，我对这部作品颇有兴趣，印象也十分深刻，但同时我必须说我对它也感到非常困惑。

如果你不认为我在扫兴，那我会很乐意读你寄给我的任何剧本。我将在周一寄回你的手稿。

谨上，

威廉·阿切尔

吉姆写这部剧时，我对其寄予厚望。在他完成剧本之前，我都没有看过剧本。尽管我曾见过他放在桌子上的手稿，字体整洁有力，舞台指导部分用紫罗兰色的墨水写成，还有整篇手稿几乎无一修改之处，这表明他相当专注。我第一次读剧本时，崇拜之情便油然而生，但随后我在这种情绪中发现了一种模糊的失望感，我把这种感觉归结于我前面提过的这部剧与我喜爱的易卜生的剧作有相似之处。吉姆问我这部剧如何，我说这会是部很棒的舞台剧(那确实是我的第一印象)，我还开玩笑说他是从字母 ABC[①] 就开启了他的剧作生涯。但是，我反对他献辞给“他自己的灵魂”，这样做太过浮夸；我当然理解，对他个人来说，他不想让一份光辉的事业干扰他的精神和情感世界。他经常这

① A Brilliant Career(光辉事业)。

样说，但我并不喜欢在这部剧的首页读到它。然而我敬佩他的决心，同时我强烈相信大多数人的精神情感生活并不重要，所以他们没必要为其做出牺牲。

威廉·阿切尔的信增加了我的的疑虑。然而我没发现其人物太过单薄，也不觉得布局太过宏大。相反，我能够立马辨识这些角色，因为吉姆以我们的朋友和大学同窗为模板成功刻画了这些人物。我并不认为保罗和安吉拉激烈的对手戏有什么说服力。但我想看看它给阿切尔带来的影响。他认为来源于生活的人物不够有个性，相反，出于单纯想象的人物角色却使他印象深刻。我知道那时兄长并没有女人。他的生活有许多毫无个性的女人，但却没有任何一个女人让他迷恋；这一话题我们已经谈论过很多次了；他常常说自己的诗是"情诗"；我反驳说鉴于灵感的出处，它更应该被称作是淫诗。吉姆对此并没有感到羞耻。

——好吧，为何不是爱情诗呢？吉姆说。难道不是所有抒情诗都符合这一描述吗？你这个道貌岸然的家伙。

——恰恰不是，我说，什么马配什么鞍。淫诗这个名字就很合适。

——是，也不是。吉姆决定要结束这段对话。

回到对这部戏剧和阿切尔回信的讨论，这讨论可能已经有二十次了，我说我觉得这部剧的缺点主要是戏的转折和冲突都是出于想象，一种生硬捏造而毫无实际经历的支撑。

——你是说瘟疫那一幕吗？吉姆问。

——不，我说。从心理学方面讲，那并不重要。我想的是保罗和安吉拉之间的那幕大戏。

——阿切尔觉得很有冲击力的那一幕，吉姆补充道。

——当然，我承认他肯定知道舞台上什么东西有效，但我并没发现它很有说服力，或许因为我太了解你了。你是从哪里得到那一幕的创作灵感呢？

——这里，吉姆说，他笑着摸摸自己的前额，都在这里。

——我认为，我说，如果它能有些现实基础的话，这一幕会更有说服力。

——吉姆反对说，你怎么知道易卜生的剧幕是否有现实经历做基础呢？

——不知道，我再次承认道，但我有这样的猜想。我猜人们总是能感知到经历的真伪。

——想象也需要基于现实，吉姆说。

——我接着反驳说，那为什么你嘲笑那些把手稿藏在他们的桌子里的梦想家呢？

——是的，你认为在这个城市我能有什么现实经历作为基础呢？吉姆说着，并没有回答我的问题。是和那个谁还有那个谁吗？（他一口气说出他认识的几个女孩子的名字）不，谢谢你了。那我还是和接待员调调情好了。

——我说的不是调情。

——好吧，如果你指的是其他事，那你说话就像个傻子，吉姆说。

——你永远不会知道，我满怀希望地说。

接着，他在刚提到的那些人中挑出行为最失当的那个女孩，在开始攻击她的美德之前，起初会有必要的一分钟详尽描述，包括身体上、心灵上以及财务上的所有准备事项。他语气滑稽，又带有讽刺作家拉伯雷式的幽默，就像雷奥博德·布鲁姆的午前巧记那样。双方家庭所有成员包括厨师的评论、结局，都十分滑稽。吉姆似乎从不善观察，但他一旦有这样的心思，他就能做到几乎毫无遗漏。他经常说自己并不是用双眼去看，而是用心去理解。总之，他这场滑稽的幕间表演结束了这场讨论。

阿切尔在信中说他认为兄长或许“不仅有天赋”，我对这句话格外重视，吉姆没说，但他可能也这样想。阿切尔说出了我的猜想和所感受到的雄心。至于吉姆，他不相信天赋。他说天赋是浮华假象。他相信才能、工作以及他所谓的付诸行动。他恰当地引用了卡蒂尔·孟代斯写的一些东西来表明法国颓废派诗人中不缺乏天才，但他们太过懒散无序。但我相信天赋，甚至在那时候，我还知道如果他只有天赋的话，就会因循守旧，但如果他“不仅有天赋”，他的未来将不可估量，就有望能开辟一条他自己的道路。但在我们一起的那么多年里，我对他的影响有时更多的是压力，总是故意把他引向那些惯例，因为我觉得他不应该就这样脱离常规。

我的兄长隔了一段时间才给阿切尔回了信。信中，他一开始自然而然地表达了对阿切尔友好批判的感激之情。与此同时，他还写道，他对《光辉事业》的看法远不如阿切尔想得那么深刻，是事出有因。吉姆并没有说明具体缘由。我是反对他这么写的。我揣测威廉·阿切尔可能会这样问自己：“为什么这家伙让我遭罪读这个呢？”他也有可能觉得吉姆拿粗挟细。吉姆对我的反对视若无睹，还是把信给寄了出去。他是对的。阿切尔没有被冒犯之感；他肯定注意到了作者只是一个十九岁的男孩。他的回信语气很友善，内容也诸多助益。只是在《尤利西斯》发表后，他恼羞成怒，全然忘记了那些更有才华的人往往按照自己的方式创作。但他的批评真的让我的兄长意识到了自身良多不足。后来为了了解戏剧作品制作的实用性知识，他真的认真考虑过放弃他在大学的学习，转而继续留在舞台上。他从这个目标最简单的部分开始做起。有时候,他会拿一个剧本(如果我没记错的话叫《舞台》)出来,给自己的主角命名为戈登·布朗。这个选择充分证明他对焦尔达诺·布鲁诺很欣赏。他当时一直在读这个人的哲学文章。

那段时间,我们又搬了一次家。每当房东对父亲忍无可忍、不想再把房子租给他时,父亲的惯用伎俩就是去找房东理论,说他不可能欠着房租还去另觅住处。此外,他还力争房东必须要出示前几个月所住之屋的租金收据。随后,房东为了摆脱这种不良租户,会给他几个月没付的房租的收据。拿着这个,父亲就可以诱使其他的房东把房子租给他。因着这些好运,我们最后搬进了一个比之前破旧一点的社区的一所小房子。在一次次的搬家中,我们低价处理掉了太多家具。现在必须承认,我家已经沦落到了行李只剩一整车的光景。有些家庭已经失去了搬去格伦加立夫阅兵场32号的新房子的机会。我们中的最后一拨人离开皇家露台酒店时暮色才刚降临。他们紧跟随着我们的车。当拉车的马负重竭力前行时,父亲一直在唱着众多擅长歌曲中的一支:

让我的心靠近你,
让我的心靠近你,
你这凉夜里的气息,
让我的心靠近你。

当然,这第三个"心"是高音上的日冕。晚风和煦。父亲沉溺于再一次成功施展的小把戏的喜悦中。搬家过程中,他倒是为全家福劳心劳力:照片里有他的父亲,(两张全家福,一张拍摄于青年时期，一张拍摄于中年时期），他的母亲，即我的祖父和祖母。先有他们，才确切有父亲。后来，在的里雅斯特和巴黎的兄长这点上也是随父亲的，非常重视这些照片。依我看，他们只是装饰家具的图片，只是装在玻璃板后和木质相框里的肖像画。这些照片中的人物看起来很僵硬，好似作画时被人强按着保持不动的姿势。

格伦加立夫阅兵场是一个让人压抑的街区。它的一侧有一条路延伸到主干道。我们正好住在主干道的拐角处。但我确信自己那时没什么好奇心去探索另一侧路的走向。我们在那儿住的时间不长。在此期间，吉姆创作了一些歌曲，其中一半以上是为自己的诗谱的曲，还有一部分基于曼根和叶芝的诗所作。其中的一些从形式来看算是真正的歌曲，其他的倒更像是萦绕在心头的做礼拜时吟唱的旋律，但这旋律又和所附的歌词内在无比契合。有一天清晨，就在我们搬入格伦加立夫阅兵场没多久之后，我站在打开的、还没窗帘的窗户前远眺。视线里，屠夫家的儿子走在路中央，他的头上罩着一个空空的篮子；他的脚步扬起灰尘；他正高声唱道：

> 走呀走在大街上
> 踢呀么踢灰尘
> 格伦加立夫阅兵场没有一个影儿，
> 谁敢与我争输赢。

"强劲的对手啊！"，我一脸严肃地对吉姆说。他早已来到窗口，被我逗笑了。他称屠夫的儿子是"蜿蜒曲折的峡谷诗人"，说这是"格伦加立夫"名字的意思。（他当时研究爱尔兰差不多已有一年多了。)吉姆能经常找到志同道合的感觉,不像我那般局限。几年后,辛格声称:吉姆在爱尔兰的这种感觉先来自于曼根和叶芝,而后又延伸到蜿蜒曲折的峡谷里目不识丁的人。有时候,吉姆看起来没什么感觉,是因为他深信他们有极好的诗序。

我的兄长从不登台,除了曾在玛吉·希伊的一幕戏中充当过临时演员。剧中他扮演的是男主角。喜剧的标题叫做《丘比特的知己》。乔弗里·弗特斯克,一个浪子和冒险家的混合体,向一位富家小姐求爱。他过五关斩六将,一路前进最后看似抱得美人归。其实,甜心小姐那时刚和真爱吵了一架。有个闺中密友替她牵桥搭线,做戏请君入瓮。这位密友即丘比特的知己(由女作者自己扮演)。甜心小姐骗得了浪子的真心,然后又揭露了他往日的恶行。后来,真爱回心转意,即将从远洋航程中归来,结局皆大欢喜。

如果能从平常的英语中找到感觉,吉姆会感觉到松了一口气。他还曾戏谑道,一旦找到了感觉,自己的臀部定和红扑扑的少女的脸一样泛着潮红。然而他似乎不会这样。他表现得完全不在乎,倒像他是在精心的伪装之下的表演一样。这种事几乎没有任何可能出现在他身上。尽管缺乏生活经验,我还是尽我所能来描述:他完美地演绎了一个世界上英俊的、优雅的、干练的、魅力无敌的男人的角色。一个主流的都柏林戏剧评论家——而且不是年轻一派的——高度赞扬他的表现,觉得他表演出的沉稳甚至赶得上查尔斯·温德姆!

他采用另一种试验性的形式来表达自己的创作冲动。当时我们居住在此时,他曾提出过"顿悟"——这一点他或显山露水,或深刻剖析。吉姆一直都鄙视隐秘性。他的那些注释一开始就是对疏漏和细微的错误和手势的具有讽刺意义的观察所得——都是可以忽视的小缺点——因此，他们也刚好泄露了人们最想要守住的秘密。顿悟部分的描述通常都是零星几笔，在长度上几乎不会超过 12 行。但是观察准确，解释到位，句子长短也就微不足道了。这个合集对他的作用就如素描本之于画家一般，或者说在他的风格形成过程中，他充当了史蒂芬森的笔记本的作用。但这绝不是日记本。约翰·埃格林顿在《爱尔兰文学画像》上写过关于兄长的简短的回忆录，里面他提到过兄长的日记就好像是人们所熟知的、诸如《都柏林人》或者《尤利西斯》一类的作品。他甚至将他描述成了一个为收集日记素材，煞费苦心地去结识一众文人、并做笔记的人。这个故事纯属无礼的生搬硬造。除了被视作斯凯芬顿顿悟的这种情况，他的简短之言的主人公绝非举足轻重的人物，也不是那些他后来遇见的、出现在此集册中的人。更何况，吉姆一生中从未写过日记。我才有这枯燥的习惯。我坚持写日记，就像其他抽烟的人一样，一旦开始就无法控制自己。（我觉得这种狂热没有什么坏处。）我也毫无来由地想要引用伯恩斯的话：

> 如果你的外套里有个洞，
> 我建议你们补一补；
> 你们的思绪里有个小伙子，
> 他会有普遍的信仰。

兄长的建议不同，他看事情的角度也不同。他感兴趣的是真相的揭露和潜意识的重要性。后来的顿悟更为主观、也包含着他认为有几分启示意味的梦。

他把这些顿悟中的一部分先后都引入了《艺术家的写照》中。在这本书里，当条件成熟了，他最终将这些顿悟融入到富有想象力的日记里。至于其他的，他觉得还没有达到可以让他一直保持兴趣的地步；我不赞同他的观点，觉得还有一些也可用。至于他的梦，他一开始就没有悄悄打断它们的想法。接下来我将谈到的就是关于一个梦的记录。它是合集中的第一个，也许创作于我们离开皇家露台酒店之前。

雾霭渐渐沉下来，小水珠依稀可辨，移动缓慢。这条路把我引到了一个隐蔽的池塘。池塘里有什么东西在移动；那是一个皮毛粗糙的黄色北极野兽。他从水中渐渐上升，我便拿着棍子向他刺去。我的目光从他的后背向下扫到臀部，他的动作看起来极为迟缓。我倒不怕，但还是用棍子刺向他，想让他消失在我眼前。他缓慢地挪动着爪子，还一边嘟囔着一些我听不懂的话。

这段描述中的那个惫懒的"北极野兽"指的就是我。在他的另一个梦中，我或许又轮回转世，寄居在一只狗的身体里。

乌云遮蔽了天空。在三条道路交汇的地方，一条大狗躺在一处潮湿松软的沙滩上。时不时地，它抬起鼻子在空气中嗅一嗅，发出长长的嚎叫声。人们停下来看看它，然后继续前行；有些人还在，也许是被那叫声吸引住了。从这嚎叫声里，他们似乎听见了自己的悲伤。这些悲伤曾经有其形，现在无其声。他们都是累人的生活的仆人。开始下雨了。

当我读懂这个梦的真正内涵时，我对它并无太多反对。因为我喜欢狗，但我觉得这哀嚎声可以理解成来自兄长灵魂深处的隐秘部分。梦的另一种解释则更为有趣。易卜生曾经理解了，但他用挪威人不喜欢的方式进行描述，让挪威人对与丹麦迷惑不已。

> 是的，她们是两姐妹。一个用她结实的臂膀在搅拌（她们制作的黄油是出了名的），看起来面色黯淡心怀不悦；另一个则是开心的，因为她已经找到自己的方法。她的名字是丽娜。我知道她们说的动作“成为”的意思。
>
> 你是丽娜吗？
>
> 但是此时他自己穿着一件燕尾服，戴着一顶过时的高礼帽。他忽视了她们：他走路步子迈得很小，刚好把脚伸出燕尾服……我的天啊！他是多么小啊！他肯定非常老了，不中用了——他也许不是我想的那样……有趣的是，两个高大的女人当着这个小老头的面争吵不休……但他是世界上最伟大的男人。

梦是真实的，但是它们经过了文学的处理。要不是这样，为什么易卜生要写它们呢？这里的文学处理包含了尝试再创造出一种梦境的感觉来，比如，当梦里一个人的名字被提及时。然而这种再创造毫无提示。他只把梦看成是清醒状态下我们的思想的一个不受控制的重新拼凑。虽然，他希望它们可以揭示出我们不受控制的思想隐藏的东西。我保留我的梦，因为我怀疑这梦既是他对诗歌的道别，也是他对散文正占据上风的暗示。我可以看出他当时的用意：小心翼翼地权衡偷偷潜入的、不被重视琐事的重要性,并用测试精神状态的方法来确定这些琐事的基本之处。盛大事件的喧嚣和盛况、以及我们自己的想象都很容易误导我们。

兄长对事物的思维倾向深刻且强有力地体现在他为都柏林大学文史学会所作的“吟唱诗人隆重登场”。在完成该作之前,他就曾在一场就某个学生的论文引发的辩论中详尽而又激情洋溢地谈论了易卜生。那是在我少之又少不在兄长身畔的情况下发生的。我不知道那晚上他谈到的是那篇文章的哪个方面。在那群开始激起他兴趣的学生中——在他们的大学中,学生们总是迫不及待地支持获胜方——那个夜晚也被称作“易卜生之夜”。在都柏林狭小的文化圈中,很少有人知道易卜生。当兄长被问到他想要谁来读他的论文时,他开玩笑地答道“亨里克·易卜生”。秘书(W·P·科因)立即礼貌地问了他的住址。他已经在写字板上快速记下了“亨利·吉布森”。

这篇论文的标题是“戏剧与人生”。兄长对此给予的关注,不亚于后来的“暴动日”和曼根的文章。他这样做的理由也是如此地相似。在关注中,他阐明自己的立场,反对他人的立场——即《异教徒驳议》。这一点不同于他在辩论会之前创作的文章。因为这次创作不是为了给学生观摩,而是他完全意识到了自己有话要说,说出来会鲜明地表达自己作为一个艺术家的立场。因此,该篇文章给人们留下了深刻的印象。尽管辞藻华丽,他写得进退有度。

他在论文中既否定了艺术的道德目的论和国家目的论,又否定了美学派的艺术中的模糊理论。他主张艺术创作没有目的;一切固定的目的都是歪曲艺术,但人们这样做也有缘由,即一种必要性,一种无法抗拒的内在的必要的想象力,有一种源自生活的、用于再创造生活综合结构的想象力。他还谈到了艺术家对社会的重要性。艺术家必须捍卫自己的权利，去自由的发展自己的个性，去依据良心创作。他不能被卷入变动中，也不能让自己成为他人的发言人。这样的艺术家经历过诸多苦难，才用自己的灵魂抗争。

再回归戏剧，兄长声称戏剧是最高层次的艺术形式。它不是静止的。它展示的是运动中的生命。此外，它还赋予艺术家们两条准则：必须居于幕后和创作剧目中的人物必须演绎危机。他嘲讽浪漫主义戏剧中的英雄人物角色的超人化部分，也批判他们以大喊大叫和暴力为宗旨的行为。所有的“喧嚣和骚动，毫无意义”。他还宣称更具有人性意义、情节更紧张的戏剧可以在挪威人别墅的接待室里上演。最后，他声明反对现代戏剧的现实主义，但是期待一种富含想象力、浸润着启发性的现实主义。这样的戏剧像“世界之树”。它的根深埋地下，但枝上的树叶却如天上的星辰般熠熠生辉。

第四章

成熟

兄长的一些评论家(其中也包括他的朋友伊塔洛·斯韦沃)把乔伊斯刻画成一个渴望他所放弃的古代宗教,没了自己从小耳濡目染的宗教下就找不到道德支撑的人;这已经成为一种普遍的做法。没有什么比这更远离真相了。我确信乔伊斯从未有过信仰危机。他身上的生命活力驱使他挣脱教堂,这种生命的活力充盈在《尤利西斯》整整七百几十页中。作为一个年轻人,他更像是易卜生的《赫达·加布勒》中的勒夫伯格。但是,勒夫伯格缺乏像他一样的坚定意志。无疑,兄长对天主教的兴趣比对欧洲其他任何宗教组织的兴趣都更加强烈。他发现神学家们总是无情地讲求逻辑,给天主教预设前提和暗示性的想法。即使他并不同意他们的观点,比如讲述耶稣传说的盛会就使他印象深刻。但最为重要的一点是,他对天主教的态度更像是个教堂外怪人而非教堂里的圣徒。

都柏林耶稣会曾刊登着这样的评论说,乔伊斯的智慧是"伟大耶稣会孕育的杰作,它已超越魔鬼撒旦的权利";换句话讲,耶稣会士在不断地要求他这样做。耶稣会训导的目的在于灌输我们一种信念,即上帝赋予人的一生和外显的天赋,进而让我们的良知明白人本是懦弱的。他们的目标是完全奴役人的心灵,并终其一生去听从。但是在兄长这儿，他们显然是失败的。在各个方面，他都让自己的个性表现地尤为出众。当然，他的良知变得不正常，但并非按耶稣会期望的那样。如果说这驱使了他坚定自己天赋，并超越个人得失，去追求了一些东西的话，那就是，忠于他所看到和理解的生命之真谛，衷于自己艺术创作之真诚。

他确实有过，把通灵学派作为一种临时宗教信仰的念头，但并没当真。阅读叶芝和罗素，曾唤起他对通灵学派的兴趣。在当时的都柏林，尽管他从来不属于封闭的社会和通灵学派的学会，然而尽我所知，或许存在这样一段时间——他曾十分专注于阅读布拉瓦茨基夫人、奥尔科特上校、安妮贝费特和莱德比特等人关于通灵学派注释性的著作。我好不容易研究过他们，发现兄长其实对此并不屑一顾。我还依稀记得一首名为"涅槃"的诗歌，它描绘的不是一个幸福的国家，而更像是一个神秘作家们所说的浩渺的精神世界。不过，总的来说，我认为他对通灵学派的浓厚兴趣很快就消失了，我对大部分通灵学家们的名字的不尊重的变形把他逗乐了——老鳕鱼上校、蓝脂空夫人（这个名字符合她松弛了满脸皱纹的脸，长满皱纹的双眼看起来像是在通过香烟的烟雾在凝视），每只蜜蜂的姑姑和挨妻揍先生。可能，他认为神智学完全就是浪费精力的唯一未成年人冒险。然而，它使他与某些神秘的作家接触，他们的个性不太可疑——反耶稣会士弥果尔·德·莫里诺斯、十字架圣约翰、圣特雷莎、锡耶纳的圣凯瑟琳、托马斯·阿·肯皮斯。对这些作家的粗暴不待见足以让我相信我对这些作家不感兴趣。我跳着读书，在我发现绿洲的时候暂停读书。

——为什么你浪费时间在这些模糊的神学上。我问他。

——我对他们感兴趣，他回答道。在我看来，他们写的就是一场你欣赏不来的真正的精神体验。

——算了你说得都对。

——然后他继续说道,他们写得非常精妙,是我在许多所谓的心理小说中无法找到的。

然而很明显,在这个时候,他非常强烈地感到神秘主义的吸引力和现实的呼唤,有一段时间他对帕拉切尔苏斯这位神秘的科学家感兴趣,他在两个方面都大胆地努力。但是,神话主义者的意志思想,和他们身上故意自欺欺人的怀疑违背了他的同情心。他们向他展示的世界是枯燥无味的。不仅仅这种自我投降和神秘主义的禁欲主义,这种身体上而非思想上的约束,与他的天性相违背,神秘主义也让他感到失望,因为它曾经让他以为有超出现实的直觉。在这样的现实中,他本可以相信。他说:"生活本身就是一个象征",他引用了易卜生对反对他的戏剧中反对象征主义的一位评论家的回应。但是,神秘主义没有提高生活的意义,却被专家要求完全摒弃生活的意义而不是有想象力的直觉,神秘主义提供了令人不满的幻想的想法。他详细地知道,这条道路将让他达不到他想要实现的目标,但是他能忍受多久,我不能说。从根本上讲,他并不是那种在神秘主义的迷惑中容易找到自己心灵的人。然而,在的里雅斯特,他为两位作家,一位神秘主义者和现实主义者布莱克和笛福作了演讲。

我们众多讲演中的每一个都是言简意赅的,但在大多数情况下,我们亲人中有人去世时的悼词仍是冗长。在墨尔本街,男孩约安尼季斯在婴儿期的头几周内死亡。在温莎大街,另一名男婴则来到世界,而在楼下的时候,我的父亲像往常一样,向那位把他带回家的清醒的朋友保证,"上帝,他还没死,"楼上他最后出生的孩子已经死了但至少这些婴儿可能不会受苦。在格莱纳里夫游行中，最小的幸存的儿子乔吉因为出生于七月四日而命名，因为伤寒后死于腹膜炎，在他十四岁的时候死去了，死在了一个无论如何生命对所有人都是甜蜜的年纪。

在吉姆之后，他是家庭中最有前途的孩子，一个英俊的男孩，虽说体力没有跟上年纪，但其实并不体弱。凭借他好看的外表和金色的长卷发，他两三岁时一直惹人喜爱，虽然当他死去时头发比较黑。作为一个男孩，他的富有感染力的笑声对于他的年纪来讲太成熟了，夹杂着一丝恶意在其中。在学校，他做得很好，在去贝尔韦代雷的那一年跳了一级，同时开始学习拉丁语，在一个学习条件很差的房子里，没有任何明显的努力。他的记忆和吉姆的记忆一样好，他的专注力还没有发展起来，但无论如何，如果在国际跳棋上，如果国际跳棋是一项测试的话，他总是可以胜过我。他几乎没有什么唱歌天赋，但是对音乐的确有一双很好的耳朵，而且已经开始弹钢琴了。他毫无疑问地和我一样接受了，就是吉姆有一天会把他的名字变成一个作家，每当他出现在我们的讨论中的时候，他就会挂在他们的边界上，就像一个跳过的小门。虽然还是一个男孩，他却是那种出现带来欢乐的人之一。

他生病的时候，我的母亲不确定是将他送到比较近的慈母医院，还是在家里护理他。他是最小的，而且在她疏远了她最喜欢的儿子吉姆之后，她决心把他留在家里。他是一个从来没有抱怨过的病人，但是在危机期间，痛苦变得尖锐，他会把手臂抱在母亲的脖子上，直到难受减轻。她照顾了他好几个星期的伤寒发作，直到医生宣布所有危险已经结束为止。我妈妈问他要给孩子吃什么饮食。"汤，肉，任何你喜欢的"，他随便回答。她不管自己的判断，给了他一些汤和一小块肉，但足以证明是致命的。吃了好几个星期以后，他觉得好点了。在他憔悴的脸上，他深蓝色的眼睛看起来比以往任何时候都更大。但是他们的眼睛毫无拘束，对过往的一切都充满活动。以前我下午放学后，一直在给他朗读《瓶中妖魔》。但是，他现在要求吉姆给他唱歌——唱他为叶芝诗歌写的曲子：

谁现在会和弗格斯开车，

并穿过深林编织的阴凉处？

吉姆下楼去了客厅，把门打开，坐在钢琴旁边，唱起了他配了词的忧郁的歌。不久之后乔治出现肠穿孔症状。我被派去请医生，别人去请牧师。乔治仍然相当清醒和冷静，只对他的恐惧的母亲说：

——我死得太年轻了。

他当天晚上去世。第一次悲伤的爆发是当我的母亲看到他死在怀里的时候，她想到了当他是一个婴儿的时候。

——当我把她带去布雷广场散步时，她抽泣得很厉害，每个人以前都习惯照顾他。

为什么在最后一刻没有尝试做个手术，我不明白。当时的学院校长托姆金父亲希望他在学院教堂举行公开葬礼，他的两名耶稣会教师被派遣代表校长提出慰问，并提出建议。在死去的孩子眼中，他们中其中一人无法控制自己的眼泪。毫无疑问，这与耶稣会哭泣是相反的。但是我感激和荣幸的是我记录下来了：基督哭泣。

我父亲在儿子的长病期间保持清醒，有时甚至在晚上给他读书。他是一个很好的读者，特别是幽默故事，如《米奇自由的父亲和幽灵》。但他对他儿子的死没有觉得非常深刻。我的母亲从未恢复过来。她不能原谅自己遵守医生的指示，特别因为这似乎对她而言像是这个头脑简单的傻子一直在酗酒。葬礼后我回到学校，感到阴冷不安。在他去世前的几年里，格里奇，两年半的时间，我的大三同学，在许多方面一直陪伴着我，吉姆对此不感兴趣。长胳膊大长腿，他是一个很好的游泳者，我们曾经计算过我们的洗澡，看看我们哪个人会在夏天结束之前获得更高的分数。为了打击我的性格中一些想象中的沉思，他昵称我约翰兄弟。

妈妈肯定错了，认为吉姆无情。他没有像别人那样表现出自己的感觉，但他对乔治的死亡感触不少。当他想每个人都睡着了，他轻轻地走到楼上，看到那个可怜的小伙子，他躺在这里盖着被子，他眼睛里的蓝色久久才消失。不久之后，在提到爱尔兰的叛乱时，他痛苦地大声说：

——爱尔兰是一头吞噬自己崽子的老母猪。

这是对爱尔兰历史的反思，但是我在表达中看到他在乔吉不幸逝世时的闷热愤怒，并且想到了自己，那就是我想说的话。

他以为这个男孩在下面的梦中-顿悟乔吉是有意的。

> 这不是跳舞。小男孩下来为他们跳舞……他在黑暗中流淌，充满光阴，认真地在众人面前跳舞。他没有音乐。他开始在露天剧场的下面跳舞，四肢的运动缓慢而柔软，从青春和远处的所有恩典中移动到运动，直到他似乎是一个旋转的身体，在太空中的蜘蛛轮，一颗星星。我渴望向他喊出赞美之词，傲慢地大声喊叫众人的头脑，“看！看！”……他的跳舞不是嬉戏舞蹈，希罗底女儿的舞蹈。它从人群中，年

轻人、男人中，突然上升，再跌倒在地上，颤抖地啜泣，死于胜利。

他称其出生在的里雅斯特的儿子为乔吉奥。

在一封关于我的哀悼信中，其中一位耶稣会士问我“我的想法如何运作”。自从葬礼以来，我的想法一直比平时更有利于他们，但这封信是一个突然的检查。它让我感到愤怒，因为我在其中看到了一种准备好要利用青春、悲伤和裂开的伤口的意图。我确实没有答复这封信。我能告诉他什么？真相，离开大学？一个谎言，还是一个传统的弥天谎言，感觉到自己是一个懦夫？我应该回答这个问题的回信，但我没有足够的圆滑来想到这个问题。

另一个兄弟，查理，比死亡的男孩大一岁，认为他有神职人员的职业，进入神学院。他和乔治结伴，就像孩子们在大家庭中做的一样，而不那么聪明，模仿他，跟着他走。在沮丧的悲伤和孤独中，作为牧师的想法安抚他，除了强烈地呼吁他的虚荣心。当我问英语老师，登普西，为什么查理离开学校，他笑了起来。

——他说，他是为了这个世界和下一个世界存在的。

而且我想知道，在爱尔兰无处不在的对祭司阿谀奉承下，潜藏着多少反对教权的恨意。

我不再受到宗教怀疑的困扰。我的立场似乎对我来说很清楚。像所有的祭司一样，耶稣会士在很大程度上处于无限之中，“无限”和“永恒”这个词他们张嘴就来。对于我来说，当我试图想像一个没有边界的无限宇宙，没有尽头，无底洞，没有中心的时候，我的想法回到了地球，令人困惑和迷惑，因为对“超越灵魂之外”的某些东西进行了徒劳的追求。但也有令人难以置信的是，我推想某个地方的宇宙应该对某些东西是尽头其他的又是开始。没有开始的时间，开始和时间同样超出了我想象的范围。说到无限的空间或无限的时间，或者他们的对立面，有限的空间和有限的时间，在我看来是一个神秘的感觉，一个使音节无意义的音节，只是不符合任何可理解的想法的计数器，是愚昧的"Hic sunt leones"[①]，是一个昏暗而不可思议的思想区域。努力想象无限小的事物也像一把冰一样停止了心脏。然而，为什么宇宙在小的终端是有限的，在大的终端是无限的呢？

想到这一类基本上不可理解的想法，我认为是上帝的想法。耶稣会士也使用这个词，并且知道与之相关的所有谓词。对我来说，这是一个超越思想范围的神秘，与宇宙共同平等。我不需要说服我能够思考，如果只有那个已经拥有的我的基本想法，而且我有目的，只是为了在吉姆尝试我的想法。如果我的思想和目的存在于我，或者广泛地在人类中存在，它们只存在于我身上，也存在于我外面。不到一个行星系统的微生物，本身不及宇宙中的一个微生物，我觉得肯定是荒谬的或人是其中唯一的思考和有目的微生物。除了暂时的"Cogito, ergo Deus est"[②]之外，我看不到，但到目前为止，这个论据对我来说是严格的。其余的太多了，只有冷酷的猜测。当时我完全不了解哲学制度，但单从阅读或听不到的没有任何事情改变了早期的仁慈不可知论的态度。

吉姆耐心地听了我对这些想法的阐述，但是当我说完时，他用大白话说：

——这是那种你走在都柏林的公平城市的路上时的想

① 此处有狮子

② 我思故神在

法吗？

——我这样想有什么好笑的吗？

——我没有说他们好笑，他更认真地回答，但是你用奇怪的方式来考虑整个问题，就好像你无论如何不关心说唱一样。

他忽略了最高责任感，即负罪感。我从来没有对神陶醉过。

——事实上我并不在乎。

——你没有想到你不适合这样的讨论吗？

——很奇怪的说，它有。但是我也觉得，如果这个讨论只适合准备好的人，那就不用担心。同时，我也不觉得必须以任何方式接受这些人的意见。

——但是你接受流行的天文学家的意见。

——哦，以非常不同的情绪。或者说，一个非常无动于衷的情绪。上帝只比天文学家多一点兴趣。我也是宇宙中的家庭统治者。

吉姆看了我一眼，说道：

——你的表情里有种奇怪、严苛，像个荷兰人。我同情那个可怜的女人，醒来时在她身旁的枕头上看到你这张脸。

吉姆正在和自己辩论。他自己的态度或多或少是相同的，我相信，但我的论述使他看起来平淡乏味。此外，他对反叛的科学或伪科学方面几乎没有兴趣。他蔑视科学可以取代哲学，认为科学是一种比他离开的那种虚假的宗教更不人道和贫瘠的观念。上帝曾经是他的生活现实。

我并不严苛，但是，比起曾经作为观察天主教的人来说，我更加高兴，因为我心里怀疑自己；而在学校，现在我感到分离，没有感觉。我们的老师之一，也许注意到我的一些变化，告诉我们，在我们上课的时候，我们和我们上课的工作没有任何关系，当走出世界的时候，我们应该会遇到那些太过于愿意而不能贬低我们信仰的人。我们总是想到，他说，如果一个人生病了，他去看医生，学习医学的人；如果他有一个法律上的案件，他去找了一个律师，这个人在学习法律；如果一个有宗教疑虑的人，他应该去找教他神学的牧师。我不再有争议或渴望反驳传教士的论据，但正因为如此，在他停止发言之前，我自发地发生了明显的异议：我们去找我们自己选择的医生或律师，并不是寻求命令，而是寻求建议。

还有一次争吵，不是最后一次，但是吉姆参加的最后一次，那是我们在七号圣彼得大教堂的卡布拉，这个名字在爱尔兰意味着像贫瘠或荒芜的土地。现在是一个很好的中产阶级住宅区。也许是在乔治死后，出于良知上短暂的悔恨，我的父亲搬家了，并动用了自己的一小部分退休金，在卡布拉购买了两层楼的小房子，并在拍卖会上买了不可或缺的家具。正如我所说，查理已经进入了一所神学院，我们现在人数已经减少了。查尔斯令人钦慕的姐妹很高兴能在在星期天看到他，还有神父的法衣、四角帽和其他教士学生从克莱利法学院拿来的祈祷书，在马尔堡街的临大教堂。我的父亲出于好的目的搬进新房，但是如果他自己有任何幻想，他们将持续超过两周让他就是家庭中唯一的一员。

吉姆的“易卜生之夜”和关于“戏剧与生活”的论文在大学的上半部分也引起了轰动，因为他的英语教授达林顿。在《艺术家的写照》中，有一个短小片段描写了一位有同情心的教导主任，适合于索福克勒斯、莎士比亚和易卜生的讲座，借书学习我哥哥三位一体的第三人物。我出席了演讲，还记得他对易卜生的批评不是敌对的。

当我们走出大厅时，我看到站在他身边的一群爱尔兰语爱好者中的一个，大声地在恶劣的北方口音中说出，适合他的乳清面膜和钝性特点：

——我没有看到任何人比达林顿神父更了解易卜生。

当我告诉吉姆的时候，他笑了起来。

他说，显然他不得不吞下与他不同意的东西。

——马拉费尔特，我生气地说，羡慕你。

——看起来好像不小心，吉姆说，但如果他不能想到有更好的方法来泄愤，我很抱歉。任何一个十六岁的男孩或十六岁的女孩都可以告诉他如何甜蜜地这样做。

在与吉姆谈话中，达林顿神父（另一位英语转换者）曾经说过，他认为《玩偶之家》是反对混合婚姻的绝佳论据。吉姆想知道他是如何工作的。

在阅读了一篇关于威廉·阿切尔正在筹备一本关于吉姆在他离开格伦加里夫游行之前写给他的年轻一代诗人的书上，宣称他喜欢的工作的年轻爱尔兰诗人。如果我的记忆不背叛我，他也给爱尔兰诗人保罗·格雷甘蒂送了一本薄绿色的经文，这是我哥哥个人不知道的。据我所知，吉姆从未见过他。与此同时，我哥哥给了他自己的未出版的诗歌，并接受了一个艰辛的批评，这并没有一些迟缓的效果。

注意新地址：阿莱恩公园71号，

西德威奇

［无日期］

尊敬的乔伊斯先生：

我承认自己对您的诗句不甚明白，而且这种不确定性让我沉默了很久。我想，如果您原谅我这样说，您的作品里，比起其他的，更多的是其他的情绪——您的感觉，您的想象都富有诗意，但我还没有发现您还要表达什么。也许这只是我狭隘的品味；但我承认倾向于体现一个明确思想或独特的画面的诗歌，而不是只提出一种心情的诗歌。您会说这个批评同样适用于大部分的韦尔莱恩和雪莱的作品。当然，也许是这样的。但您必须像他们之前一样详细地写作，您才可以有效地恳求他们的先例。

我最喜欢的作品是万霍普，最后的地方，普通话，热情的诗人和赞美诗晨祷。在所有这些我看到非常真实的承诺。但是请祈祷，请不要，尤其是在收藏的开头诗中，培养出诸如此类的偏心。例如，首先，我标出了四条线，似乎只是绊脚石和进攻的岩石。我也在赞美诗晨祷中标出了一条线，我几乎认为您一定错误——您不是想写"我们的电话"吗？还有像"衣服"和"那些"这样的韵律几乎不会在严肃的诗句中传出，而且我觉得您太喜欢相同的韵律——我的意思是用完全相同的字来结束两行—— 一个非常谨慎的招数在英文中。但这些手段真的是够了。

我的诗人集，就像您所看到的一样，刚刚完成，很快就会出来。我听说过格雷根先生的工作；但是我的诗人列表已经完成了，而且这本书已经在两年前完成了。

谨上！

威廉·阿切尔

这封信的口吻是友善和认真的。作家显然试图给年轻的诗人最好的建议，传授他的丰富经验，但他并没有苟同十七、十八岁，雪莱和魏尔伦都没有写得精湛。雪莱的一首诗，显然是二十岁的时候在“罗伯特·埃梅特的坟墓”上写得，很值得一提。什么是真的，我开始注意到的是，并不是所有的吉姆的个性，甚至最独特的部分都是在诗中表达，而只是在一方面是虚构的情绪。真正的诗人不是这样的。

吉姆回信捍卫他的一些手段，阿切尔回答说，仍然有耐心和有争议。他建议我的兄弟不要试图发表他的诗，如果他的才能发展得自由和正常，有一天他会后悔。但是，他补充了苏格兰的平衡，“如若因为我们认为今后可能会后悔，现在就不采取行动，这是不明智的”。

吉姆发表阿切尔的诗集当然不是《室内乐》，而是《情绪》或《光亮与黑暗》。少年诗中，阿切尔提到的只有“老生常谈”，《室内乐》的第二首诗才幸存下来。

我们已经搬进了新房子，当我哥哥写了“喧嚣的时代”时。这篇短篇文章在一天早上写得很快，指责爱尔兰文学剧院宣布了英国舞台商业化战争，滥用艺术的最高形式（戏剧），致使欧洲迟来的竞争失控。在乔达诺·布鲁诺之后，他把欧洲称作“La Bestia Trionfante”[①]。他表示爱尔兰自己没有戏剧性的传统，爱尔兰的剧作家应该在国外寻找模型，并指出，八年前，肖利用了英国的审查制度在爱尔兰是无效力的这件事。

他在那个周日的下午给我读的那篇关于那个周日的文章中，我的贡献包括两个词语，就是将“狡猾地微笑”改为“腼腆地偷笑”，因为我反对称，在漆黑的剧院无法看到人们的笑，“摩尔利用的是文学描写手段”。那篇文章是为《圣斯蒂芬》杂志写的，

① 趾高气扬的野兽

被其中一位提出不可改变的审查制度的员工亚瑟·香奈儿·克利里反对。兄长没有在克利里身上浪费时间，匆忙去找根源——大学的校长。他简直就是在追寻一个影子。校长和蔼可亲，名义上是负责人，但似乎对此事知之甚少。他并没看那篇文章。与四处充满的牧师的控制形式相比，那个事件真的规模很小。名义上的领头人态度温和，富有同情心，但他的属下对于他们无声的镇压工作却自由发挥。

不管审查员是谁——克利里模糊地谈论到一位布朗恩神父（他仍然是另一个皈依的新教徒，传言在英国某个地方有一个妻子和一个女儿），"他对于杂志的营运几乎毫无话语权"——不管这个人是谁，他都误解了他的人，完全没有理解他的话。斯凯芬顿写过一篇关于他的"大学问题中被遗忘的方面"的文章，被同一个审查员拒绝了。他按照我兄长的建议，和兄长一起自费把两篇文章都发表了出来，那是只有几页的粉色封皮的小册子。斯凯芬顿当时是学校的注册员，但由于他写的一篇倡议女性获准进入大学的所有学院的文章被拒绝，后来他辞去了该职位。他的父亲曾教育他关于某个体系的东西——所以，吉姆告诉我，至少——他天生就富有一种机械地回应所有十分明显的对公正、推理和人性的申诉的热情。他至今尚未考虑宗教的问题，但他说只要自己的工作和学习能留给他时间考虑，他就打算花一年的时间好好考虑。他做事十分有条不紊。吉姆嘲讽地评论说，斯凯芬顿准备严肃思考一下外行人是否获准思考的问题。但是吉姆跟我评论他的时候，说他是"继我自己之后圣斯蒂芬学院最聪明的人"。

吉姆的文章开头挑战性地引用了焦尔达诺·布鲁诺的一句话，"诺兰说，一个人除非厌恶大众，否则他不会成为热爱真理或善良的人”。最终,吉姆的这篇文章比如果未被审查的情况获得了更多的宣传度,比关于曼根一篇更长更好的文章的宣传度还要高,因为我和他把这篇文章投稿给了多家报纸和我们希望能看到它的在都柏林的人。《团结的爱尔兰人》上出现了对它的提及,我还记得在艾利大街把它交给乔治·摩尔长得漂亮的仆人。对于有文化和没文化的暴民以及那些我兄长坚持认为对民族生活——“你们受欢迎的恶魔”施加了最基本影响力的爱尔兰艺术家们,我兄长对他们的指责在圣斯蒂芬报接下来的几期杂志上激起了一篇评论。这篇评论明显是讲给大学的学生们的,但是更适合民族学校的那些顽童。评论中宣称,为了天主教教堂——被《凯瑟琳女伯爵》践踏——传统道德的利益,“爱尔兰暴民”愿意放弃所有艺术可能给生活周围环境增添的东西。

那本小册子发行后不久,爱尔兰语教授兼一本爱尔兰语——英语词典的作者迪恩神父和一群学生在都柏林周围的山上短途旅行。他身材矮小,早熟的上了年纪的脸苍白无血色,像个可怜的爱尔兰小妖精。但在这种情况下,为了表现他心灵的光亮和无辜,他一直在路旁的矮石头墙上跳上跳下,每次他落在长满草的那边,就在学生们的嬉戏中宣称“诺兰说的!”

吉姆不顾我的任何反对,故意把对“诺兰”的提及作为他的怀疑主义者。他意指他文章的读者应该首先有一种错误的印象,以为他引用了某个不知名的爱尔兰作家——在爱尔兰,一些旧的家族名字之前的明确的冠词是一个恭维的称呼——所以当他们发现了他们的错误,乔达诺·布鲁诺这一名字或许唤起了对他的生活和作品的一些兴趣。他重复到,应当鼓励外行人去思考。就激发好奇心而言,他判定自己起的作用确实很足够了,但其余的部分就是推测的事了。他们一定没能注意到最后一句话里，他称自己是易卜生的继承人。对于一个十九岁的年轻人而言，这是个骄傲的自夸，但这并不是空口无凭的，尽管在文学上并没有维持。

诺兰究竟是谁。我兄长的意大利语教授格兹或许有所揭示。在那本小册子发行之后，吉姆和他讨论了布鲁诺的哲学。格兹认为那次讨论或许太过客观了，他说：

——但你不能忘了，他是个恐怖的异教徒。

——吉姆说，是的，我记着呢，但他也烧得很严重。

尽管那样，吉姆和这位年轻的意大利基督徒保持着很好的关系。他来自天主教诞生国的某个沙文主义城市，并不完全同情那些不顾一切又掺杂着清教徒主义的顺从，这是爱尔兰人的混合物。他们在活跃的争论中阅读并批判了邓南遮的《大火》。我兄长认为这本书是迄今为止成就最高的小说。

新生的良知的明显特征就是他作为一名艺术家的顽固的真诚，和他认为艺术家才是羊群真正灵魂的牧羊人这一坚定的信念。这已经在促使我兄长不怕冒险的船首驶向充满麻烦的水域。尽管对那些只放牧那些天才的同学来说，他看起来有些荒唐，但作为一名大学的学生，他保持着活跃，也绝不回避欢乐。他对大多数人的厌恶并非完全不可妥协。比如说，不能阻止他在学位授予时扮演一个相当显著的滔滔不绝的角色。他大声的笑很有特点，偶尔令人不安。有一次他和一群学生在国家图书馆门口，他大声笑着，好像是一个言语刻薄的老太太，刚从某个圣经社团或是同一条街上的其他某个社团的办公室走出来，走到这一群人前，生气地问：

——这个年轻人怎么了？他怎么这样笑？他一定有病。你们最好看好他，把他送回家去。

根据其他人的笑声会在我们中间激起的忧虑来判断，她肯定了莱奥帕尔迪的观察，但或许她并不了解。但那位老太太了解她的圣经。在圣经里，有回声的、唯一的笑是讽刺的。当时我兄长的笑并不讽刺。那仅仅是坦率的欢笑，唇边毫无啼笑皆非的苦笑。

措辞的高雅过后的一次抗争有时候给他学生时代的论文带来一种说教的情调，但它并不对他的愤慨的忠诚表示怀疑。他愤慨有文化的暴民应该更喜欢"说谎吵闹"[1]（主要是爱国主义艺术），而非"真理的壮观"[2]（比如易卜生的戏剧）。他对虚假、秘密、集体和个人，写出来的或演出来的东西的蔑视带来的影响就是，他下定决心要在他的生活和作品之间维持一种紧密的关系，与此同时，还要自由地去艺术性地创作，不受自传镣铐的阻碍。

和斯凯芬顿在一起的一个简短的小片段给他对歌词诗的态度的转变带来了奇怪的启示。大概是在"喧嚣的时代"发行前后的一个下午，吉姆和我与斯凯芬顿一起穿过斯蒂芬公园大街，讨论了斯凯芬顿本计划跟希伊一家人和其他几个学生一起前往三石山的一日短途旅行。吉姆受到邀请和他们一起去。斯凯芬顿喜欢突然抛出他考虑的最深层的问题。他什么都没说，问他：

——你恋爱过吗？

一般来说，如果吉姆认真谈话的话，他语速会慢，毫不犹豫，但会小心措辞。若是他事先都考虑过的问题，他说话时就会像

---

① "别因男人都爱在你面前说谎吵闹而难过……"《室内乐》第十九篇。

② 柏拉图的词语。该词语被乔伊斯引用于"喧嚣的时代"及其它处，它出现在 1857 年 3 月 18 日福楼拜曾致勒鲁瓦耶·德尚特皮小姐的一封信中。乔伊斯读到这封信时，曾遇到该词。

他写作那样。这一次，他飞快说出一个答案。

——我如果恋爱过，怎么写得出我们这个时代最完美的情歌呢？他问到。诗人一定只能写过去或未来的情感，从来写不出当前的情感。如果是件有规律、完全正确、对上帝忠诚、“直到死都只有你我知道的事情”的话，那它会失去控制，毁掉他的诗歌。诗歌必须有一个安全阀门，要合理调整。诗人的职责就是写悲剧，而非成为剧中的演员。

他口若悬河，尽管说的并不新颖，但并非完全是荒谬的。但这一抨击性的长篇讲话相当明显是为了斯凯芬顿而上演的行为。中间停顿时，我刻薄地插了一句：

——不管怎么说，你要不是个诗人，你能去舞台上当个顺口溜喜剧演员了。

斯凯芬顿笑了，但吉姆满不在意，继续他的讲话。我们在大学门口与斯凯芬顿分别时，我问吉姆：

——你真的以为自己的诗如此完美吗？

——当然，我高度赞赏我的诗；否则我也不会费力去找出版商出版了。

——我想大自然憎恶完美，而且大多数读者都很认同大自然。

——这是从你那优秀的日记里引用的话吗？

——不，但很快就是了。

——才华的焕发？

他经常说我让他想起一只行动迟缓的蜥蜴。它的鳞片偶尔会藏起来，用来反射光。

——我在读蒲伯关于人的论文时想起来的。

——蒲伯的什么？你究竟为何要读那个？

——文化，我简短冷酷地回了一句。

——你把我的错误当做质押啦，吉姆说，他忽视自己不感兴趣的点，重新提起他感兴趣的问题。斯凯芬顿问了这样一个该死的愚蠢的问题，你还想让我给他一个很聪明的答案吗？

——好吧，我想也不是。我应声到。

他们徒步短行去了都柏林山；对我兄长来说，其中一个结果就是写出了两首后来写进《室内乐》的歌："戴兜帽的月亮有何建议"和"轻轻地来，轻轻地去"。希伊家最漂亮的那个女孩为这两首诗提供了灵感。尽管在《艺术家的写照》中，林奇称她为"令爱"，但吉姆从未跟她恋爱。据我曾了解的，他们从未见过面，除了在周日的晚上，在她父亲家举行的晚会上，或是在像这样的短途旅行的少有的场合。他们的关系，至少从一方面来说，一直是相当羞怯与传统的。这个女儿几乎不参加他们经常玩儿的猜字谜的游戏，而更喜欢在一旁看着。但那天的天气还有这一小群人的心情合在一起，使那次旅行很圆满。那个女孩年轻、快乐，十分漂亮。

他们回去时，天已经很晚了，身体有点疲累。他们谈论着那苍白的玫瑰色的月亮，月亮升起时还带着光晕—— 一些天气预言家预测，这是要下雨的迹象。和我兄长一起走路的希伊家那个漂亮的女孩，觉得这看起来令人快要流泪了。

——我看它就像是某个快乐的戴斗帽的胖女人大衣的圆圆的风帽的表面。吉姆说。

那个女孩太开心了，不会感到惊讶。她用又大又黑的眼睛瞥了他一眼，说，人们可能会假定，基于她并非完全对他的那个观察的总结：

——我觉得你很邪恶。

——不那么邪恶，吉姆说，但我尽力。

他们分开之后，她和同样参加了那个派对的弟弟和妹妹一起回家了。吉姆不慌不忙继续漫步，因为他想起了一首歌。因为没有其他可用的写东西的材料，他撕开一个烟盒，站在树灯下，用他整洁、坚定地笔法，在盒子的内侧写了两首歌。

戴兜帽的月亮有何建议
放入你心，我羞答答的宝贝儿，
古老圆月的爱神，
他脚下的荣耀和星星——
圣人，不过邻近
荒唐可笑的托钵僧

不若相信我，聪明智慧
无视那牧师，
荣耀在那些眼神中发光，
在星光中摇晃。我的，啊我的！
没有更多月亮或雾中的眼泪
为你，亲爱的多愁善感的人儿。

《艺术家的写照》中，兄长展示了处于创作困境的艺术家(那个年轻的诗人)。在其第五章和最后一章，他利用烟盒事件作为“引诱男人的女人的维拉内拉诗”。这首诗是子安那一章的既定日期的几年之前写的，也就是他第一次离开都柏林的日期。这首诗是属于更早的一两个合集。他还把小说中的玛丽·希伊这个人物和想象的一个女孩混合起来。代达罗斯应该对这个想象的女孩有一段短暂的热爱。我忠诚地讲述这个事件,吉姆也是这样忠诚地向我讲述的。写在烟盒内侧的那首歌是“戴兜帽的月亮有何建议”。我保留了那个奇怪的手稿好多年,但第一次世界大战后,我回到的里雅斯特时,找不到那个手稿了。

那首歌里的关键词是“多愁善感者”。兄长开始意识到自己天生就不是成为伴侣的料,因为他不是个多愁善感的人。玛丽·希伊是唯一一个在他心中激起一些感情兴趣的女孩,但是对比他不久后很快发现自己能胜任的“疯狂的、光芒四射的”,持久的热情,那种兴趣称不上是爱情。至于他的爱情诗,事实是,他一旦真的恋爱了,他就停止写爱情诗了。那时候,他的知心朋友预测,他将从一段爱情到另一段爱情,而不会受伤。他们相当嫉妒他能够赢得女人的天赋:好看的外表、好听的嗓音、好的身材,还有他们能预见的他的大好未来。事实上,那类观点中有些引发了斯凯芬顿的质疑。我知道他们都错了。至少,易卜生的戏剧对他吸引力的一部分,可以追踪到“吹奏管乐的诗人隆重庆祝的爱情”在他们中间扮演的第二个角色。在爱情中,兄长是个现实主义者,甚至在那个时候,他有着“已婚男士”的外表;女人不能取代他对生活中的主要兴趣,他也不希望成为任何女人生活中的主要目的。他知道,孩子们迟早会取代他的位置。能让《死者》成为如此棒的故事的,是爱人和已婚男士之间的对比,并非以永恒的三角关系呈现,而是慈悲地——他们都真诚地爱过女人——是作为男人对女人的完全相反的态度呈现的。他像任何新起的大律师或医生、牧师或政治家一样,清楚地知道他必须首先解决自己的婚姻问题,然后才能继续他感觉自己受到召唤应该去做的事情。在精神方面,他依然足够浪漫或足够自由,这两者可能是一样的,以至于他希望自己的婚姻是一场探险、一次挑战；但当他的确用自己的方式解决了那个问题，他变成了一个顾家的男人。尽管他努力摆脱贫困，但他相信父亲的角色，而且认为不要孩子是一种懦弱，“对命运的那么巨大的恐惧”。

与此同时，他是个热爱女人和歌曲的大学生——但还没染上酒。他和女人之间的接触一直都很少，令人失望。他已经渐渐疲倦了他以斯韦登伯格命名的“性爱”。用他有时喜欢的半科学的行话来说，他说娼妓是糟糕的感情的指挥者，以此来掩盖他的失望。此外，他憧憬和灵魂交配。如果这就是他的憧憬，他应该做适当的预防措施，以防自己在别的某个国家出生。他的生活展示出他有能力爱一个女人。我认识他那么久，他没有产生过任何真正的兴趣，至少是任何情感上或知识上的兴趣；但是，不管是因为他超前的性的经历还是其他原因，他天性就不会把女人当做浪漫的崇拜对象，以成为他服务的主题，甚至象征性的都不会。他喜欢叶芝的诗“天堂的衣服”，并把它放在音乐里。但对他自己来说，他不允许任何女人去踩踏他的梦想，即使是轻轻地踩踏也不允许。

事实似乎是，年轻时爱过上帝的他不会再爱任何不那么神圣的事物。定义可能会变，但由于他自己之外的某些事情，“sub specie aeternitatis”①服务的感觉留在他身外。少年时代时，兄长感觉上帝是某个活着的存在，献身于给他带来宁静但却证明是虚幻的一种存在。当对三位一体的信仰重蹈了所有教条信仰的覆辙，对贡献的能力并没有重蹈覆辙。他不仅依然能在超越自己的幸福和事业之上，设立一个理想的目标；这样一种无条件的牺牲甚至成了他性格中至关重要的方面。

---

① 在永恒上

他混乱的性生活是公开且故意的,因为他鄙视任何形式的偷偷摸摸。他认为性接触是一种必需的生理的任务,不会对此做任何道歉。他意识到,人的本性不允许青少年或成年男性禁欲,而且,用一种不那么不愉快的方式来看,贞操和同性恋一样违背了本性;总之,性道德必须调整自我,以适应正常的本性的需求,而不是相反。虽然如此,毫无疑问,他对多愁善感的蔑视很大程度上,是出于本性的对他认为是小丑似的性欲的理想化的厌恶——早期虔诚的一种残迹。还有其他一些早期思想的残余:灵魂被罪恶唤醒,意识到精神生活——他对 Fall 的解释,也是《艺术家的写照》的主题之一——对少女时期的天真无邪的纠缠不去的信仰,"时刻的简单的玫瑰经"。他似乎因为发生在他们处女贞洁时的凶残的性行为而同情过年轻女孩子。甚至在他的嫖妓时候,他自己还保留着处女的看法,某种程度上看这只是缺少偷偷摸摸而已。就年龄来说他还很年轻。尽管他家里的脏乱和不幸,还有内心精神纠结的折磨,某种几乎年轻的快乐氛围还是徘徊在他又高又修长的身材周围。但是除了活力之外,他富有洞察力的眼神中的短浅的一瞥中也有某种钢铁般的强硬。这种眼神预先警告了所有半途。在戈加蒂用尽足智多谋给他起的各种绰号中,还有一个"童贞的睡觉一漫游者"。这个名字在一首关于他的五行打油诗里得到了进一步的确认,作者为同一人。这首诗是:

有个年轻小伙名叫乔伊斯,
拥有甜美的男高音。
他进出客栈,
嘴边唱着赞美诗,

命令妓女高兴。

然而，吉姆引用了布莱克的预言对联，声明到：

收获将在寒冷的天气旺盛
当两个处女处男遇见一起。
国王和王子一定被绳子拴在一起
之后两个处女处男才能遇见一起。

吉姆常说他能想到的唯一两个处男处女就是圣灵和圣母玛利亚。他引用这几行诗，并不是因为韵律不佳，也不是因为在讨论中听起来印象深刻，而是因为他的意思就是这几行诗。这就是他和"哑剧演员"——他这样叫他同时代的人，之间一个引人注目的区别。王子和国王都缺席了他的婚姻。

在他心灵的渴望之后的世界里，女人和男人会在他们感到欲望时去满足他们的性本能，当他们选择形成一个更加持久的关系时就结婚——从男人方面来讲，与被祈祷的道德相对比而非跟被实践的道德相比，这更多是道德原则。他几乎不提及或讨论婚姻，但当他提及或谈论婚姻时，就会对性道德投去冷酷地鄙视。病态单身汉联盟、天主教等级制度奋斗了多年，去把这性道德强加给左右徘徊的男性，但却相当失败。在他看来，把婚姻的重担当成是性交的过高代价，就是在播种不和的种子。与此同时，它会降低可能会更加坦诚和自由的男女关系的质量。更让他反感的是，在对男人来说坏的交易里扮演媒人角色的下流的多愁善感。和处女发生性关系会诅咒一个男人得性病，这个残暴的迷信在更加愚蠢的大众中间绝对不会绝灭。吉姆在评论这一迷信时指出，相当多的文学大众背后也潜伏着同样的迷信。

他引述了一个这类故事的例子，其中帕梅拉就是个典型的例子。例子说的是一个浪子被一段和贞洁的处女的婚姻所改造。

圣奥古斯丁评论了在迦太基密集在他周围的大量非法的爱情。有关垂涎淫秽、下流的冒险经历的谈话，爱尔兰式的幽默总是把它搞得索然无味。我和吉姆学医的朋友在一起时，这类谈话总是很多。强迫我对那个性问题念念不忘，要是那些青少年和他们的嘲笑没那么足够的话。每当我拒绝陪他们一起到夜城——他们将在那里喝得烂醉，嘲弄各种事情，他们一般更喜欢成群漫游、喝酒—— 一个或另一个会尖锐地说：

——女人是个伟大的发明，因为她们省了很多体力劳动。

那种猜疑是合理的，但它不再是真的。我会回击，从而避开他们的攻击。

——你夸张了，艾尔伍德。毕竟，你多久才去睡一次啊？我认为女人并没有在间歇时给你省下如此多的体力劳动。

兄长和我在另一个观点上也有分歧。他带着拉丁式的坦白，宣布了他做的事情，而我决定合理地尝试一次节欲，一直坚持到我二十四五岁。我并没有宗教的顾虑；我主要是对关于卖良为娼的交易的某些社会疑虑所增加的痴迷的满足感到厌恶。当我确实决定改变我的惯例，我并没有罪恶感，也没有对节欲的尊重，这似乎成了我变得异常的最直接的途径。理智的男人应该会发誓远离女人，他们就是在取悦创造了女人并且继续创造比男人数量更多的女人的造物者。推测起来，这在我看来似乎是个远比阶级仇恨更加糟糕的、荒唐的、无法容忍的态度。那是对全部性的排斥主义。事实上，几个世纪以来，这种荒谬的态度一直是低级戏剧的支柱，所以很明显，我并非唯一一个感觉对女人的自我克制是走向同性恋的第一步。当然，对女人的恐惧在许多苦行僧般的抨击里都能找到表达，尽管如今不那么直言不讳，但今天它依然存在。这种恐惧在活过的所有鸡奸者中能找到一个合唱团的赞同者。

男人也带来了他们自己的悲剧。他们带着寻找-罪恶的狂热创造了一个虐待狂的上帝。

当那个漂亮的乡下人的确说谎
在黑麦的田野之间，

这位上帝对那一场景做出的反应会像贝特西·特洛特伍德对驴孩子的反应一样。那个漂亮的乡下人做的就是他的发明。如果宗教老师没有通过给孩子们逐渐灌输他们的迷恋而破坏那个乡下人成功的机会，那将会是戏剧而非悲剧。我天生就不懂浪漫，如今我相信要对女人、肥皂和水坦诚，而不迷信任何一个。

格里高利女士在她的书《诗人和梦想家》中写到，爱尔兰农民更喜欢任何种类的歌曲，而不喜欢爱情歌曲，并引用一个苏格兰一凯尔特谚语“像爱尔兰人那样缺少爱”。事实上，我兄长对女人的态度或许是他的民族的典型代表，只要他对它的意识和他的行为逻辑是个例外。他一旦恋爱，那爱情就成了头等重要的事情，但那并不是典型的爱尔兰人。那是任何地方的任何诗人具有的典型特点，而且正如他告诉斯凯芬顿的那样，恋爱的确破坏了他的诗歌创作。

相比对女人殷勤，爱尔兰男人并不倾向于激情。激情戏剧几乎很少，而且在他们中间也不会被认同。当帕涅尔变成和现代历史提供的真实性一样的爱情戏剧的支持者时，他们对他们这个之前的偶像突然间强烈的反感和恶意的呐喊在欧洲任何一个别的国家都几乎不会发生。仅仅说他们偏执，不是一个充足的解释。在爱尔兰，爱情会受到冷落的欢迎，除非在婚姻前和通过忏悔在婚姻后爱情顺从牧师的控制。没有结婚就做了母亲的人最好去死，而非活在岛屿的最绿地带。如果人们发现一对夫妇在结婚前就发生了性关系，那么他们这辈子都会被唾弃。爱尔兰人结婚似乎是为了一些乏味的原因或是为了结束它，她们对丈夫更多是忠诚而非奉献。与其他地方相比，在爱尔兰，怕老婆的丈夫更加少见，更是笑柄。大多数时候，除了街头拉客的妓女或女管家，女人并不引起爱尔兰男人的兴趣。

在英裔爱尔兰诗人身上，这种情感缺乏是最明显的。我不认识带有爱尔兰情调的诗人，除了在道格拉斯·海德的翻译作品中，从他的翻译中去评价他们是不公平的；但我猜想，被发成“graw”(为了和“gnaw”押韵)的音的那个“love(爱)”的爱尔兰单词一定是个残疾。苏格兰也有它自己的凯尔特诗人；但在彭斯之前也有许多诗人，和他们的歌相比，直到有了叶芝，英裔爱尔兰的爱情诗歌都是缺少酒精的葡萄酒。

我兄长曾用短语“爱尔兰无性的智者”。他的意思并不是说爱尔兰男人比别的男人缺少男子气概(爱尔兰的家庭比其他地方的家庭都要大)，而是说性动机对爱尔兰男人的生活几乎没有影响。性欲在他们的生活中就是一样东西，缺少了它，他们也很少会“陷入现实”之中。这种冷漠和对爱尔兰男人对女人掩藏的敌意反映在他们女人的性格上。去判断爱尔兰女人的冷漠、偏执和浪漫主义的完全缺失是天生的还是无意识地被那个种族的男人所渴望的，是很有趣的；因为，从最后的分析来看，男人总是责怪女人，只是男人自己想要她们成为的样子。

大概这个时候(1901年)，我独自去了克拉拉·巴特和她的丈夫肯纳利拉·姆福德在圆形大厅举办的一场演唱会，那儿还有一个很棒的配角演员组。时光流逝这么久之后，很难再想起当时的节目有什么，但我几乎能确定节目里有“Mon coeur s'ouvre à ta voix”[①]和“Che farò senza Euridice”[②]。她唱了很多歌曲，因为她一再被观众请回来。音乐会结束后，我离开时，刚听过的音乐还一直奔驰在我的脉搏中；对我来说，似乎那个女低音的声音是唯一值得听的。

音乐厅挤满了人，我是其中一个最热情的观众。过了一会儿，我意识到坐在我旁边的一位太太看了我好几次。她是一位英俊的黑发女人，大概有三四十岁。我注意到她白皙的皮肤大大的瞳孔，还有棕色眼睛里的纯白色。其中一次休息时，她跟我说了话。我们在休息和暂停时继续谈论她似乎能胜任的那场演唱会和那些音乐。演唱会结束，她平静地笑着和我握了手。

那之后，我记得我至少偶尔遇见她了一次。她在街上拦住我；我那时还不到十八岁，应该还没胆量去和她搭讪。她问我了一些关于我的学习的传统的问题。她的举止舒服、友好，但我从未再见到过她。

兄长在我的日记里发现了这个没有前途的材料，并用它写了“痛苦事件”。这个故事是他过了很久之后在的里雅斯特时写的。那时，都柏林混乱的生活开始在他的脑海中形成、清晰。在那个故事里，他给那个女人起名艾米莉·西尼科，一个的里雅斯特式的名字。朱塞佩·西尼科是“Inno di San Giusto”[③]的作曲者和的里雅斯特的守护神。达菲先生是男性独身者的典型，正

---

① 我因你的声音而敞开心扉

② 没有了欧里迪切我该怎么办？

③ 圣朱斯托的赞歌

如玛利亚在“泥土”中是女性独身者一样。但是,他同样想要成为我兄长想象我到中年时应该成为的爱国主义者。那幅肖像有他提到的“讨厌的荷兰人的格调”。他在创作达菲先生的时候利用了我身上的许多特征,比如无法容忍喝醉酒、敌对社会主义、习惯把短句子记在一沓用别针别在一起的散页上。吉姆建议给这个文摘智慧的精华取名为胆豆。其中两个写进了那个故事:“每个承诺都和悲伤结合”,和“男人之间不存在爱,因为不存在性关系;男人和女人之间不存在友谊,因为他们之间存在性关系”,出于一些含糊的原因,这两个都在那场演唱会的偶然邂逅之后被写进了故事里。为了提升达菲先生的智力水平,吉姆把自己的一些特征也借给了达菲先生:对尼采感兴趣、翻译迈克尔·克莱默。

因为兄长烧了他的剧本,除了关于易卜生的剧本和“喧嚣的时代”还有半打只有几行的顿悟之外,那两本诗歌合集现在就是他必须展示出的所有文学作品了。然而,他对那些诗歌越来越不满意了,最后烧掉了所有,只剩下早期写的一两首和他尚未写进任何一本合集的最近的几首。我乞求他放过其它几首,尤其是阿切尔挑选出来很赞成的那些,但都无效。他没有给出解释。他只是一遍一遍批判地看了那些诗歌,然后一个个撕掉,烧掉,毫无评论。由于他总是严厉批评认为只有想象中的东西才拥有诗歌价值这样等级的诗人,所以,或许根据他的新趋势,他的原则就是拒绝在他看来情感错误以及只适用于为“管弦乐诗人的”表情的装饰环的诗歌。

毫无疑问,其他的诗歌是由于技巧的原因被他拒绝。他个人偏好的诗歌的兴趣点并非取决于某些诗意想法的表达,而是取决于单词、短语和韵律的不可定义的暗含韵味。他喜欢的诗歌追求心情和印象的捕捉,通常是缥缈的心情和难以捉摸的印象,通常像咒语一样能吸引思想、传授马洛认为任何美德都不能用言语消化的奇迹和优雅的言语的魔法。他自己的诗歌就是没有思想的歌曲，最难懂的类型，要花数年的努力去得到其中的不同之处。

他最喜欢的道兰德歌曲里的诗是“不要再哭泣，悲伤的喷泉”。这首诗，尽管很简洁，但要想把它改述成散文也是十分困难的。事实上，如果一首诗的思想能够被适当地改写成散文，那么似乎没有什么理由不用散文来写。

不要再哭泣，悲伤的喷泉！
什么需要您流得如此急速？
看那白雪皑皑的高山
天堂的太阳确实温柔地浪费！
但我太阳的天堂般的眼睛
看不到您的哭泣，
那如今躺着睡着了
轻轻地，如今轻轻地躺着
睡着了。

睡觉是种和解，
和平带来的歇息休息。
日出没有笑
它何时平静地落下？
那么，您也休息，休息，悲伤的眼睛！
不在哭泣中融化，
而她躺着睡着
轻轻地，如今轻轻地

睡着了！

那首诗是道兰德写的，因此兄长找到了他在国家图书馆能找到的任何伊丽莎白一世时代的歌曲书籍，并复印了许多道兰德的歌曲，还有一两首亨利八世写的歌；对音乐有些了解的科斯格雷夫（“林奇”）热情地帮助了他。他对伊丽莎白一世时代的歌曲的兴趣拓展到了对英语民歌的兴趣。他大部分在一部由塞尔西・夏普写的合集里找到的这些民歌。与十分常听到的甚至在莫法特和维利尔斯・斯坦福德的精彩编曲里都很常见的哀诉的爱尔兰传统音乐相比，“娃娃，娃娃，啊”、皮壶和“西班牙女士”的快乐的抑扬顿挫的旋律更适合他当时的心情。过度沉溺于爱尔兰爱国主义诗人的粗俗下流的忧郁之中，他常说爱尔兰除了对欧洲文学贡献了哀鸣之外，别无其他贡献。然而，我认为他脑海里更多的是爱尔兰音乐，而非讽刺文学和喜剧占主导地位的英裔爱尔兰文学。尽管如此，他在文学与历史社团面前读的下一篇论文是关于一位爱尔兰诗人的。这位诗人的所有作品都记录的是错误和痛苦，他被严厉地桎梏在历史的苦难之中，继承了他的民族传统中最坏的部分。乔伊斯・克拉伦斯・曼根创造他名字和生活故事的一部分，也被那些在我兄长之前写关于他的作品的人糟糕地对待，无论是米切尔傲慢的回忆录还是达菲不加批判的劳动成果。叶芝甚至在“无名的人”和“西伯利亚”中只发现了“某种枯燥无味的力量”。我认为，兄长是第一个宣布曼根在较早时期的英裔爱尔兰诗人中拥有最高的地位的人，也是第一个在仔细斟酌的论文中努力证明那个宣言的人。他认为，与叶芝之前的爱尔兰诗人用英语写的任何作品相比，曼根的一些诗歌更加有序，在那论文中几乎没有年轻人的无限的热情。兄长约束了他深切、热烈和重要的热情主义。尽管他输出贫乏，但将他从他同时代的人之间与众不同的那种成熟的气质或许部分地归功于这个，部分归功于他生活和思想之间没有分割的这一事实。工作和事业对于他而言并不像对大多数年轻的作家来说那样密不可分；他的作品是超越他个性成功或幸福的一些东西，甚至对他们是不利的，这也可以理解。

关于曼根的那篇论文于1902年五月发表在《圣斯蒂芬》。这篇论文文体绚丽、结构复杂，高度非写实，有时还故意模糊。它证明了一个下定决定的奋斗，去给他周围的生活的毫无希望的扭曲强加一种思想的优雅，但它也宣布了他从未退出的目的，还有从许多倔强和错误中引领他的人生路程的一些思想。

那篇论文不仅仅是文学练习，也不简单是对曼根的赞赏；兄长清晰朝着即将主导他作品的文学信条的方向摸索前行。兄长读他写的关于曼根的文章之前一会儿，叶芝写道"诗歌是只能在梦里得到满足的欲望的表达"，还写道，无论文明在那里没能深耕在宗教和浪漫的根上，诗歌都和热情的语无伦次住在单纯简单的农民的心里。他断言，这种诗歌是以完美的形式来看有天赋的东西的不完美的形式。

兄长的看法十分不同。他摒弃了"单纯简单的农民的心里的热情的语无伦次"，还有"只能在梦里得到满足的欲望"。他的第一篇论文称为"戏剧和人生"；关于曼根的那篇论文叫做"诗歌和人生"。

他意识到经典学派和浪漫学派是两种永恒的思维状态的代表，一种被物质主义困扰，另一种被不连贯的思想困扰。他控诉不耐烦（对他来说，文学的"违背圣灵的罪"）的浪漫品性、还创造了遮掩住光芒的思想的标志。他宣称,经典品性接受给与我们却毫无对天赋的暴力的自然的地位,因此改变了生活的事件,反应快的智力能够理解他们尚未被表达出的意义。这种对生活深层次意义和与之相伴的思维的崇高是他从诗歌中领悟到的;因为最高的诗歌和哲学应对的是并不休假的法律规则。诗歌反抗诡计,在某种意义上讲,反对现实。诗歌是诗人简单的幻想,这种幻想是现实的考验。每个时代必须寻找它的对其诗歌的赞许和它的哲学,因为在这些里面,随着人类思维向前回顾或向前望去,都能获得永恒的状态。这种热烈的沉思是最高形式的诗歌的目标。

"美,真理的壮美",他写到,"当想象力强烈思量它自己的存在的真理或可见的世界时,美是一种优雅的呈现,从真理和美中进化出来的精神是狂欢的神圣灵魂。这些就是现实,单独这些就给与并维持了生命"。

这种热烈的沉思可被证明是和"光芒"同一的。在《艺术家的写照》中,代达罗斯在解释他基于对托马斯·阿奎娜的研究之上的美学时,向他的朋友林奇谈起了这一"光芒"。他显然将自己的崇敬转换到了一种新的三位一体之上,或许用他自己的观点来看,是转换到了一种新的对其他的理解。在关于曼根的那篇论文中,他为经典学派辩护,为它安详的灵魂,为(引自易卜生)那地球上美丽吸引人的、神秘的生命辩护。我们在这里离叶芝的那句话有多么远啊,蒲伯改写,"心灵的旧货店"。

我已经暗示过,从某些颂歌和悼歌来看,曼根可能被人们认为是老部落的游吟诗人。吉姆起初打算把那个想法写进他的论文,但后来他拒绝那样做。那篇论文和随之而来的那个辩论和他的第一篇论文一样著名而成功。我已经提到的来自马拉费尔特的学生沃尔什[①]趁那次机会对我兄长进行了人身攻击，并非基于那篇论文，而是基于“喧嚣的时代”。或许也不全是基于那些。沃尔什在爱尔兰北部的一些国家论文的期报上发表了一部小说或一个长故事。对沃尔什崭露头角的天才很赞赏的一些人拿给我兄长看了。我也看了。在《斯蒂芬英雄》里，兄长从他的一首诗歌里引用了一段：

您是真的吗，我的偶像？
您是否愿意来到我身边
在轻柔的夜光之中
您的孩子坐在您的膝盖上？

斯蒂芬·代达罗斯退回了那首诗，没做任何责备或表扬；相反，兄长对两首作品的评论都是极端尖刻的。沃尔什有合理的理由恼怒。在辩论的最后，轮到兄长时，他用礼貌的有争议的语气回答了所有对他的批判，但他忽视沃尔什的猛烈抨击。无论如何，那个偏激、盛怒的爱国主义者已经在那篇论文的一句话中找到了他的答案。他是那种“激烈喊出他们对暴君的愤怒的人，而且将在不久的未来建议一个深入的、更加残忍的暴政的人”的典型代表。

我猜想，一定是他成功地激起了我兄长对“诺兰”的兴趣，才引诱他在关于曼根的论文中两次利用同样的技巧引起好奇；一

① 路易斯·沃尔什（1880—1942年）自1923年直至去世，任多尼戈尔地方法院法官，年轻时，被称作“小演说家”，他写过几部无足轻重的书。

次是，让他的听众猜“谁是西部诗人中最有知识的”，另一次是把自己从另一个诗人的崇拜者贬低的宽幅织品(尊敬)的崇拜中分离开。那故意的模糊超出了标志：它提供不了任何他对布莱克的崇拜和对布朗宁疯狂的怜悯的任何线索。我讥讽的反对也是无效。然而，当他描写曼根的时候，明显有更加有趣的自我反省的迹象。曼根由于一些“无人能匹敌的文章”应受到诗人最高的头衔，“被周围暴行驱向精神世界”，“怀疑他的梦想”，当他遇到“文学”的低等位置时，那“在转瞬即逝的写作和诗歌之间主宰”。对我兄长这个作家来说，他沉溺在文学中，作为知识的消遣，他是个没有信仰的人。

自信和对写出好作品的渴望，揭示了那时候一个人对兄长的强烈影响，即邓南遮。他在读意大利文的文章时，读到了岩窟中的圣母，并对第一章中想象中的苏格拉底的肖像很感兴趣。对生活的热爱的扬扬得意以各种各样的形式、通过每个人的地道的能量的发展而显示出来，在他自己的发展的这个早期阶段，强烈吸引了他。在这几页里阐述的思想是，被选出的人是那些少有的灵魂，他们意识到自己的天赋，用自我强加的规则努力成为他们自己生活方式的从容谨慎的工匠；他们只把顺从归于那种风格的法则，他们乐意地将自己的自由本性屈服于那种风格，以追求秩序和美的个人理想。

他坚持风格，无论是好的还是坏的，都是其特征最为精深的表现，懒散的写作一律都激发他愤怒的鄙视。当我读了威廉·赫里尔·马洛克的《生活值得活吗?》——许多现代英裔天主教主义的转变的先驱者——我日记里的一些关于它的标记引得吉姆开始读它。费力研读过那本书的三分之一之后，他把它扔在一边，提了一个蔑视的问题，“那类散文值得读吗?”

我很高兴他把诗改成了散文，并对他惊人的句子充满赞赏，比如关于“中世纪将塔尖去朝向天堂唱歌的信仰”。但和他讨论时，我承认自己喜欢不同的风格，我试图去将这种风格定义为，大街上的人在情感压力下促使他用最了解的语言去表达自己时所使用的风格。我还喜欢同类的风格的原始的效果，并让他注意屠格涅夫的《多余人日记》里边的例子。那个多余人去拜访朋友时，他注意到他们会来见他，却强烈地盼望着其他人，并掩藏他们的失望，面带不安的笑容，说“啊，您好吗，楚卡图林？”我说那个滑稽的俄罗斯名字一定和英语的希金博特姆名字一致。那个《日记》的结尾里，那个男人的脸画在最后一页的页脚的空白的地方，还有某个在楚卡图林不幸死亡之后发现并读了那个日记的人的漫无目的地乱写乱画。那个总结在我看来，是一个无意义表达的妙举。吉姆很感兴趣，说还会再读。

尽管爱尔兰的国家问题在那篇文章中很少被注意到，但很明显那个年轻的作家已经“挣扎着从那个噩梦中醒过来”，那个噩梦就是历史。他童年时，懵懵懂懂理解巴涅尔的戏剧，并未在他的心中激起任何爱国主义或民族主义的情感；相反，在他父亲的影响下，他的心里种下了一颗很早的反对虚伪、反对牧师权威和流行的奴性的灵魂。当巴涅尔的名字变成了民族斗争的象征，他避开不参加争斗，因为他如此清晰热切地理解到还有其他事情存在，它在他有才能的艺术中的表现变成了比任何事情都紧迫的。当他进入大学，听到大学里一群爱聊的学生谈话，巴涅尔的故事已经成了对死者的回忆，尽管怨恨依然存在，但时间已经开始使那曾经如此暴力地被煽动的观点的严酷变得平和起来。兄长总是认为，一个剧作家只能理解一个或两个生活的悲剧，而且他总是表现出他理解的一些不同方面。困扰兄长的想象的其中一个悲剧,从他第一次开始将弥散理解为戏剧开始,就是奉献和背叛的悲剧。在后来的生命中,巴涅尔的故事对于他来说变成了那种悲剧的另一方面。

他那个时代的问题就是由阿瑟·格里菲斯在《团结的爱尔兰人》上发起的运动,后来又叫做新芬运动。它提倡一种新的经济的运动计划,不符合议会规则,但却是和平的。除了来自爱尔兰成员的威敏斯特,他提议要在全国范围内给予爱尔兰商标的煽动。我想我记得,煽动人们只买爱尔兰商品。格里菲斯频繁地引用主持牧师斯威夫特的建议,“烧掉来自英国的一切东西,除了他们的煤。”①他是个看起来相当无足轻重的人,没有一点巴涅尔的魅力。我从没听过他在任何公众演讲上的讲话,但兄长很快就理解了那次运动的重要性。他说,《团结的爱尔兰人》是爱尔兰唯一值得读的报纸。事实上,他通常每周都看报,直到一位牧师诽谤那财务贫乏的报纸,并把它砍掉。尽管那个报纸有极其强烈的民族主义,但它在大学学院的学生或他们的主人中间得到很少的支持。它的语气太独立,语句太过不同寻常;它被怀疑有冷淡的天主教主义、不尊重牧师(格里菲斯曾经是个巴涅尔派的人物);在爱尔兰和大陆,似乎人们对知识运动并不敌对。叶芝和AE,还有其他无偿献身于这场革命的人都有着新教徒的血统,并被列入天主教的黑名单。我在贝尔福德学院的最后一年,无论他们什么时候提到那场运动,那里的基督徒都公开反对它。我在贝尔福德学院以前的一位同学的父亲和一位著名的基督徒芬利神父有着密切的关系。这位同学大概认为我和

① “只烧掉爱尔兰的,而接受他们的煤。”(字面含意为),见《为芬尼根守灵》第447页。

他一样憎恨那家报纸，因为我也默默听了我们基督主人的苛评。他秘密地告诉我，在基督支持下的一个报纸即将出版。几个月之后，另一个拥有牧师支持、叫做《领导》的周报成立了，编辑是一位无公开效力的名为大卫·帕特里克·莫兰的人。

我兄长没有参与新芬运动，尽管他后来在的里雅斯特写到了这场运动。但他支持这场运动，而非我相信的“毫无影响的、符合议会原则的斗争”。他的政治倾向是社会主义，他经常和社会主义者群体在密室里聚会，以一种《痛苦经历》的达菲先生所说的方式。我有时候会陪他去这些解释朦胧、忧郁的地方，听那些无法令人信服的观点。兄长认为战争和世界的困扰都应该责备他厌恶的狂热民族主义。然而，达菲先生对社会主义的幻灭并没有反映我兄长的思想，而是我的思想。在的里雅斯特，他依然称自己为社会主义者。我认为他的这种政治态度在艺术家身上是不合逻辑的。艺术家厌恶大众，只关心或者只应该关心他作品的质量。但是，社会主义对我来说似乎是关于工作小时数和薪水的讨论，而排除其它的利益。我问他，社会主义会给他崇拜的易卜生造成什么影响？在社会主义国家，他会得到什么样的工作时长和薪水？我也没有追随他赞同新芬运动。我认为，“说爱尔兰语”和“买爱尔兰东西”很快将变成“只看爱尔兰书”和“只考虑爱尔兰”，一般会造成——如我当时给它起的名字——“另一个西藏”。

从关于曼根那篇论文中的用语可以清楚地知道，兄长已经把历史看作充满了虚假的编年史，而且他并不相信受压迫者的无罪感。总之，他并没有发现压迫者的束缚有任何稍轻或稍亲切一些，因为他们被自己的人民所强迫。

在大学时，他交了一些朋友，在学生中间也有了一些崇拜者。他们接替了我作为倾听者的工作,也变成了他的理论的批判者和对他的自信的更加意气相投的接受者。他们中间的第一个就是乔治·克兰西("达文")。他成了爱尔兰语教师,年轻时就被选为他的家乡利默里克的市长。1921 年,他在利默里克的家里的大厅里被王室警吏团暴徒所谋杀,当时他的妻子就在场。作为一名学生,克兰西是个爱尔兰语热爱者,还是个运动员,所以他和我兄长之间几乎没有共同点,除了彼此之间被对方的才华所吸引、被另一方的坦率的、诚实的智慧所吸引,还有一个在城市长大,一个在乡村长大。正是在他的影响下,兄长学了一两年的爱尔兰语。克兰西是诗歌的第一卷的机灵的崇拜者。曾经他要回乡村的家里时,吉姆借给他了一卷或是两卷。我认为这暗示着,兄长拒绝的、且无论如何只有引起好奇心的价值的这些诗歌可能依然存在于克兰西的论文里。克兰西把它们带回来了;他对那类事情从不是粗心大意的人。我记得,在一首关于瓦尔基里的诗歌边缘处有人用铅笔做的很明显是赞许的标记,不是克兰西做的,但或许是某个弟弟做的。吉姆还把这些诗歌借给了约翰·弗朗西斯·拜恩(克兰利)。兄长和他建立了密切的友谊。一些时日过后,拜恩把两本含有兄长写的诗歌的手抄本带到大学学院,打算把它们还给吉姆。这时,"研究主任"达林顿神父注意到拜恩手上拿着那些书,要看一下。拜恩告诉他,那是我兄长写的散文。主任依然表现出很高的兴趣。拜恩没有拒绝。他就开始浏览。

——哈,这儿没什么好笑的! 他四处翻看着,带着假装的欣赏声称到。

毫无疑问,那个爱管闲事的耶稣会会士期望发现仿效斯温伯恩的焦虑不安的、狂热的无神论。他让拜恩把这些诗歌借给他。拜恩就给他了。我谴责了拜恩和那个主任的厚颜无耻，但是吉姆尽管并不高兴，却什么都没说。他不加任何评论地讲述了那个事件。当那个主任把诗歌还回来的时候，他对拜恩轻蔑地评论了那些诗歌，而拜恩却为此辩解。“他尽力去抨击这些诗歌，”拜恩说，带着他那典型的、多次重复的语法错误。他的朋友科斯格雷夫对此有很少的收集，当他想让拜恩买单而喝醉时，他就经常把这些拿出来。吉姆也没能那么快就注意到，似乎我也是，但那当然就是那个人的特点。

他和拜恩的友谊注定会持续更久的时间，在一次裂痕之后，后来又重新建立了起来。拜恩相当懒惰，但他是个看起来很严肃的学生，他的神态面孔会是西多会修道院院长的财富。修道院的礼节进一步增强了这一点。他经常听我兄长的理论，然后，也就是说，在台上响应，并用他强壮、平整的牙齿说出来。在《艺术家的写照》里，他的外貌特点是有着“铁冠般的头发”，这一描写是从我的日记里摘取的。他脸色严重苍白(我常常以为他有心脏病)，中等身高，瘦却十分强壮。

他尽管出生在都柏林，但却有着农民的血统。除了农民的相当厚重的身体之外，他在讨论时还会表现出坦率的礼节，迂回曲折、保密的思维。他最大的乐趣就是站在一群讨论问题的学生们中间，当他知道或者他认为自己知道讨论的问题的本质时就默默不做声。如果他们的观点错的离谱，那他的狂热就更加激烈了。总之，他很享受默默听那些假装有权威的人谈话，而拜恩确定自己更加熟知他们谈的内容。

但是，虽然他举止很迟缓，他的思想却一点也不慢。他是大学中最优秀的象棋高手。他在文学与历史社团前读了一篇关于托马斯·肯比斯的效法基督的论文。他假装认为那个演讲是一次"惨败"，因为有些事情他没有说，现在他想起来他应该说的——所有演讲者的后来的道德良知。作为对修道院纪律、对中世纪的半野蛮的欧洲的教育的贡献的感谢，在托马斯·肯比斯身上人格化，那次演讲对我来说不是个"惨败"。尽管他选择的主题有些让我吃惊，我认为那次演讲十分成功，特别是因为拜恩有着令人印象深刻的外表和演讲。我不记得他说了什么超越一般主旨的话，但我记得他结束时引用了我兄长的诗歌，当然我立马辨识出了那首诗。只在几分钟之前，习惯性不守时的吉姆漫步走进大厅，好像是舞台监督刚好在那一刻命令他进来的一样。就这件事，我跟他吵了起来；我说他的行为好像是故意的侮辱。但是吉姆温和地解释说，他之所以慢慢地穿过小镇来到这里，是因为他知道在演讲开始之前通常会拉小提琴，等待人们的出现，他想如果他到的很早，大厅里就没什么人。拜恩并没有表现出他是否受到了冒犯的样子。演讲之后，我留他们单独在一起。

我不记得拜恩关于尤其是《效法基督》说了什么，但我记得他没有说什么。他没说，根据教堂神父的证词，既然从现实意义上讲，耶稣从不是他父亲的儿子、或一个弟弟、或一个丈夫、或自己是个父亲、或者一个工人、或者一个市民，既然他生命的最重要的、最困难的青少年时期完全掩盖在谜语中，那么他树立的让人们效仿的榜样就对任何人根本没有用处，或许除了那些半疯狂的隐士。他对所有人世间困难的关系的逃避证明了他假设的"我们所有的人性"的任何声名都是无价值的。事实上，他的例子的缺乏是十分严重的，以至于这削弱了他的教义。

另一个朋友文森特·科斯格雷夫("林奇")，永远是个学生。他被医学院录取，但是自我认识他以来，他从未去参加过考试。他主要是我兄长生活放荡的陪伴者，但他也爱好格林高利合唱团和合唱音乐。不管什么时候，只要代主教座堂的帕莱斯特里娜合唱队在马尔堡大街上演奏文森特·奥布莱恩导演的帕莱斯特里娜或维多利亚，他们都会一起去听，而别人一般都会去歌剧院。科斯格雷夫拥有优秀的男低音，也在一些合唱队或其他合唱队唱歌。有时候，他还为我兄长印刷圣歌或其他音乐。

这段友谊带来的更加重要的影响就是，我兄长和奥利弗·圣约翰·戈加蒂建立了友谊。兄长告诉我，一次偶然在国家图书馆柜台谈论叶芝的对话就是他认识戈加蒂的开始。后来他们很快建立了密切的友谊。兄长惊奇地发现那个他最初认为是个运动员的看起来很富裕的年轻人，竟然是个诗人。那时候，戈加蒂常常在一张大的对开纸的正中间写诗，大多是几首诗歌的歌词。那个想法吸引了我兄长。他也开始用同样的方法抄写自己的诗歌。将几行工整的诗歌抄在一大张纸的正中间。戈加蒂抗议，说我兄长赞赏其他人的诗歌的不是词语句子，而是他们的空白。大约在那个时候，戈加蒂正在为大学副校长在圣三一学院赢得的诗歌奖项写一首诗，他赢得了那个奖项。他坦率告诉我兄长，爱德华·道登已经挑选出认同的那首诗的最后一行“照耀着你，歌唱的战士，列奥尼达”。我兄长曾对此诗行的完美结局①提过建议。他的诗歌印刷后，他送给我兄长一本作为礼物。对于吉姆，他尚未为他的诗歌小集合找到一个题目。一般他会向我要一些建议。《室内乐》这个题目他就采纳了。似乎我更适合那毫无热情的爱的主题和歌曲的极致优雅。

① 1903 年所设的奖项题目为“雪莱之死”。

起初,戈加蒂和我兄长在一起特别合得来。奥利弗·圣约翰·戈加蒂(他的朋友都叫他圣耶稣)那时候还是个健壮的年轻人,是圣三一学院的医学生,曾经是个自行车赛车手,两次跳进利菲河肮脏的水域救上溺水的人。他充满了无尽活力、智慧和下流的语言,似乎有着不竭的下流韵律的来源,一些是自创的,一些是从未编辑的英国民间传说收集而来的。他影响了一个自然主义,他本应该是个希腊人;他和我兄长一起去嫖娼。然而,兄长注意到,出现他脑海的最休闲的场景就是许多暴力的性短片的戏剧,最休闲的主题就是粗野的性象征。

此外,他还喋喋不休地反抗都柏林生活的单调乏味和装模作样;但背景里,总是有“母亲”,一个在小镇上有房子、在城市周围有别墅的寡妇,经常能够用历史悠久的传统和权威去防止任何太过开放的背叛。戈加蒂经常去忏悔,在复活节参加圣餐仪式,去取悦那位“母亲”,效仿塞缪尔·巴特勒推荐和践行的方法,去展示他并没有认真对待的宗教。实际上,他搜查并嘲笑了“对它歪曲的模仿”。

可能是通过戈加蒂,我兄长第一次遇见罗素。要认识罗素并不难,因为罗素一直在为他和叶芝的文学运动招募新成员。有一封罗素写的友好但未署日期的信似乎提到了他们的第一次会面,尽管很不正式。

亲爱的乔伊斯:

周一晚上您能来见我吗?我认为周一比周日要好。周一没有人会打扰我们,我想和您好好谈谈。如果您那时候能来,请提前通知我。周日晚上,一群其他人的叨扰让我感到威胁。聚集一群怪人还有不认识的人在这里,是无法交谈的。

谨上！

乔治·威廉·罗素

不管第一次见面是什么时候，罗素和兄长谈论精神世界，一直到凌晨午夜之后。在所有朋友中间，戈加蒂是兄长最为重要的一个朋友。他知道了我兄长的讽刺的幽默之后，确定那是光荣的恶作剧。我兄长更乐意让他们这么认为。但是，实际上他那个时候和罗素本人一样认真严肃。

我呢，我就游荡在这些友谊的边缘，被那些学生们可疑地接受为我兄长的相当沉默寡言的亲信。我父亲像瑟赛蒂兹人一样爱骂人，说我是我兄长的走狗。[①] 他舌头疲倦的时候，就科学地跟我解释说，我自己不发光，而是像月亮一样借别人的光来发光。他不停地钟爱地讲着这个比喻，直到我反驳道，与其担心月亮，他最好处理一些他的鼻子，他的鼻子也开始发出自己的光了。他依然很奇怪地容易受到对他个人外貌的评价的伤害。

然而，一次滑稽的事件向我展示出，他不是唯一一个包容这样一个观点的人。一天晚上，我陪吉姆穿过小镇去国家图书馆，我们在拿索大街的一家书店的窗前停了下来，往里看。为了吸引客户注意他的陶器，并培养客户对艺术的热爱，书店老板在橱窗里放了适当的图片展示。大概有一打的复印品，呈现的都是裸露胸部的美丽的模特。看了那些展出品一两分钟之后，我对吉姆说：

---

① “你嘲笑什么？他父亲说。人人都知道你只是他同伙的走狗。”《斯蒂芬英雄》第204(228)页。

——看在上帝的份上，过来看看。把这些胸都展示出来，就像是屠夫的商店一样。

吉姆转过身去，继续走路，没做任何回应。第二天晚上，我再次陪吉姆穿过小镇，但这次科斯格雷夫和我们一起。我们走到书店时，吉姆走进去询问订的书到了没有。科斯格雷夫和我站在外边的窗前。科斯格雷夫查看了之后，开始默默地笑起来，重复着前一天晚上我的未被欣赏的妙语，我说：

——这难道不糟糕吗？这就像是一家屠夫商店。

科斯格雷夫笑得更痛快了，但依然什么都没说。正在这时，吉姆从商店走出来。

——你在笑什么？他问。

——爱尔兰艺术，科斯格雷夫朝着窗户的方向点点头，说道。他的双手像平常一样放在牛仔裤口袋里。

吉姆瞥了一眼，高兴地说：

——是的，就像屠夫商店一样。

科斯格雷夫正转过身看着我，高兴地笑着，愉快地拍拍我的背。很明显，他认为我正好被发现在角色里。但吉姆什么都没说，我也没说什么。

然而，我从那些图片物品中得到了真正乐趣，如果不是在那一年，也是在那段时期得到的。霍恩收集的现代法国学派，主要是印象派作家的作品正在都柏林出售，并在国家图书馆的对面的博物馆的入口大厅的走廊里展览。因为入场是免费的，我每次到那条街上的时候都经常会走进去，在走廊里漫步一个多小时；我很少会注意到艺术家们的名字——有柯罗、马奈、莫奈——毫无任何文学目的或批判效应，只是出于兴趣。回想起在雪里的一栋房子，我似乎可以把手指插进去，还有希腊神话伽倪墨德斯——只有伽倪墨德斯的一个头和一个肩膀，还有鹰的青铜色的翅膀——这些在我的肚子里产生一种下坠的感觉，就像站在高处一样。

至于是否应该接受或者拒绝提供的售卖的机会，来自首都的有名的知识分子的意见在都柏林报纸上得到征求。乔治·摩尔参加了公众讨论。他在一封信里对一家报社说，那个合集的价值远超过霍恩要求的三千英镑(如果我没记错的话)；但他批判了归功于柯罗的其中一张作品。他称那幅作品为“茶盘形式的美丽画作”，并自信地断言它并不是柯罗做的。那幅作品当然和他在合集里众人所知的作品不同。帕德里克·克拉姆的意见也被采纳了。考虑到爱尔兰的经济形式等等，十分遗憾等等，他反对那次购买。诅咒很明显完全是浪费精力。如果我对他的甚至一个诅咒能够击中要害的话，那么他一定会被痛打一顿。

当爱德华·马丁为帕莱斯特里娜合唱队的成立给代主教座堂捐赠同额的资金时，《团结的爱尔兰人》谴责了这个礼物，因为它认为如此巨大的资金应该被更加有价值地使用。多年以后，我在共产主义、法西斯主义、纳粹主义中发现了同样的精神。为了实现狂热而且主要是不诚实的领导者们的狭隘的理想，任何事情都可以被牺牲。那时，吉姆十分厌恶《团结的爱尔兰人》。尽管那笔钱是受爱尔兰最不需要那笔钱的牧师的控制的，但它却是为了一个明确的艺术的目的。如果那种艺术是宗教性质的，就不会受到我兄长的谴责，当然如果它只是帕莱斯特里娜音乐或他的学派的问题，也不会受到谴责。此外，我们一同看到业余爱好者精彩地表演了伊丽莎白舞台社团的《每个人》，这个作品是英国中世纪道德戏剧的一个作品，它是如启示录一样的作品。连我都被那简单却充满力量的戏剧真诚所感动。第二次世界大战期间，我将它翻译为了意大利语，名为《中世纪剧场》，由意大利邦皮亚尼公司出版。但从整体来看，兄长对神圣艺术的兴趣爱好是微乎其微的。

关于他和叶芝之间第一次相见的情景，格里高利女士给出的描述当然是不准确的，人们对此谈论颇丰。叶芝本人对此作出的说明是“记忆中的女儿们所虚构的”。我兄长在国家图书馆附近和叶芝搭话并向他介绍自己。据报道，兄长在他们第一次相见时对叶芝说：“您年龄太大了，我无法影响到您，我对此感到很遗憾”；我兄长好像一直都否认这个故事。据我的回忆，这至少大体上是没错的，尽管吉姆对此的措词可能有些不同。随着时间的搁置，这听上去更像是叶芝的一个好故事；可以肯定的是，我兄长在那次见面时告诉叶芝他有多么赞赏他的两个故事，“律法的石板”和“东方三贤士的崇拜”，并敦促他将之重印。在“喧嚣的时代”中，我兄长已经评论这两则故事是“伟大的俄罗斯人之一可以写出的故事”。几十年之后，叶芝的确重印了这两则故事，他在重印版的序言里有几行提到，他“不久前的某一天”在爱尔兰遇到一个十分喜爱这些故事的年轻人，而不是他(叶芝)任何其他作品。那个年轻人就是我的兄长，除非有别的年轻人确切地跟他讲过同样的话，但这是不可能的，因为如果是那样的话，序言里会出现至少两个“爱尔兰的年轻人”这样告诉他。“而不是任何其他作品”这句话是为了戏剧性效果而加上的。我相信另一句话也类似的被修改过。我认为叶芝从不会对点出一个寓意那么在意，但毫无疑问，他喜欢点缀一则故事。

在那个时候，叶芝在都柏林已经被认为是一个不重要的诗人，一个装腔作势者，甚至他的朋友们(除了摩尔)都认为他很古怪，他的诗歌只能在文学小组织里受到推崇。我兄长却为他辩护，说他的诗歌拥有最高的地位。他认为叶芝是爱尔兰诞生的最伟大的诗人，只有曼根称得上是他的前辈，他是同时代的英国诗人中最伟大一位。他这样评价叶芝，我毫不意外。他并非那种对自己热爱的作品吝惜赞扬的年轻人，他不只一次（拿伊塔洛·斯韦沃为例，在某种程度上还有迪雅尔丹）对他们的作品做出让他们震惊的评论。在那时，这些评论对于作家们自己看来都非常夸张。但是叶芝试图写流行戏剧来赢取当众嘲弄他的一群爱尔兰暴民和其领导者的支持时，他对此是蔑视的。他无法理解叶芝公开宣布"为了减轻爱尔兰的悲哀"而歌唱的意图。

几年之后，叶芝写了《国王的门槛》。他夸大了诗人和他在国家的重要性。该剧在他的作品中属于最差的，是一部脆弱且无法令人信服的剧作，因为，单文字就不够好。[①] 我兄长也相信文字（至少那是他们的共同点），但并不"仅限于此"[②]。他当时正在学心理学，认为心理学是哲学的基础，而文字在艺术家的掌心里就是正确理解灵魂最深处的生命的、有着至高重要性的媒介。我兄长坚信，揭示最深处的生命才是诗人崇高的职责，他还轻蔑地拒绝国家对他的重视。他还坚信做文字的买卖就是一种文学的买卖圣职的行为。

事实上，我兄长那时对叶芝的看法并不像叶芝本人作为一位逐渐年老的诗人在回首往事时对自己的评价一样。叶芝在里维埃拉式海岸去世时，我兄长为葬礼送去的花圈代表了他真诚的敬意。在他们第一次相见的时候，我兄长说的或者他想说的是，叶芝作为他那个高度的诗人并未把头抬得足够高，而且在那

① "单文字就够好。"见 W. B. 叶芝的"快乐牧羊人之歌"。

② 译者注：原文为法文"pours'en payer"。

些并不值得他弄脏自己的靴子的人面前，他把自己搞得太廉价。但他明白他努力把自己作为诗人的骄傲或自大——词汇的选择毫不重要——嫁接给这个长辈是徒劳的。吉姆曾把这一批判写进“喧嚣的时代”，且和我说过十几次。我回忆中，那是他和叶芝谈话的那次见面之后他告诉我的。

叶芝或许对隐藏在粗鲁的话语底下真实的尊重有些知晓，因为他不怕麻烦，一直都很乐意实在地帮助吉姆，并给他建议。我兄长介绍自己的时候，他正准备出发去伦敦；他从伦敦回来的时候，我兄长把自己写的诗和描写心灵顿悟的诗拿给他。叶芝认真读完了那些诗，随后给他写了一封四页纸的长长的信，鼓励他投身文学。那封信中，他说了很多话，其中说到：“您有某种微妙的天赋，但我还无法说是写散文的天赋，还是作诗的天赋”。

正是叶芝把我兄长介绍给了格里高利女士。格里高利女士是爱尔兰文学戏剧的创始人之一，是戏剧占主导因素的文学运动的重要人物之一。艾格林顿讲述了一个不一样的故事，说我兄长是如何不请自到闯入格里高利女士举办的一次招待会，好像他亲眼看见了一样。而格里高利女士根本不想邀请他。我不在现场，但我有两封信是和艾格林顿讲的故事完全相悖的。一封是来自罗素，好像是他在叶芝返回都柏林之后写的。该信未标明日期。

亲爱的乔伊斯：

本周，叶芝将一直待在都柏林。他每晚都会在古代音乐室内。如果您周二五点钟能来这里的话，他很想见您。我会带您去他住的酒店。我已经告诉他，我会尽量让您在那个时间点前来。如果这个时间您不方便，那您可以另择时机带着这封信自己去见他。他住在南弗雷德里克大街拿索酒店。他很乐意接见您。

乔治·威廉·罗素

另一封是叶芝写来的，也未标明日期。

亲爱的乔伊斯先生：

格里高利女士恳求我让您在明天(周一)6：45来拿索酒店和她共进晚餐，见见我的父亲。

谨上！

W. B. 叶芝
拿索酒店
南弗雷德里克大街
都柏林

不管他介绍自己的方式有多么不合常规，但很明显，他在爱尔兰文学运动领导者中间引起的好奇心一点都不小。

如果新闻报道可以为人信任，至少在像名人临终遗嘱这样冷漠的事情上，那G. B. 肖女士临终就把她看起来巨大的个人财富用来修建一所学校，教爱尔兰人社交礼仪。这是她死后对那些还活着的同伴的彻底、公开的训斥；但是几乎无法否认，对爱尔兰人礼仪中存在的某种偏狭观念而暗含谴责是有一些正当理由的。爱尔兰人礼貌待人的时候，他们的礼仪中就带有一种友好善良，吸引了许多人。但我们一直被告知，友好善良和良好礼节没有丝毫关系，这不应是个人同情心的问题，而应像是对所有人都平等的公平。这种公平的恭维正是我兄长缺乏的社会礼仪之一。对待少有的几个他感觉是朋友的人,他很开放、坦白,甚至有点过度,但对待少得可怜的几个他的熟人或者他认为自己有理由不信任的人,他的行为举止中就带着冷漠和疏远,这常常引起别人对他的敌意。此外,社会交往是基于各种各样的谎言虚伪,这一点我兄长无法忍受。当文学受到质疑,兄长会将一场欧洲甚至一场世界战争看作是文学上干扰他工作的血腥的麻烦事;那么他就不太可能允许用好的礼貌去掩盖他认为很重要的问题——这种可能性是很小的,正如当宗教改革者的重要信仰受到了威胁时那样。他冷漠的举止并非是由傲慢促成:和许多不那么敏感的人身上的东西一样,那是一种自我保护的形式。但也不仅仅只有那些。它不可避免地来自一种意识中、并不总是迎合他自己的自尊。他意识到在思想和折磨着他的灵感以及更加正常地构成的人的显而易见的成见之间存在着一个鸿沟。但要夸大他的冷漠和粗鲁无礼也是很容易的。戈加蒂称他为“蔑视平庸者和民众的鞭策者”。他的激情并不肤浅或也并非狄更斯式的;然而,他的怜悯更宽广,比那些评判他对所有普通人的兴趣爱好都冷漠的那些人的怜悯更加深远。

1902 年,叶芝的《凯瑟琳 · 妮? 霍利亨》由弗兰克 · 费伊在莫尔斯沃思会所推出,莫德 · 冈妮作为剧名角色。《贫穷的老妇人》(爱尔兰具有象征性的名字之一,如同那部剧的名字)在 1798 年到来,那是叛乱的一年,在年轻农民麦克 · 吉尔的屋舍里,在他婚礼的前夜。她热衷于爱尔兰的不公正;一位农民冲进来宣布,法国人在基拉拉着陆了。《贫穷的老妇人》随着“一位女王的散步”走出去了,麦克 · 吉尔离开了新娘和家人,去追随她。那个一幕剧收到了热烈的掌声。兄长很蔑视,很气愤,叶芝竟然写出如此具有政治色彩、如此戏剧性的哗众取宠之作。如果兄长的个性是有趣的，人们一定会记得，这个一般都很冷漠的年轻人对普通和高级的人类兴趣爱好的态度，绝对和除了我的其他观众态度相反。

在《艺术家的写照》中，代达罗斯评论了爱尔兰作家发现他们在用英语这门语言时的劣势。我想，英语单词对于英国人的意思的细微差别，只会使像叶芝或者我兄长这样的爱尔兰人踌躇不前，他们对单词的敏感性能经受极端的考验。对我来说，爱尔兰人真正的劣势是如此不同的本性。爱尔兰的每一代人都见证了革命，恰当地说，这个国家不存在民族传统。这个国家没有一样事物是稳定的；它的人民的思想里也没有一样是稳定的。爱尔兰艺术家要开始写作时，他不得不从混乱中为自己创造一个道德世界。然而，尽管对许多拥有不错的普通天赋的作家来说，这是个巨大的劣势，但事实证明，对像萧伯纳、叶芝或我兄长这样的创新天才来说，这是个巨大优势。

我兄长生长在不幸福的国家，生活得不幸福，这也是个进一步的优势。不幸就像是一个不良习惯，强迫他正视经历，或在梦里避难。任何舒适的妥协都是不可能的。当英语国家的作家——威尔斯或高尔斯华绥、赫胥黎或奥尔丁顿——在处理社会、宗教或理性的问题时，人们的印象是，尽管那些问题是真实的，作者也努力保持忠诚，但创造了他的生活一般是稳定且平衡的。几个世纪以来，他们都生活在有警官的背景之下。如果他表现得像个极端分子，主要是一个古雅的态度，像托尔斯泰伯爵穿上了他的俄罗斯长罩衣，彼得堡最贵的裁缝师剪的牛仔裤，来装作农民圣贤。这些作家创造的用来表达抗争意见的角色，都是性情平和、有文化的人。他们讨论问题，而非打高尔夫球。他们偏爱辩证法而非高尔夫，这使他们感到很荣幸，但这些消遣方式的重要性都在一个级别上。他们优秀的唠叨给人们一种单纯是晚餐后学术议论的印象。从另一方面讲,在爱尔兰,晚餐通常是缺少的,因此,他们的讨论就会做出不同的强调。面包-黄油测验并非是不相关的。对我兄长来说,生活并不是个有趣的讨论话题;生活是一种激情。

还有一次,兄长去伦敦看望了住在邓南遮的蒙娜丽莎和吉达·莫尔塔的杜丝。在这次旅途中,他遇到了威廉·阿切尔。阿切尔邀请他一起吃午餐,他们合时宜地吃了"野鸭"!我兄长转述给我的他们的对话,我几乎都记不得了,除了阿切尔在苏德曼的(我想)里对比杜丝和伯恩哈特时,认为"杜丝能在台下扮演萨拉",尽管对于阿切尔来说,意大利人是个绊脚石。我兄长从未见过杜丝在扮演过易卜生戏剧的任何角色,认为她会是易卜生作品的最理想的演员。当时某个伦敦的报纸报道的一个采访中,她被引述称相当轻视地评论了易卜生的微小的单调的现实主义。报道称,她说"它跟我有什么关系","你跟你的表链有多少联系呢?"兄长带着常有的自信,声称"如果我能跟她谈半个小时,我会使她改变她的想法"。

返回都柏林之前,吉姆取得了杜丝的一张照片,很长一段时间都立在他的桌子上。他用不同的韵律将"我们是七姐妹"译成了一首诗歌,开头是:

七个漂亮的女孩儿
倚在倒影池边。

他还给她寄了一些谄媚的诗歌。对这些诗歌,我评价并不高。这些诗歌可能丰富了某个酒店的废纸篮。因为他从来没有收到任何对那些诗歌的感谢。杜丝手上已经有一首诗了，那就已经够了。那首诗是兄长烧掉的其中一首。

1902 年 8 月 31 日，兄长在爱尔兰皇家学院获得了现代语言(英语、法语、意大利语)荣誉人文学士学位。为了满足父亲的愿望，他戴着四方帽、穿着长袍拍了照片。他并不上相。他摆出一副朝远方看的眼神姿势。他从不适应摆姿势。如果《尤利西斯》里的代达罗斯想要成为一幅自我画像，那也会是一幅十分难看的画像。从气质上看，他和那个在懊悔的沉重负担下哀悼的人物相比，能有多不像就有多不像。他拥有活跃的幽默感，时刻准备好笑声。他对新发现的、对地球上的生活、和与他的艺术完整性相关的任何事物的信仰坚定不妥协，对其他任何事情，他都性情平和，对朋友毫无保留。像叶芝一样，他从不渴望脱口说出对每轮新的月亮的聪明的看法，但是他说的话就是他的意思，从不会装模作样。他绝不会沮丧，相反他会激发自信，就像某个意识到自己不断增长的力量的人，感到自己身上有种振奋人心的勇敢而且很坚决。

教务长斯凯芬顿给他提供了在大学学院上的几节晚间法语课，毫无疑问，如果他听话的话，还会有更多的课程。兄长认为这是个收买他的企图，或者从某些方面看，会使他怀疑耶稣。然而，他拜访了教务主任达林顿神父，感谢了他，决绝了他们提供的课程，理由是他感觉自己无法胜任教法语。教务主任很吃惊。对于兄长所说的无法胜任，他说我兄长只用教“很少的职员”。他问我兄长想从事什么职业。吉姆说他想尝试写作的事业。

——在此时期，没有由于灵感匮乏而失败的危险吗？大为震惊的教务主任问道。

——当然，兄长笑着说，按照传统来说，那是这一行始终存在的危险，但它也会有所回报。

对话开始聊文学，兄长用《艺术家的写照》里代达罗斯几乎相同的方式，给这位怠慢的主任解释了"文学传统"的一个理论。然而，从兄长的情况来看，并非那么的怠慢，因为在爱尔兰西部度假的时候，他给吉姆写了一封信，告诉他自己是如何从莫赫悬崖往下凝视的，还好奇有多少敢进入这些深渊的人会再次爬上来。只有受过训练的潜水者才能那样做。那个比喻是个训诫，语气友好，但那个深渊依然被认为是牧师用来探索的私人渔猎区。

那个主任敦促他要追寻一些不那么危险的职业的现实需求，并举都柏林酒吧的重要人物为例，名字为"奥拉斯"。该人一边学习法律，一边通过在大学学院做新闻工作维持自己的生机。在爱尔兰，普遍的谣言都说，那个年轻的法学生早期就通过同时给两个政治完全相对的报社写头条文章，而证明了自己的聪明，兄长冷酷地说：

——我可能没那个绅士的天赋。

但那个教学主任没能领会其中的讽刺意义。

——他鼓励地说，世事难料；你不试试，你就永远不会知道的。

兄长离开那个采访，欣喜自己逃脱了另一个小的"在他双脚边蔓延的陷阱"，敏捷地沿着大学学院抑扬顿挫的"苏尔维格之歌"①的脚步往下走。

我觉得兄长很傻。我没能看出上几节课就能形成任何的责任，我还说自己觉得那个给予的机会或许是出于好意；但吉姆如

① 出自《培尔·金特》。

此自信地嘲笑了我的想法，最后我也确信了他是对的。

但吉姆对教务主任的建议也非完全充耳不闻。经过几番犹豫之后，他选了医学作为暂时的事业，并加入了那个学院。我几乎不相信，他不仅轻率地对待了那个想法，尽管他对医学真的有些感兴趣，也暂时参加了一些演讲。我父亲多多少少对那个决定很满意（他自己年轻时假装要学医，真的，就为那些因为他放弃了学医而被拯救的生命，也值得给他个纪念碑了），而且，选择学医而非写作似乎预示了开始发展的实际的价值观的感觉。

与此同时，我的另一个弟弟查理在神学院待了大约一年之后，发现自己没有假期；他就回家了。“帽子、手套，还有赞美诗集”。他的回来对父亲来说就是天赐之物；就像是一场突发的洪水，使他一贯的浪费又膨胀起来。好像我父亲最后一次去神学院交钱的时候，依然将主权玩弄与自己掌心的院长告诉他，查理是个“相当愚蠢的孩子”。这个词语真的是太虔诚了，不能浪费。吃饭时、斋戒时、周日、假期、连挑剔的日子也不例外，无论天气如何，我们都说这个词语。这个词语成了查理的主题曲——“相当愚蠢的孩子”——像《尤利西斯》里“妖妇”一章里的一些主乐调。

——相当愚蠢的孩子，我重复到，有个相当愚蠢的父亲交钱给你称为相当狡诈的牧师的人。

——天哪！你说得太对了。父亲说。

牧师包含在他咒骂的宽阔的特权内。但我的努力仅仅成功地暂时阻止了现状。

母亲还未从失去幺子的伤痛中走出来。我不止一次发现她在厨房或是独自一人在一间房间里抽泣，泪水流淌在她的脸颊上。她的忏悔对象都是些宗教爱管闲事的神父。他们试图利用这个脆弱而心碎的女人的伤悲来达成自己的目的。他建议她将我兄长和我赶出家门,"以免他们带坏了其他孩子"。她有一次内心痛苦的时候,告诉我们这个不错的建议是她的精神顾问给她的,吉姆和我互换了角色。我嘲笑那个无礼的粗人,从我父亲的词典里给他挑选出一些名字,但是吉姆却很气愤。

1902年晚秋时分,兄长突然决定去巴黎索邦大学继续修他几乎从未开始学的医学专业。我记得没人质疑他如果取得了这样一个学位,对他在英联邦国家是否会有任何实际用途,也没人质疑过他的目的是不是要在法国历练一下。他发誓自己的目的就是学医学,而且同时他会自给自足,靠着给各类报纸和期刊投稿、教英语课来支付自己的各种费用;为了这个目的,他开始到处彻底地说服那些可能对他有帮助的人,这让我暗自焦虑不安。在我兄长的身上,投入诗歌的事情就是对美国模型的志在必得者。对于那个主任来说,兄长经受了自发的顾问的给予者的应得的命运。这些顾问就是要看到他们的建议得到采纳,被误用。

通过格里高利女士的影响,吉姆得到《每日快报》的E. V.朗格沃斯的承诺,说要让他评论一些书籍,作为报纸文学板块的内容。费用十分少,通常都是几先令而非英镑,但工作相当频繁。我兄长在巴黎的时候,我就扮演中间人的角色,把书取过来,寄给他。《每日快报》比较保守,赞赏使用英语。但我兄长却毫不考虑报纸的政治倾向,因为他了解自己,他永远不会为了符合编辑的看法或者奉承他的女赞助人①,而为自己想表达的东西去改变任何一个符号。

① "死者"中的加布里埃尔·康罗伊也为此报纸撰写评论。

从下边这些十分友好正式的信里可以看出，罗素也不辞辛劳地帮助我兄长。提及到乔治 · 摩尔的那四个单词无意识地成为了碑文式的。

［无地址；无日期］

亲爱的乔伊斯：

我已经给冈妮小姐和格里高利女士写过信，如果我收到他们的来信，我会告诉你更多信息的。乔治 · 摩尔没什么用。我今天见到他，他心情很糟糕，对一切事物容易发火。和我去之前的预期一样，他说他在巴黎的朋友会奇怪，为何他要个和他们的写作手法不同的人去看他们。我想冈妮小姐作为那里的一个熟人，会更给人希望。叶芝在巴黎的朋友可能比我多，我想您现在应该给他写信，在您去伦敦之前让他安排时间去见一些人。如果我能想到可能会对您有帮助的任何人或者事情的话，我会写信给您。希望您走之前我们能再见一面。

谨上！

乔治 · 威廉 · 罗素

另外，有个名为杜波依斯的人在“双月报”（我想是）上写了一篇关于爱尔兰现代文学作家的文章，他是某个大学的教授。你能给他写一封信吗？

威廉 · 阿切尔并非不愿帮忙，但他向在巴黎的人强行收取建议和介绍费用。但他却强烈建议我兄长在巴黎边工作边学习，这违背了我兄长的意愿。

艾琳公园 17 号

西达利奇，东南

1902 年 11 月 25 日

亲爱的乔伊斯先生：

我周五去意大利，所以您经过伦敦时我无法与您见面了。如果您已下定决心去巴黎，并且有意想去拜访住在弗里兰德大街 28 号的布兰奇·泰勒小姐的话，我会写信给她，让她尽其所能告诉您一些信息。但我确定她肯定只会对您说您的请求没什么希望。的确，如果您真的要靠教英语来挣钱谋生的话，我无法很强烈地劝阻您做这样的尝试。我认为，这样的教学在巴黎已经过剩了，而且，即使您最终真的得到了这样一份工作，您也几乎无法将之与医学的学习结合起来。在巴黎，您真的很难通过每天给学生上课来保持灵魂和身体的一致；您怎能能期望自己既能教学同时又能成为一名合格的医生呢？我真的无法理解这一点。

请原谅我的直率。当然这不关我的事；但我肯定您会犯错误的。

谨上！

威廉·阿切尔

对这最后一句话的答复，是经过二十年的深思熟虑才得出的。这个答复颇具勇气，像《三个火枪手》里的吹的任何一句牛皮那样，或者像斯科特的“我与时间携手，抵过任何二人”，“胡说！天才从不出错。天才的错是出自自己意志的，是探索的大门。”阿切尔由于太过谨慎，也对教学市场有所误解，认为它“严重过剩”。我兄长到了巴黎不久就在伯利兹学校谋得了职位。出于某些我一直无法理解的原因，他拒绝了那个职位，但他却将之深记心中；在他生命中的一个转折点，伯利兹学校救他免于灾祸。

在他努力的过程中，对他帮助最大的是叶芝。我兄长让叶芝谢谢格里高利女士对他的兴趣。在伦敦，叶芝向许多编辑和文学界受他影响的朋友提起了我兄长的名字。他让我兄长在他去巴黎的路上拜访他。

沃本建筑18号，
尤斯顿路
[无日期]

亲爱的乔伊斯：

周三上午约十一点过来，我会直接送您去见一本极富盛名的周刊的经理。他可能会对您新的志向有所帮助。我不叫您十一点之前来，是因为我周二晚上要外出，回来就很晚了，我需要睡个懒觉。

谨上！

W. B. 叶芝

1902年十一月末或是十二月初时，他出发去了巴黎，带了很少的衣服，口袋里的钱只够车费。就这样，他去实现自己新的志向了。但我无法想象，他的意图会比奥利弗 · 戈德史密斯的意图更加严肃。奥利弗 · 戈德史密斯是一个有远见的爱尔兰人，他也相信天意和自己的天赋，约一个半世纪之前，他带着这些意图去了莱顿大学。

第五章
初放

兄长在伦敦逗留了大约一天，期间叶芝把他介绍给了包括阿瑟·赛蒙在内的许多人。叶芝在各个方面都表现得十分兴奋；他似乎达到了一种亢奋的状态。他不仅高度赞赏我兄长迄今在诗歌和散文方面展现出来的星星之火，他还告诉我兄长，除了威廉·莫里斯之外，他从未在任何人身上感受到像我兄长这般对生活乐趣的挚爱。据他描述，莫里斯是个体格强健的人。

——兄长笑着说，恐怕我的体格怎么都称不上强健。

叶芝尽管也很高大，但他是那种纤细的类型。

叶芝让我兄长去找的科学院编辑 C. 刘易斯·欣德，他其实是个扫兴的人。我兄长提议评论书籍，这位编辑竟说只要他把头伸出窗外，他就能让一百个年轻人来评论。万幸，考虑到叶芝的面子，我兄长只推荐了一些文章，忍住了已到嘴边的问题——他的意思是不是能让一百个年轻人来评论他的脑袋。不需要文章，编辑想要的是“他精神生活的点点滴滴”。最后，他们达成了协议，我兄长可以把文章从巴黎寄给他，但我想我兄长从未寄过。我兄长之前也偶遇过与此相同的粗鄙之人，但此君却又多了一份拥有支配权的自鸣得意的丑恶架势。自鸣得意、狂妄自大的话语使他不悦。我兄长的厌恶之情致使此编辑及伦敦文学圈无法顿悟他的精神世界。而这一顿悟意味着现实生活文学与精神生活文学之间的差异，前者用来充作茶余饭后的闲读，后者则卖给上流阶级品评。这一他认为无法逾越的差异，表明他与此编辑一定有所不同，也显示了他不仅反对英国统治、更反抗英国文学的态度。他的现实生活和精神生活保持一致、不可分割；他灵魂不曾有两个滴水不漏的隔间。

我兄长对那位自满编辑的鄙视已经成为思维定势，而这样往往很危险；但事实是，我们对本族人的反感纯属个人问题，而对毫无血缘和文化迥异的外族人及其所植根的民族，我们的憎恶往往形成了思维定势。然而，艺术家必须跟从他自己的灵光，无论这灵光通往正道亦或是歧途。

那时，伦敦已然是辉煌时期的强弩之末，但我兄长从未喜欢过这里。当时伦敦正在马弗京之夜和波尔战争结束的余波中动荡；他偶尔能感到精神世界的动荡，这标志着与旧社会秩序的决裂。此外，大气充斥着烟雾、街上的人群匆匆不语、忙着为他人赚钱、无尽的排排房屋依旧包庇着那些他无法理解的生命，这一切使他的积极精神备受压抑。他度过大半生的欧洲大陆，正在呼唤他远离这一切，远离他自己迟滞的民族，去往另一片天地，那儿街上人们的叫喊声不会扰乱他，或使他从手头的创作中分心。那个时候，创作温润了他精神中的利刃。

很明显，叶芝一直在跟塞蒙斯讲述我兄长。他们去塞蒙斯的公寓拜访，他的公寓装饰考究，透着旧式的雅致。他很友好，很客气。他主动提出要将我兄长的诗歌递交给不同的编辑，还说只要我兄长一有诗卷，他可以尝试为之寻找一位出版商。之后他兑现了他的诺言。最终，说服埃尔金·马修斯出版《室内乐》的正是塞蒙斯。该书出版时，塞蒙斯对兄长的作品还写了首个评论(相当不错的一篇评论),使之可以在任何报纸上刊登。我想,这次见面是我兄长跟他见的唯一一次面,期间,塞蒙斯讲了他知道的诗人和艺术家的故事,有韦尔莱恩、道森、莱昂内尔·约翰逊和比亚兹莱。听说我兄长对音乐感兴趣,他坐在钢琴旁,弹奏了《帕西法尔》中的《耶稣受难节》。

——他关上钢琴,站起身来,喃喃自语道,我在弹奏瓦格纳时,身心处于另一个世界。

叶芝像罗素一样几乎是音盲。这时他静静的听着,但当他同我兄长离开时,诙谐地说:

——塞蒙斯一直想犯个重罪,但他一直没法超越芭蕾女孩。

我兄长在巴黎旅居未成功。他出发的时候,挥动着小号、带着一堆美好的愿望,还得到了一些善意的帮助;但他在巴黎的停留呈现了他人生中《失意》的插曲,正如许多意愿强大的人年轻时了解的那样,拿破仑在杜伊勒利宫,惠灵顿在萨尔坦布塔的森林一样。我们时代的神话里,沙漠诱惑和客西马尼园之激情中有这一插曲。

他在康内街康内大酒店找了间房子住下,很快就学会了躲避面容黝黑的女房主。他管这位女房主为“咩咩叫的黑山羊”。医学校通知他,他的都柏林学位在法国无效,且不管怎样,他必须提前支付费用,这两件事就能确定他不用去巴黎。他立即放弃了学医的想法,但怀着不明确的目的留在了巴黎,大概是出于文学的目的。他用法语研究亚里士多德,用拉丁语研究阿奎奈,写了几首诗歌,规划了一篇关于美学的论文或短的论述;他还系统阅读了本·琼森的所有作品,这一选择十分令人好奇,因为人们印象里都记得我兄长只会因为对一个作家或一个话题感兴趣而阅读,从不会为了单纯的文化理由去阅读。然而,倘若基尔代尔的精神氛围和道德氛围没有成为思考的障碍，这些是他在基尔代尔街图书馆用同样的设备能够寻求到的所有研究学习。

事实证明，我兄长获得的介绍信对他没有任何作用。当时在巴黎的莫德·冈妮渴望见到他，还可能帮助他，但我兄长因为他寒酸外表的顾虑，并未赴约。

巴黎埃劳大道7号

尊敬的乔伊斯先生：

很抱歉昨天晚上您前来拜访时我未能见您。我的看门人礼貌地谎称我已经入睡了，实则是客气话，因为我从未这么早就躺下休息。情况是这样的，和我住在一起的表妹上周日患了白喉，我一直在照顾她，所以由于担心传染，我在隔离间。

我将在隔离间呆大约十天。等医生告诉我来这里的任何人都不会有危险了，我才想要邀请您到这里来。当然，只在门外看看我，是没有什么危险的。如果我能帮上您什么忙的话，两点钟前来，哪一天都可以。我会出来到特洛卡代罗花园去见您。

这种冷漠的欢迎有点不友好。很抱歉，罗素先生和叶芝先生给我讲了许多，也写了许多封关于您的信，所以我一直期待和您认识。但是我听说您在考虑在巴黎住一段时间，这真是迟到的享受。

祝好，

谨上！

莫德·冈妮

那样的欢迎几乎不可能更温暖友好，但他因为周围的境况而没有回应，我很开心。我更愿意他不用旅费和那些毫无作用的引荐而去巴黎，而且我相信如果不依赖这些的话，他的探险之路本会更成功。他这样做是他身上罕有的道德弱点使然。我隐约感觉到，他不仅没有被切断文学基础方面的社会关系，而且他写的任何东西都没能成为起居室桌子上的装饰物。

在巴黎，我兄长相当随意地结识了一些各类民族的波西米亚朋友，除了找一些人来聊天，再没有别的后果了。他把其中几个写进了“车赛之后”——《都柏林人》中前几个故事之一。吉姆不喜欢这个故事，但他不会重新写，因为他一向拒绝更改他已经发表的任何作品。发表就要承担责任，他不会拒绝承担责任的。那群波西米亚人的讨论有时候一定很活跃，因为其中有一个英国人如斯告知我兄长，出生在的里雅斯特的奥地利诗人多布勒，像个早期纳粹，一直在考虑与我兄长进行决斗，为争论中受到的重创打击而复仇。兄长给我讲了这个故事，我问他：

——他要真的来挑战你了，你打算怎么办？

——坐从巴黎出发的第一班火车去都柏林，吉姆立即答道。

然而，希尔·多布勒一直想挑战，实际上却没那么做。我兄长对这种特殊的欧式愚蠢的真正反应从未付诸实验。他按之前的安排将前两个书评寄给了《每日快报》，并于 1902 年 12 月 11 日出版。他把这两个书评寄给了我，我把它们带给了编辑朗沃思。这两个书评帮我把自己介绍给了朗沃思。朗沃思很年轻——我是说，他那么年轻就成了一家每日报纸的编辑。他行为安静，考虑周到。他本可以成为一位年轻的律师，他过去可能是律师。至少那是他给我留下的印象。他对我兄长似乎是真的感兴趣。从这两篇书评的第一篇中进行引用是很有意义的，因为在那篇文章中，我兄长声明了他对一个视爱国主义为公民首要美德的国家里爱国诗歌的态度。第二篇书评同样对他自己的作品从侧面进行了阐释。两篇书评都显示出他甚至在那时都牢牢把握着他自己毫不动摇地想法。

第一篇书评命名为“一位爱尔兰诗人”，是对威廉·鲁尼的诗集的评论。威廉·鲁尼是一位诗人兼政治记者，是那场后来被称为新芬运动的革命奠基人之一。他最近刚刚过世，逝世时依旧十分年轻。我兄长在评论的开头写到：

> 这些诗是刚过世的一位作家写的。许多人视他为近期国家运动的大卫斯。这些诗歌在总部发表，在这之前有两份引言。这两份引言谈论了许多关于工人、共同进步等的内容。它们阐释了国家的性情，正因此所以引言的作者毫不犹豫要求给予它们最高荣誉。但是，除非有一些文学真实的证据来支持，否则这一要求不会被满足。因为写出一本书的作者无法同他善良的意图或者他的精神特点相分离；他融入一个对写下的单词有所质疑的宗教，既然狂热者和教条主义者如此强烈地抨击文学宗教，将这铭记于心是很好的。

他说，那些诗歌的主题一直是国家，毫不妥协。或许，“爱国”这个词会更接近我兄长的意思，也就是为了达到政治目的，以国家主题和民族主题的运用为特点。爱国主义对于我兄长正如对约翰逊那样，是“恶棍最后的避难所”。他在鲁尼的诗歌里看到了对其他诗人无聊的模仿。这些诗人“尽管不是被任何爱国神经而驱动向前”，有时候却也能获得一些荣誉。他评论到：

小心的写作只能成就这么多了,毫无疑问,这些诗并未有什么成就,因为写作太过粗心大意,也太过刻意地卑劣。因为,如果在粗心大意的路上走得远一点,可能就会变成一种积极的品德,但平庸的粗心大意仅仅是错误且卑劣地表达了一个错误且卑劣的想法而已。

引述了鲁尼的文学过失的一个例子之后,他总结到:

看起来,这些诗歌是为报纸和社团写的,周复一周,并且证明了一些绝望、疲倦的能量。但它们却没有什么精神能量和鲜活的能量,因为这些诗歌出自于一个精神已死的人,或者至少精神处于地狱之中,一种疲倦且愚蠢的精神,谈论救赎和复仇,辱骂暴君,眼含泪水、口头诅咒,向着它地狱的劳动力出发。很明显,宗教和所有与之联盟的东西能说服男人去犯下滔天大罪。正如引言的作者想的那样,即使他们应该激起爱尔兰年轻人去抱有希望,去行动,但写下了这些诗歌,鲁尼先生被说服,犯下了滔天大罪。如果他没遭遇任何一个那些叫我们不高兴的吹牛之词,他或许可以写的更好。书中没有任何篇章甚至含有上等品质的美,正直之美、独立之美与整体之美,但书中有一个篇章是源于有意识的个人生活。是由德格拉斯·海德博士翻译的几首诗,名为"一个请求",但我无法相信,它更多地应该归功于其原材料,而非它的主题。开头是:

在那最后漆黑的一个小时,我躺的那张床,

我那松木板材料窄窄的床是空的，
我的亲戚和邻居站在我身边，
死亡之宽大的翅膀在越发稀薄的空气中。

接着，诗歌继续收集关于它本身的凄凉，在一首活灵活现的诗歌中也是如此，正如下面的这几行诗。或许第三行苍白无力，但第四行出奇地好，所以不能过度赞扬这首诗。

当夜幕降临，我的日子行将结束，
死亡那苍白的标志将使我的脸感到寒冷，
当心和手不再颤抖作出回应，
啊，上帝、救世主，看看我的境况吧！

它将所有凄凉的想象都聚集在自己身上。这时，它记起了神的诱惑，向神圣慈悲高举自己的祷告。这首诗似乎是来源于开始自我反思的个人生活，但死亡和那种反思已经都汇聚到它自身。通过这样的方式，人们记住了他的句子和他话语的罪恶中所有错误的一个人，带着他的庄严。这首诗走进了沉默。

说这首诗是从总部发行的，我兄长是在暗指威廉·鲁尼曾是《统一爱尔兰人》的创始人之一。《每日快讯》上的那篇评论使得依旧存在的鲁尼的社团团员很不高兴，主要是编辑阿瑟·格里菲斯。在后来的一些《统一爱尔兰人》上出现的那卷诗集的广告词讽刺性地引用了该篇评论的结尾——“这些大话叫我们很不高兴”。罗素认为这些广告是格里菲斯方面作出的十分聪明的回应。这篇评论冒犯了英裔爱尔兰人诗歌的主要信条。他们的主要信条就是，爱国主义涵盖了所有的文学宗罪。这个未成熟的评论家发出的尖刻的蔑视好像激怒了格里菲斯。或许，因为那时罗素在都柏林是出了名的吹牛皮贩子，所以那句话实在太聪明了，足以让罗素发怒。

但是，与我相比，我兄长对爱国诗歌有着更强烈的爱。对于有些诗集，诗人的名字看似并不重要却华而不实，这样的诗集他都能读完，比如托马斯·达西·麦基、丹尼斯·弗劳伦斯·麦肯锡，他还会发出冷漠但有耐心的嘲讽。但他们的诗集中有一些让我感到很无助、无语，只有无边无际的无聊。那篇评论里有一个观点，我兄长好像有些困惑。除非遇到一些幸运的机会，否则很难看出粗心大意怎么会成为“一个积极的美德”。他想说的是，鲁尼的这些诗歌是错误且卑劣地表达了一个错误且卑劣的想法，但那勤奋的(也就是认真的)卑劣行径可以变成一种积极的美德。我写信给兄长提出这个反对意见，多年以后在从的里雅斯特寄给格兰特·理查德的一封信中，他回到那句话，谈到他自己的《都柏林人》中“谨小慎微的卑劣”的风格。

从上一章中很明显看出，跟天主教说再见的事情还在进行的时候，他已经将其带有弱化了的顽固的忠诚从神之道转移到了书面语，从这里我们至少能看出一些事情。从上一章还能进一步看出在这个新的宗教里，最重要的美德就是文学忠诚。

另一篇评论是沃尔特·杰罗尔德写的关于乔治·梅瑞狄斯的一篇论文的评论。语气轻率，评论相当令人不悦，因为这位评论者表面上看不到任何理由，却能让他为梅瑞狄斯折断长矛。梅瑞狄斯长久以来被认为是英国小说界最新颖最有影响力的作家之一。他认为梅瑞狄斯是“真正的作家”。无论公众观点多么愚蠢，梅瑞狄斯的作品最终都能盛行起来。他讽刺地评判了那个奇怪的公司。梅瑞狄斯在这个公司里，发现自己竟然在包括皮尼罗和霍尔·凯因在内的当今英国作家的队列里。然而，兄长声明，作为一位诗人，尽管梅瑞狄斯偶尔拥有“直接令人信服的演讲力”，但他缺少不可替代的“优雅品质——抒情的神经，这种品质似乎是从智者来，给予愚者去。”他说，那些小说独一无二，但作为叙事诗的艺术，毫无价值。对于这位评论家而言，这些论文就是“一个哲学家带着无比的兴奋，去研究一个十分固执的问题”。

“一个真正的作家”这句话中带有几分恶意。他关于《当我们死而复生时》的文章在《半月评论》上发表后不久，国家图书馆的“教友派信徒图书管理员”利斯特先生热情洋溢地庆祝他年轻的读者时，说到：

——乔伊斯先生，我知道你是个真正的作家。

这恰恰是我兄长竭尽全力最不想成为的人。这篇评论是对一个小说家的奇怪的称赞，毕竟这个小说家在《艺术家的写照》中的影响力并不突出。文中丝毫没有提及梅瑞狄斯的诙谐幽默，或是诗人的充满激情且光芒四射的篇章，而这些正是梅瑞狄斯对小说作出的最富有特点的贡献。但我知道我兄长喜欢这些而且在不同的地方进行模仿——比如，在《写照》中第四章的结尾处。在的里雅斯特，他把《理查德·法弗尔的考验》作为礼物送给一个学生的时候，在那个礼物上附带了一封超越许多关于该作者的优点的保留意见的信。但是，如果不喜欢这本书，他就不会选择它。他对梅瑞狄斯笔下描写的等级人物毫不同情。

此时，我已经离开贝尔福德。几个月后，在别人的推荐下，我在一家会计事务所找到了一份工作。我的期望就是能为家里带来一些帮助，并且为大学的学费存够钱，但我没有收到任何薪水。那家公司是由一个有名望的天主教会计师组成，他的儿子为合伙人。他们视我的工作为学徒工作，但并没有起草任何条款。为了核查长长的信托和收据，我跟着已经完全成熟的会计或是经理的儿子四处奔波，去我们的客户那里——各类商店和公司，听那些员工讲下流的故事——这是他们生活中唯一不受约束的兴趣了。我不知道我在这里工作的十个月对那家会计事务所是否值十便士，但如果值的话，他们就骗了我，因为他们从未支付给我那笔钱。

在我去那家会计事务所之前，我父亲暂时担任都柏林一位市政选举候选人的竞选经纪人和游说者，我则是他的手下。我在巴黎写信给吉姆时，将委员会办公室和经常出没于那里的人描述为他们出现在"委员会办公室里的常青日"。那位老看门人和他的家庭悲哀，亨奇先生(我父亲与周边环境调和的缩影)，其他游说者，解除了神职身份的牧师，背诵诗歌的败家子——什么都背，事实上，除了那首他在圣诞节回家时从我的信里或我的口头描述里得到的那首诗。我兄长一辈子也没去过委员会办公室。我在不知不觉间给他提供了那个故事所有的材料，除了我说的那首诗。那首诗激起了弱弱的悲怅之感，挽救了这个故事，使其免于成为愤世嫉俗之作。如帕德里克·科拉姆在他给美国版作的序言中评论的那样，尽管这个故事话语陈腐、文采平庸俗丽，但介绍这个故事的方式让人从这个故事中感受到对已故的军官的忠诚和一种真正的悲伤。

我兄长说，《都柏林人》的所有故事中，他比较偏爱的一个就是"常青日"这个故事。至于我在其中担任的角色，我带着一种发酸的厌恶，写下并评论了委员会办公室和它的游说者还有访客。我脑海中从未想到过这样一个充满许多诙谐的卑劣的故事竟然会有素材。我认为，这些都柏林人不但不具备文学的趣味，甚至欣赏不了人类的趣味，除了那些坚定而博爱的社团。我脑海中也很少想到，一个人带着客观的精神和"小心翼翼的卑劣"的风格去编造一个故事，会将他的灵魂从那种经历的传染中解放出来，并且带着容忍之心、甚至是激情从更高的角度去考虑这个故事。

叶芝在巴黎抽时间和我兄长通信，单是这个荣幸就能使任何一个未发表过作品和不知名的诗人感到兴奋；他除了忙于我兄长的事情之外，还用赞扬和审慎的建议鼓励他。很明显，叶芝相信他为自己的行动找到了一个优秀的新成员，而且他并没有低估这个新成员。那时候或者后来，他自己似乎意识到，如果我兄长的天赋发展的方式如若未能达到他的期待，也没有理由动怒；相反，更有理由去迎接一位个性如此鲜明、如此自信的艺术家。我兄长写信给他，告知自己没能实现在巴黎学习医学的计划，并附上了一首诗，更确切地说是一首歌。叶芝写了一封长长的回信，督促他开始将文学作为他的职业。尽管他记得我兄长的诗集里的其他几首"包含了更多的主题、更多微小的措辞、更多的激情"，但他喜欢那首歌的精致。

"我强烈建议你"，他接着说，"写一些小论文，对书籍的印象，或者关于你在巴黎的艺术事件的印象更好，尽量加入你自己的观点，但是要从一些现实的兴趣中或当前的事件中选取主题。你可以赶快把其中一些寄给《学术》期刊，或者之后再寄给《发言者》。一个人要开启自己的文学生涯总会遇到点麻烦；但一旦开始，如果勤奋的话，你就能较容易赚取一点报酬。"

叶芝证明了自己的洞察力，预测到我兄长的表现方式将会是散文而非诗歌。他的这一洞察力更像是一个诗人而非一个批判家的敏感。但我是那时候第一个或许也是唯一一个懂得冷酷而非世故圆滑才是我兄长作品的基调，我也因此感到很满足。

我兄长离开巴黎，返回都柏林度圣诞假期之前不久，他收到了叶芝写给他的又一封信。信中，叶芝提出了某些疑问，减少了他的褒扬：

伦敦波特曼广场
蒙塔古大厦41号
1902年12月18日

亲爱的乔伊斯，

我想自从我写信给你，我已经去过两次《发言者》了。上次我去，我成功找到了一个人。但当我提起我的来意时，那个人让我去见编辑，因为这件事编辑说了算。他还告诉我编辑在圣诞节之后才会来到镇上。我很抱歉，但如果你有冲动写散文的话，你现在可以给《学术》寄一些。你最好提及我的名字，这样编辑就能想起我给他说的话。我不会把你的短篇诗给他，因为我从他的谈话中总结出，他不喜欢发表诗，除非这首诗从表面上看就很重要。比如说，他跟我讲，与一首短的抒情诗相比，他更喜欢两列诗，如果这两列诗还不错的话。如果我有你所有的手稿，我可能会摘取一小段抒情诗，但我认为你真的最好把这些东西为《发言者》保留着，这更像是发表相当短的诗的锻炼。我认为你寄给我的那首诗，第二节的韵律很吸引人，但我觉得从整体来看，它并不是你抒情诗里最好的一首。我觉得思想有点空洞。如果我说，这首诗是一个在练乐器且仅仅在享受停顿的处理的年轻人写的，或许我会惹你生气。把它与其它的诗放在一起，就能从整体印象中获得某种丰富感，这样它就看起来很好了。如果将它拆散开来，它就只能取悦已经了解了你的作品的读者，而它本身就无法吸引人们对这部作品的注意力。它的确有不同之处，但除此之外，我说不出别的什么来了。请记住约翰逊先生评论某人的："让我们等等，看他究竟是个喷泉，还是个水池。"你实际上完成的那部作品对于远离至关重要知识分子中心的你的同龄人来说，十分优秀。你在诗方面的技巧比我这辈子见过的任何都柏林年轻人的技巧都要好。它可能是生活在牛津文艺界的一个年轻人的作品。然而，像你一样充满希望行动的人有失败的，没有你那么有希望的人却成功了。通常在很长一段时间里，使人成功的品质并不会出现在他的作品里。这些品质并不太多关乎于天赋，更多的是性格的品质——信仰（你可能有足够的信仰）、耐心、可变性（缺了这个，什么都学不到），还有吃一堑长一智的天赋，或许这是所有这些性格中最罕见的。

我会竭尽所能帮助你，但恐怕这不会是什么好的买卖。尽管你可能并不相信，但我最主要的作用就是，把你介绍给像你一样开始的其他作家，这样才能从你的同事尤其是那些和你年龄足够相近的人身上学到你该学的东西，从而懂得自己的难点所在。

谨上！

W. B. 叶芝

上述的那首短歌曲要么是"啊，心肝宝贝，你听"，要么是"我会在那甜美的胸怀"，可能是前一个。这首歌的思想都很"空洞"，而且两首歌相继在《发言者》上发表。用这些小歌曲里的作曲和练乐器的高音使人做类比，也是叶芝在他的信中详述的，这对我来说是另一个小小的个人胜利。我已经提出建议，吉姆同意了将《室内乐》作为诗集的题目。赫伯特·戈尔曼写的我兄长的自传里给出了这个题目原有的另一个版本，那本书里讲的故事似乎满足了一些美国评论家的幻想，而且是至少一本书的起因，可无论源头是什么，那个故事都是假的。

我兄长在他第一次留在巴黎的时候，给我写的一封信中附有一镑的钞票，他让我把钞票给伯恩。这笔钱是为了偿还少量借款。因为我兄长从不习惯急于偿还他的债务，所以我很吃惊。吉姆没有直接给伯恩写信，我感到很困惑。但我还是照着信里说的，抽了一个晚上去埃塞克斯街上伯恩的家里，发现他在家。他在门阶处接待了我，当我告知他我的来意，他似乎相当不高兴。他问了我好几次，问我是否确定我兄长想要还给他那笔钱。我回答他说不可能错的，他站在台阶上，一边注视着我走进深深的黑暗之中，一边用手指甲敲打着那一叠纸币，一言不发，陷入沉思。

因为我错误地认为他意识到我对他的敌意，他在试着让我尴尬，所以我就站在原地开始炫耀地轻轻吹起口哨。反应十分过火地沉思了几分钟之后，伯恩似乎最终突然想起来不能优雅地侵犯一位使者，因为他陪我走了一段回家的路，还跟我谈起了我兄长，语气并没有不友好。

可能是在第二天晚上，我遇见了科斯格雷夫。当我告诉他伯恩奇怪的行为，从我开始提到伯恩的名字，他的愉悦毫不负责，这让我猜到他们之间一定发生过什么事情。最终，他说：

——我知道他怎么了。

看来，几天之前的晚上，他和伯恩一起闲逛的时候，伯恩给他看了一张他刚收到的从巴黎寄来的一张明信片。明信片的一面是一张戈尔曼写的自传里复制的照片。照片上，吉姆身穿一件大衣，使他显得比真实的自己高大，更像是一个想着效仿奥尔西尼的无政府主义者。明信片的另一面是一首书写工整又小巧的诗，开头是：

我终日忍受海域噪音
而呻吟。

我把它放在《室内乐》的倒数第二首，因为它抒情地表达了一种失去感，但事实上，它是吉姆多年来写的最后几首诗中的一首。很明显，伯恩因为被选为英国编辑所谓的"我兄长精神生活的一刻"的接受者而感到荣幸。他满腔热情、自夸地谈论着我兄长，一副独占的表情。

——我敢打赌，他说，都柏林再没有人比我更了解乔伊斯了。

——你知道这个吗？科斯格雷夫问，并从口袋里拿出一张完全相似的明信片。

明信片上是他们通常用的不正确的拉丁文，是有关巴黎的"保镖"。科斯格雷夫猜测伯恩不知道这些。他大为震惊，一时不知如何作答。相似的暗示并没有使他平息下来。他找不到任何强有力的词汇，以表达他的愤怒。

——喏，把这个也拿着，他说，并把写了那首诗的明信片递给科斯格雷夫。这个你也拿去吧。我不想要。

那一刻，他们刚好穿过一个地下厕所。

——你知道吗，他粗鲁地说并暗指我兄长送给他的那首诗，它就好像一件东西，一个家伙借着神，把它写在那里。

科斯格雷夫把伯恩的明信片给我。他还在大笑着，像林奇那样为他的胜利而嘶鸣。

伯恩的怒火并非基于道义上的不满。关于我兄长的事情，竟然别人知道而他不知道，他认为这是对他个人的冒犯。我兄长也太过满足他朋友的占有欲，使得伯恩开始认为自己已经拥有了控制我兄长私人生活的权力。然而，尽管他爆发了，但那一刻我是同情他的。显然，某种偶像倒下了，破碎了。

兄长在圣诞节返回都柏林的时候，我们那时关系中的裂痕还没有消除，我们正一起走，他突然打破沉默，以他往常吞吞吐吐的方式告诉我，“我觉得自己被伯恩误会了”。我停在街上，摘下帽子，开始背诵“感恩赞”。我兄长冷酷地笑了。裂痕很快消融，但他们之间再也没有那么友好了。他们友情里的温暖消失了，知道多年之后我兄长从的里雅斯特回去都柏林，他们之间才真正重新建立起温暖的情谊。那时候，他们之间的友情是在不同的基础上重建起来的。[①]

这一事件很轻易看上去琐碎无意义，从某一点来看，我兄长可能并没有显示出有多么光彩。但在此我想尽可能清晰地强调一下，直到他去世那一天，他这辈子毫不在意人们对他有什么看法、什么说法，或者人们在书中是怎么写他。他对污蔑的冷漠胜过他对信仰的冷漠。所以，对于友谊，他不会允许自己被他从朋友眼中映射出来的自己的即使很好但很虚假的形象所影响，这种顺从是不必要的。实际上，那是一位艺术家更高的美德：不去相信他聪明的认为不真实的东西，和别人讲的关于他自己的事情。

---

① 乔伊斯 1909 年在都柏林期间，科斯格雷夫告诉他，乔伊斯在 1904 年追求诺拉巴纳克尔时，他也在秘密追求她。惊愕于这一令人反感的消息，乔伊斯专门去询问了伯恩。伯恩当时住在艾克尔斯街 7 号。伯恩斥责科斯格雷夫开这种恶意的玩笑，这令乔伊斯感到欣慰。这一事件证明伯恩是正确的。

兄长回家是为了过圣诞节，但只在家呆了几周时间，也很少四处走动。除夕夜那天他依然待在家里，因为我记得他半夜里在门前扔了一条面包，人们认为这个习俗可以在来年带来和平和富裕。他很用力地把它扔出去，因为他喜欢遵守那种古雅的迷信。但我认为对于我们的房子而言，只扔一条面包是不够的。他应该把剩余的一组面包也扔出去。

我还记得，有一次去希伊家拜访，他受到邀请唱法语歌。他答应请求，唱了“小鲁塞尔”和“来吧，宝贝儿”。他自娱自乐，完美地省去无用的歌词，哼唱，跟着伴奏意味深长地点头，就是为了看他们那文雅的笑，吃惊却自鸣得意，正如某个人说的：“我们也来阿卡迪亚啦”。其它时候，尽管他并不总是沉浸于这样淘气的恶作剧里，但他会唱“我们巷子里的赛利”，为了配合他们真的很尴尬的沉默，用力说出下面的歌词：

那么我们就要结婚啦，
那么我们就要睡觉啦。

一月份，他再次返回巴黎，至于重返的目的我也说不清楚。那个巴黎的冬天，我兄长过得很艰难。他患了很严重的牙疼，几乎不能吃东西。不用说，他没钱去看牙医。即使在最好的光景的时候，他过得也很悲惨，有时候几乎两天都没有食物吃。受贫穷之苦待在阁楼的一位艺术家饥寒交迫，要是拿到舞台上，会引人发笑；在我兄长写给家里的信中，有一个更类似的情景，《波西米亚人》并不那么好笑。我母亲对这些信十分沮丧。很不幸的是，我那时也患了支气管炎，无法治愈，因为我很瘦小，我母亲心里就以为我越来越衰弱了。随着时间过去，也没去看医生，并没有留下任何痕迹，但我母亲过度的焦虑暗示出她自己并不好。我想，大概是在这个时候，我兄长收到了在伯利兹学校教学的聘用书。我已经说过，他拒绝了那个工作。教学会妨碍他的自由，但与饥饿和痛苦对他的自由的妨碍相比，教学对他的作品或读书的妨碍一定是更少的。

我兄长在巴黎遇见了辛格。辛格几乎和我兄长一样居住在那里，过得很拮据。关于语言、风格、诗歌、戏剧和通识文学，他们之间有很多有争议的讨论。辛格只是在其喜剧里粗俗，偶尔语言有些下流；他的习惯属于清教徒式，极其严谨。像所有清教徒一样，他实质上是一个悲观主义者，认为我们真正的生活存在于想象之中，这就给我们提供了一片肥沃的彩虹之地，在这块彩虹之地上，借助于"大量的谈话"，我们可以逃避现实。他倾向于严格遵守爱尔兰语的复兴，而且当他在辩论时理屈词穷的时候，又倾向于发脾气。辛格一发脾气，他那愤怒的脸和摆动的胡须常常使我兄长陷入抽筋式的大笑，而这又使他更怒火。在所有事情的观点上以及按照生活的方式，辛格是我兄长的对立面，但是他却给兄长看了他刚完成的《骑马下海的人》的手稿。我兄长可能是第一个看到那个手稿的人。他提出反对，说由于缺乏故事情节，所以这个剧不能称为是悲剧。它并不符合亚里士多德对悲剧的定义，且对我兄长而言，那时这个结论是不可改变的。他称《骑马下海的人》为一首悲情诗。辛格并不同意，但他听后，冷静地反驳了我兄长的观点。事实是，其中某些措辞的韵律已经深深印入我兄长的记忆里，或许这个事实让他感到安慰——实际上兄长几乎已经知道孔雀王朝的最终发言了——他用如此强烈的诗文的美感重复那些发言，这一定引发了他的苛评。我在的里雅斯特与他重逢后不久，我记得他在跟一个意大利弗洛伦萨人朋友弗朗西尼讨论语言的音乐感时，引述了孔雀王朝的悲叹。弗朗西尼一点英语都不会。这些发言，还有从叶芝的故事“摩西十诫”中引用的片段，该故事的结尾是“为何你从我们用月桂树做成的火把里飞来，这月桂树已经从这个世界上枯萎腐烂，又来到用呼吸将旧时光培养成这月桂树的我们身边？”他重复着这个故事，几乎是咒语，听起来当然很像用魔幻的话语编造的咒语。

在的里雅斯特，第一次世界大战前的许多年，我兄长为了兼任经理的男演员塞拉提将《骑马下海的人》翻译成意大利文。塞拉提想要使这部剧出片，但是由于辛格的继承人引发的一系列困难，那个项目落空了。他翻译的作品经他的学生尼科勒·维达科魏奇律师校订，战后发表在《日光室》。我获悉那部剧吸引了伟大的杜塞的注意力，使他开始研究那个悲剧母亲的角色，但我不知道他是用的我兄长的版本还是卡罗·利纳蒂的版本。

与此同时，我兄长继续投稿，偶尔投给巴黎评论，这些通常是短文章，也投稿到《每日快讯》，一篇对史蒂芬·格温的《爱尔兰的今日和明日》这本书的评论，并于 1903 年 1 月 29 日被授予该篇评论在文学专栏上的永恒地位。里面有些措辞很有趣，因为这些措辞反映了我兄长对爱尔兰政治几乎中立的态度。史蒂芬·格温来自于一个两代人都跟三一学院密切相关的家庭，他是家里四个聪明的儿子中最年长的一个。他在都柏林很有名声。他曾是一名文科导师，除了做新闻工作之外，还在诗歌、传记、小说方面有所尝试，但从未获得什么荣誉。在审查中的那本书是有关凯尔特文学和工业复兴的论文的合集。尽管作者的母校三一学院在爱尔兰是英语文化的大本营，但在评论者看来，那本书是“难得的对英国文明和英国人思维模式的指责”。那篇评论大体上是赞同的语言,指出格温先生的“幽默感”。“能在一个复兴主义者身上找到……是十分令人喜悦的”。极端严格的复兴主义者激起了评论者嘲讽的蔑视。他在写“死者”时,介绍了一个人,当然是一个女人,茉莉·伊沃尔。她开玩笑,她生硬的冒昧,惹怒了加布里埃尔·康罗伊。尽管对格温先生的民族主义倾向态度不明朗,但那时对我兄长自己的政治态度是很有趣的线索。他写到:“格温先生也是当前盛行的民族运动的皈依者,他承认自己是一个民族主义者,尽管如他所说他的民族主义毫无矛盾之处。给爱尔兰以加拿大的地位,那么格温先生立刻成为一个帝国主义者。很难说格温先生会投入哪个政治党派,因为他对于国会议员向来是盖尔人式的态度,对真正的爱国人士又太过温和。那些爱国人士开始含糊地评价他们的朋友法国人”。

评论者可能发现在接近家乡的地方有个人的政治思想多多少少和格温的处在同一个方向上,而且在他自己身上,他发现有个人的政治态度同样难以定义。我兄长并不赞同在爱尔兰的土地上成立一个英国的政府,但是他会用同样激烈的情绪厌恶任何外国的政府,如果是西班牙、法国或德国,因为它好像也会在不同时刻成为他的祖国的历史。与它们随之而来的工业效率和商业效率以及财富对他来讲毫无意义,仅仅是无价值的东西而已。他偏爱那些被世界评为失败之物的人。拥有财富的人傲慢地装腔作势,在他看来,愚蠢荒谬。他感到和大陆民族有着更亲近的精神联系,他将此归结于在他们的文明种类中,艺术更为重要。但他认为艺术很可能是衰败的一种形式,伴随着的是一个民族命运的衰竭。但他的母语是英语而不是爱尔兰语。此外,他无法想象,与任何在英国或国外能找到的一切东西相比较而言，会有某种形式的爱尔兰政府不会对他更加友好。他并不试图解决国籍的问题。为了拯救自己的灵魂，他无视国籍。后来他认识到，尤利西斯嘲笑波吕斐摩斯，还宣布他自己的名字和社会地位。

一周之后，1903 年 2 月 6 日，一组三篇评论出现在同一家报纸《每日快讯》上。就目前我知道的，其中一篇评论第一次表现出对暴力的鄙视，这种鄙视比仇恨更加强烈更加深刻。而暴力是他的特点。那篇文章的名字"圆滑的哲学"取自一本原著，但可能并不是我兄长的。该文章评论了 H. 菲尔丁·霍尔写的关于缅甸的一本书，书名为《一个民族的灵魂》。我也读了那本书，很喜欢，而且记得相当清楚。书中有一个十分引起共鸣的关注点，除了别的事情以外，书中还说到：

> 他【菲尔丁·霍尔】相当详细地陈述了佛教哲学（如果称之为这个名字合适的话）。缅甸人似乎天生就能调整自己适应如此智慧的一种消极哲学。对于他们来说，五样东西是最大的魔鬼——火、水、风暴、盗贼和统治者。所有对人类和平有害的事物都是魔鬼。虽然佛教本质上是一种建立在与魔鬼的存在对立的哲学。这种哲学将其终止置于个人生命和个人意愿毁灭之上。缅甸人知道如何将这种哲学立刻转变成一种人生的规律，简单而又聪明。由猛烈的探险者、食肉者和猎人遗赠给我们的文明充满了太多匆忙和争斗，忙于太多或许毫无意义的事情，使得只能看到一种文明里存在的脆弱的东西。因为这种文明拒绝使战场成为检验美德的地方，所以它只能微笑。

在此,我们初见一位作家对于愚蠢之极的暴力所产生的厌倦之感。这位作者将评论滑铁卢“战场”,在他人生最后的日子里,德国军队成群结队向法国入侵之前,他向南逃的时候心中担心的唯一一件事就是,他是否还能取回他忘在巴黎的公寓里的一本书。当足够多的男人女人得知了他对暴力镇定和超级鄙视的态度,即使是暴力最为肆无忌惮的时候,地球上将不再有更多的担心,担心文明可能被原子弹或氢弹或其它一些按照字母排序和科学技术的残暴东西所毁灭。人们平时就可以开始培养那样的态度,只需像布鲁姆那样偷偷从后边放屁,当他们听爱国演讲,国旗挥舞,拿着直棒挥舞的乐队指挥领导着军乐队,乐器发出嘟嘟声,理智的动物改变自己,成为滑稽、踢着正步、穿制服的机器人——这些事从不会激不起我兄长嘲讽的评论。

那年 3 月 21 日,他投稿给《演讲者》一篇文章,是对易卜生的一本并不重要的作品的评论。这篇评论与他之前在《半月评论》上的文章相比,更能显示出他对易卜生的崇拜里毫无对偶像过分崇拜的污点。它只是指出了他崇拜的是挪威戏剧作家的什么品质,我们也可以假定他下定决心要在自己的作品中也培养那样的品质。那篇文章是对《卡缇莉娜》的法语译本的评论。《卡缇莉娜》是易卜生二十岁时写的一部浪漫戏剧,那时他还是“一个穷学生,在一家药房整日工作,晚上却努力学习”。评论者毫不犹豫地说,“最后一幕出现时,被表演出来的戏剧中的人物角色只通过演员的肢体和生活联系了起来。”这句话和肖在《周六评论》上的同时代的戏剧评论同样令人震惊。如果人们记得我兄长对易卜生的高调赞扬,还有那个老挪威人对他的人生和他的作品带来的影响的话,那句话就有点骇人听闻。但我兄长评价自己的作品时同样严肃、客观。之后几年里,他总是评价

《艺术家的写照》的首稿，说其是一部“幼稚的作品”。

那篇评论里讲，“想象力拥有流动的品质，必须坚定地拥护它，以防它变得模糊，如果谨慎，它可能不会失去任何魔幻的力量。易卜生用他强大、丰富、充满想象力的本领将呈现在他面前的东西与一种全神贯注联合起来。”他指出，易卜生带着毫不畏缩的勇气，镇定而讽刺地追求他的目的，周遭是人们对他歇斯底里的呐喊，还有其它混乱的嘈杂之音，战争、治国本领、宗教。他指出这些时用的话语几乎预言了我兄长自己的奋斗和即将到来的胜利。“但是”，评论总结到，“我们可以确定，牧羊人对这样的呐喊毫不在乎，他像往常一样渴望那古老的事情，引领他的猎犬星座‘戴着星座绳’穿过最高峰”。很明显，易卜生的作品激起我兄长崇拜的品质是耐心和自制力、对想象中的可见世界的警惕地接受、牧羊人代表的宁静——在如此动乱的环境下，这些品质那时能吸引像我兄长这样的年轻人，看起来真的很奇怪。

几天之后，3 月 27 日，《每日快讯》上出现了一篇文章，提供了更多的证据，证明我兄长对文学问题几乎是堂吉诃德式不切实际的顽固，即使是在它破坏了他和那些曾经对他有用并且一直对他有帮助的人之间的好的关系。这篇文章是对格雷戈里女士写的《诗人和梦想家》的敌意的评论。与其它评论不同，这篇评论是用我兄长名字的首字母署名发表出去的。编辑希望用这个签名就能拒绝承认对这篇文章的任何个人责任。格雷戈里女士对此大为愤怒。她获得了《每日快讯》上的那个作品给我兄长，似乎是希望能得到文学运动时期相互的支持作为回报。因为我兄长并不喜欢那本书，他没有对之加以好评，而是未做评论或者至少是没有相对和善地批判那本书，就把它还回去了，这样对他来说可能更明智。我兄长十分简单地避开了这些棘手的难题。有人给他一本书让他评论，他按照实情评论了，这是很难得的。他意识到了那件事还有其它方面需要考虑，但那些对他并不重要。问题出在文学的好与坏，而非礼貌的好与坏。他十分坚定地认为，艺术家、诗人和作家通过表达他们民族的良知来对之施加影响，而且如果他们没有尽最大努力或者为了迎合市场需求，就会背叛他们高高在上的权威。或许如果时机到来，他并非不愿证明自己的信仰。

因为那篇文章代表了他第一次违背凯尔特文艺复兴的圣徒精神，所以尽管这虽无法证明这个引用有道理，但我还将详细引用这篇文章，来再次说明这样的神学是多么容易急躁。如人们期待的，那篇文章的开头提及了亚里士多德，文章名为“爱尔兰之魂”，实际上是重复了先前一篇文章的标题，当然一定不是我兄长的文章。

> 亚里士多德在所有思索一开始时发现一种好奇的感觉，这种感觉更适合儿童时代。如果思索适合于生命的中年时期，那么一个人应该为了得到思索的成果——智慧本身而展望生命中最完美的时期。但如今人们对童年时代、中年时期和老年时期都相当困惑；那些不顾文明而成功拥有老年人一样智慧的人似乎越来越少，那些从学会说话走路起就常被使唤做这做那的孩子们似乎拥有了越来越多的“常识”；或许将来留着长胡须的小男孩们会站在一旁鼓掌喝彩，而穿短裤的老男人却在对着一栋房子的一面墙玩手球。
>
> 如果格雷戈里女士真实阐明她的国家的老年时期，这种情况甚至存在于爱尔兰。她在新书中远远抛开了传奇和

英雄青年，在一片难以置信的土地上探索了它的悲伤和老态龙钟。书中一半的内容都在描述爱尔兰西部的老男人和老女人。这些老年人满腹关于巨人、女巫、傻瓜和黑色处理的匕首的故事。他们在济贫院的庭院里或者在篝火旁，一个接一个讲他们的故事，事无巨细，无限循环（因为他们都是些闲人）。很难正确地判断他们的魔力和药草治愈，因为那是在这方面有学问并能对比不同国家的风俗的人的职责。的确，最好不要去了解这些充满魔力的科学，因为如果你在砍野洋甘菊的时候突然风向改变了，那你会发疯的。

但人们可以更容易地判断他们的故事。这些故事引起了某种感觉，但这种感觉一定不是所有思索开始时的好奇感。讲故事的都是老人，他们的想象力并不是儿童时代的想象力。讲故事的人保留着奇景的奇怪的情节，但他的思维很虚弱，不活跃。他开始讲这个故事，又游离到了另一个故事里。没有一个故事有一点点令人满意的充满想象的完整性。没有一个故事像约翰·昂的在近处发出叮当声的诗那样。格雷戈里女士意识到了这一点，因为她总是用不同的问题引导讲话者领会到他的故事。有时候故事已经变得混乱，让人毫无希望，她就努力建立某种完整性，只保留并不那么混乱的部分：有时候她要带着一半兴趣、一半耐心去听。总而言之，她的书无论是在什么地方谈及“民间”，都会在丰富的老年阶段论述一种思维的等级。叶芝先生在他最满意的书《凯尔特曙光》中用如此精明老练的怀疑态度阐述了这种思维的等级。

然而，健康和自然相关的一些事情进入了诗人拉夫特里心里。他的语言似乎很糟糕，为一个很小的冒犯，做了一首讽刺诗。他还会写爱情诗(尽管格雷戈里女士在西方爱情诗里发现了某个小错误)和忏悔诗。尽管拉夫特里是伟大的吟游诗人队列中最后一位,但他身上有许多吟游诗人的传统。有一天,他在一棵灌木下避雨:起初那棵灌木还能遮雨,他就作了首诗赞美它,但过了一会儿,灌木挡不住雨了,他又作了一首诗贬损它。

格雷戈里女士翻译了他的几首诗。她还翻译了……道格拉斯·海德博士创作的四部独幕剧。在其中三部戏剧里,传奇人物作为中心人物,有的是流浪诗人,有时候甚至是圣贤。第四部称为"圣诞剧"。那部侏儒剧(如果有人可以用这个术语的话)是一种艺术形式,不恰当且徒劳无益,但很容易理解的是为何它能在一个时代得宠,而这个时代有"夜曲"的描写,有像马拉美那样的作家,"再现部"的作曲者①。因此,那部侏儒剧被评为一部娱乐剧。当然,道格拉斯·海德博士在《扭曲的绳索》中是令人感到愉快。格雷戈里女士在她翻译的这几首诗方面比其它方面更加成功,下边的四行诗可以显示出来:

我听到那悦耳的竖琴,
在科克的大街,为我们弹奏;
迄今为止,我感觉你的声音更加悦耳,
迄今为止,我感觉你的说话声比那竖琴更加悦耳。

这本书像我们那个时代的其它许多书一样,有几分别致,也有几分是直接或间接地表达了爱尔兰的中心信仰。

---

① 卡蒂勒·门德斯

> 由于她所做出的如此艰辛的肉体和精神上的斗争，爱尔兰出现了许多关于信仰的记忆——信仰曾战胜了她的力量的不可治愈的卑贱。格雷戈里女士的老男人和老女人在讲他们那些游离的故事时似乎全都是自己的裁判。她可能会将她题词来源的惠特曼对被彻底打败的人说的模糊的话加到那本书里——“斗争输在精神，亦赢在精神”。
>
> 在我看来，格雷戈里夫人似乎没有理由对那篇评论介意，因为里边并没有直接以传统的爱尔兰胡说的话去批判她的部分；相反，在文学良知允许的范围内，评论者似乎尽力去愿意赞扬那些许的优点，甚至不顾他的原则，被将责备从作者身上转移到她的主题这一愿望所妨碍。评论中值得注意的是，他谈及拉夫特里出言不逊的散文是为了使它们看起来愚笨无知。显然，他对自己讽刺的天赋毫不怀疑。但当他谈起在爱尔兰存活的信仰时，尽管他自己的心已经检验，却也是跟随这个信仰。

至于格雷戈里夫人过了多久才表现出她对那篇文章的不满，我也不知道。我从未遇见或者甚至见过格雷戈里夫人，但是尽管她对吉姆做了一些事，我却对她怀有一种不理智的同情之心。我设想，她曾经是那些极其聪明的女孩，可到了中年后期却变成了极其疲倦的女人。吉姆曾告诉我，她是一个在英国政府内拥有重要的职权的男人的寡妇。我奇异地放大这些裸露的事实，想象着他可能统治着某个省或某个殖民地，但她统治着他。我且无礼地称他的幽灵是“亲爱的破格雷戈里”，然后将此名衔延伸到他的寡妇，我想是为了抵消她或者她那群炫耀的一帮人可能会有的任何影响。我还偷偷高兴，吉姆没在巴黎遇到莫德·康纳。我把莫德·康纳看成是年轻的格雷戈里夫人。

我兄长在巴黎时写了几首诗,就是《室内乐》里最后的四首,我之所以把它们放在最后是因为它们语调严肃。他同样模仿着本·琼森的风格尝试着写对话,虽不是很严格却仅仅是作为一种练习。我从未看到过那些努力,但他告诉我尽管那些只是胡说八道,但他掌握了那种风格。他说,它们确实有真的琼森作品的感觉。

他在巴黎为爱尔兰报纸所做的最后贡献是为《爱尔兰时代》1903 年 4 月 7 日的报刊写的关于一位法国汽车手亨利·弗涅尔的采访。亨利·弗涅尔即将参加接下来 7 月份在爱尔兰举行的戈登·班尼特杯的比赛。那次采访坦率天真。我兄长不知道 M. 弗涅尔会开什么车,也不知道在马德里的一场大赛是在"摩托德比"之前还是之后,他认为每小时八十六英里的高速是"令人震惊的速度"。很明显,从那次采访可以看出他对赛车一无所知,如果可能的话,他对此几乎不在乎。

一个开梅赛德斯汽车的比利时人赢得了那个奖杯。摩托德比之后在凤凰公园举行了一次速度尝试,弗涅尔可能也参加了。尽管那天"整个都柏林"都在凤凰公园,我兄长却没有去参观,也没有去认识了解弗涅尔。可是,他确实把爱尔兰的摩托德比作为了"车赛之后"的背景。"车赛之后"是他出现在"爱尔兰家园"上的第三个故事。

我兄长离开巴黎之前,通过我的信件和日记将国内发生的一件荒谬可笑的事件作为另一个多年后他在的里雅斯特写的故事"圣恩"的素材。嘉丁纳街教堂的一位耶稣神父将为商人建造一个休养所。我父亲的其中一个朋友(那个故事里的"坎宁安先生")劝说他那些闷闷不乐的狐朋狗友(包括我父亲)参与,"伙伴们，一起来”。马特·凯恩就是“坎宁安先生”的名字。他是个留着黑色胡须的矮胖男人。他不讲礼貌却精明狡猾。他的活力和自信使他的朋友们都认为他是一个十分可靠、理智、可敬的人。他在首席检察官办公室做行政文员，这是个很好的职位。但他的妻子却是个屡教不改的酒鬼，这令他负担沉重。在她洗心革面的时期，他有两三次曾为她布置家庭，但她卖掉了家具，不管她的小孩，所以在我提及的时候他把妻子放在了专门给酒鬼准备的屋子里，把他的孩子送到学校里。

出于挖苦的好奇心，休养的最后一个晚上我跟着他们去了教堂听布道，看到我父亲拿着点燃的蜡烛羞愧地在摸索。那种布道就是以闲聊的语气进行人对人之间的谈话。还没结束我就出来透气了。周六早上他们去忏悔，周日他们结群上了祭坛。周日晚上，我父亲和他的朋友短途旅行之后，和先前提到的“坎宁安先生”一起回到家，只是有些微醉。他给“坎宁安先生”解释了无数遍，在忏悔时，牧师曾告诉他“他毕竟不是一个坏家伙”，这个权威且安慰的信息使他哭笑不得。

我兄长利用了这个空乏的材料，用自己的方式将之转化。故事的开始的这一件事就发生在我父亲身上，但作为不服从命令的转变信仰的典范，我兄长替换了我父亲的一个熟人，一个爽直、肥胖而面色红润的商业推销员兼职业品茶者。他在自己的行业里是个能干的人，在英国或许可以挣得充足的收入。他蒙住眼睛就能分辨出十五或二十种或者是混合的茶叶，在他的办公室的一张桌子上将这些茶叶放在像碗一样的小杯子里。除此以外，他还爱好读斯科特的小说，爱好打板球。他的名字叫迪克·桑顿——他总是清晰地发出“桑”字。他自信地宣称一些事情时，他会叫正好和他讲话的朋友“纨绔子弟”。他的那些饮酒伙伴都管他叫我母亲给他起的一个绰号"小鸟"。事实上,这个喝醉的矮个子男人身上的确有些健壮像鸟一样的东西。但是他会唱歌——这是大家共同的爱好。他喜欢意大利歌剧,而且像我父亲那样对西姆斯·瑞福斯发过誓。他的嗓音和弦像受损的威士忌,但他会唱半传统的英国民歌,多愁善感、幽默、好听,并非哀伤的爱尔兰风格,但却带有快活的音律和幽默。他曾是个新教徒,但是遭受他虐待的妻子和孩子都毫无缘由地变成了天主教徒,我认为他仍然是一个现代共济会成员。他没去参加那次休养会。至于"圣恩"里关于蜡烛有趣的论述,那是对我日记里的一篇日记十分接近的再造。

实际的圣洁化的感恩的奇怪教条和它与原罪之间的关系最终成了《为芬尼根守灵》的主题,它也使我兄长着迷并困惑,因为他在教堂的教授中发现有它,在他读圣·奥古斯丁时也有,甚至从外观察教堂,它也引起他的兴趣。实际上,他去听了那次布道,主题是在嘉丁纳街教堂或者大学学院教堂讲道上的主题。因为讲述的不够好,所以他生气厌烦地离开了。他说讲道者甚至没有试图去理解自己说的话,却假定他讲的一切都对他的听众足够好。让他生气的是,如此粗制滥造的事情竟被当作精神向导。在"圣恩"里,那个讲道者同样选择了一篇很难的文章,像个自信的江湖医生一样来讲,他为布道的讲者"伯顿神父"挑选的原型是那段时间十分受欢迎的福音传道者伯纳德·沃恩。伯纳德·沃恩神父的名字经常出现在报纸上,也在都柏林出现在拥挤的集会上。他是一个耶稣会士,来自一个旧英国家庭,寻求出名的一个俗人。他除了在自己的合法舞台、也就是讲道台上布道之外,还常常在不恰当的场所发表简短傲慢的讲话,比如在拳击冠军赛[①]之前的拳击场。我兄长对他的鄙视从其对他的名字伯顿神父的选择就轻易看得出来，他用这个名字修饰这个人。都柏林的那条妓院街道的老名字就是伯顿街。

《室内乐》里的歌都是爱情的来和去，由于其顺序是我安排的而不是我兄长安排的，所以据我所知，"圣恩"是我兄长作品里使用一种模式的第一个例子。这个简单的模式并不新颖，也不需要任何高超的解释学的精明来发现——地狱、炼狱般的经历、天堂。基南先生失足跌入净尸房就是他沉沦进入地狱，病房是炼狱，他和朋友们一起听布道的教堂是最终的天堂。在"圣恩"里，那种模式是讽刺的，还带有一点压抑的愤怒，但是兄长在他后来的作品中也使用了模式，因为他甚至在自己烦乱的生活中发现了一种模式；尽管他对哲学感兴趣，但他成为了一名艺术家而非哲学家，他把这种个人的经历作为后期作品里鼓舞人心的精神。那种想法才是故事授予其作者真正的圣恩。

后来，1903 年耶稣受难节晚上，我兄长饥饿疲惫返回了他在科尔内耶旅馆的住处，发现有人在门里塞进了一封电报。电报上写着，"母病危。回家。父"。他身无分文，电报上也没有附上要求他回家的车费。他在巴黎的朋友中间，他觉得没有人能够或者愿意借给他回家所需的那一点点盘缠。他束手无策，决定去他的某个学生 M. 杜丝那里试试。他坦率，是个中年香槟酒商人。我兄长和他都对社会主义感兴趣。兄长没有等天亮，当天晚上就直接去找他。因为杜丝的公寓离科尔内耶有一段距离，兄长穿过巴黎几乎荒无人迹的大街，路途漫长、心情焦虑。

① "嗯，伯纳德·沃恩神父很可能会再来讲道。哦，是啊：一个很了不起的成就。真是一个令人赞叹的人。"《尤利西斯》第 207(216)页。

他费了好大功夫，才把那栋大房子的看门人叫醒，在伸手不见五指的漆黑夜晚，爬上楼，按下杜丝公寓的门铃。杜丝亲自起床开了门。尽管兄长的拜访时间太早，那个法国人依然恭敬同情，毫不犹豫就借给了兄长需要的钱。我好奇，如果都柏林的一个身无分文的法国学生在午夜过后用同样的方式弄醒了一个有身份的酿酒商人的话，会是什么情形。兄长一回到都柏林，就努力还上那笔钱。我父亲带着附有一封感谢信的支票装饰了那些修辞的花朵，那些修辞和威尔金斯·米考伯先生的心是如此贴近。

兄长孤身一人在巴黎，他感到笼罩在他和他母亲之间的牧师的黑影渐渐褪去，成为一种模糊混乱的记忆。一次做梦时，她以圣母玛利亚的形象来到他身边，那个梦在他睡着的大脑里一片混乱。

> 夜晚，她来了。那座城静止、看不见、听不见，一切都未被召唤。她从她那古老的座位而来，看望她最少的孩子，母亲十分令人尊敬，尽管他对她而言从不陌生。所以她从内心最深处知道她是温柔的、没有什么难办的事情，说，“我容易受变化的影响，在我的孩子心里是一种可以想象的影响。你在陌生人中间感到悲伤了，谁会怜悯你呢？自你躺在我的身体里，年复一年，我深深爱着你。[①]

母亲在兄长梦中显现可能是受我母亲的一封信暗示。在一次回应我兄长绝望心碎的发泄时，她安抚着说她对他儿时的爱。

---

① “从肚子里怀上你以来，多年来我都爱着你。哦，我的儿，我的长子。”《尤利西斯》第548(566)页。

她突然之间召唤回家像现实的一次粗鲁的震惊一般，震惊了正在逐渐减弱的纽曼散文的影响力，正如显现中揭露的那样，且通过他在巴黎的生活方式被削弱，给他的灵魂留下了无法抹去的痕迹。

从迪耶普到纽黑文，他糟糕地穿越了这条便宜的路线。另一次显现描述了他躺在甲板上，靠着发动机室，油脂的气味从发动机室呼出来。他望着行驶在法国悬崖之下、从海岬到海岬包裹着整个海湾的巨大迷雾。“海洋移动着，多个尺度的声音响着。”他又弱又病，在躺着的地方打盹，目光凝视着顶上有座教堂的悬崖方向，黑暗中迷雾高墙之上，是我们的夫人的天主教教堂，他似乎听到了“那里祭坛前男孩子们歌唱时响亮、平静的声音”。

像勒南一样，我兄长勉强算是个异教徒，他后悔没能参与天主教仪式中很多事宜，而这些事宜依然在情感上和艺术上吸引着他；但或许他的不幸之中也有一阵的懊悔，让他这个家里年龄最大、备受期望最多的孩子将之留给命运的安排。用这个指责，我母亲的告解神父试图使她和最年长的儿子之间有怨恨；他告诉她吉姆“十分胆小”。吉姆并没和我一样，用暴力、挖苦的诅咒回应这样的诽谤；他什么都未说。是我做出了回应。但我母亲温顺地听了牧师顾问的话，这一事实陷入了他的灵魂，渐渐使他疏远了她。从这点来讲，她的告解牧师成功了。如果我兄长放弃自己的家庭，进入耶稣会，那就不胆小了；那就会背叛精神世界更高的呼唤——耶稣的精神世界！兄长倾听了精神的呼唤。他们愚钝的耳朵听不见这呼唤。他带着无所畏惧的勇气追随这个呼唤到最后。这种勇气在爱尔兰他的民族都是独一无二的。但他也会偶尔受到尖锐的质疑。

我说过，对兄长而言，巴黎就是在沙漠里禁食冥想的季节。

生来就被使他们和同胞们对立而行的想法统治的男人似乎必须忍受,之后才能开始他们自己的旅程。那个季节的果实可以简单地计算。在巴黎,他明白了世界并不会等他,至少不会等他片刻。在那里,他学会了用旅行的眼光看待都柏林,将他在最不堪的条件下经历的大陆生活视为他唯一的生活。最重要的是,他懂得了,与宗教和民族主义的无形压力相较而言,极端的饥饿和身体的痛苦与焦虑对灵魂的成长更加不利。必须指出,在波西米亚旅居的另一个收获就是我对金钱的态度,基于我对钱的中等阶级的看法,这个态度就像我们整个一生的苦修衣。

所以很可能,他在巴黎呆的那段日子一定是失败的。他本计划教些课、偶尔发表些文章和诗歌,在那里住下去,却失败了。实在是没有一个严格的计划,但或许潜意识里有另一个目的。他告诉我,经常在他没有钱、没有吃的时候,他就会四处走动,向自己背诵自己的诗歌或者他心里记得的东西或者他那时恰好正在写的东西,以寻求安慰,就像《都柏林人》里的"小钱德勒"。诗人有他们的个人迷信。或许他感到自己需要信仰自己能成为一名艺术家、一位诗人、一位信任灵魂得以生存的想象力的活跃的圣恩——需要将所有这些在异国他乡经受饥饿、寒冷和痛苦的考验。如果这是他的目的,那他在巴黎停留的那段日子就不能说是失败的。他发现自己对抗任何人类的普通生活应得的任何震惊的精神证据,内心深处也不再害怕,因此他发现自己对他那时依然鄙视的生活不那么敌意了。

在巴黎,他如饥似渴阅读——他告诉我他经常在国家图书馆度过一天的大部分时间——但他创造性的作品却相当缺乏,只是写了几首诗,也是多年来他的最后几首诗。但他开始为一篇关于美学的论文做笔记。如果他完成了那篇论文,那将是他信仰成为一名艺术家的表现。他关于“戏剧与人生”的论文是对那篇论文的一种序言，只代表艺术审美对他人生的改变。他返回都柏林时遇到一群醉醺醺的学生，其中大部分是医学生。他们合伙污蔑我兄长，怀着不可告人的目的，企图让他自我毁灭，阻挠他完成论文。

我兄长返回之后，母亲尚未离世。她略有回光返照，医生甚至允许她每天下床几个小时，但后来她又被要求回到自己的床上。为了确保诊断和治疗无误，我父亲请来了一位专家做咨询，一位享有盛誉的小小教授。通过咨询，他确定了诊断是对的，治疗也得到了肯定，但我母亲并未恢复。她熬了几个月时间，脑子开始神魂颠倒。给母亲治疗的医生个子矮小、瘦弱，身材和举止都相当优雅。母亲总叫他“彼得·蒂亚泽爵士”①。如果我姑姑约瑟芬·莫里没能马上明白她的意思，她就会生气。约瑟芬·莫里姑姑在她久病期间一直都在照顾她。

起初几星期，父亲还表现很好，但因为疾病一直拖着不好，他变得靠不住，不得不叫人看住他。一天晚上接近凌晨时，父亲“醉醺醺”回来了，正如约瑟芬姑姑叫他的那样，和不同的朋友沉溺于悲伤之后，他走进母亲的房间。除了姑姑，兄长和我也在那里。父亲敷衍地问了些问题，但很明显他此时的幽默卑鄙，而且暗示出他要说些事情。他在房间四处走动，喃喃自语，然后走到床脚处，大声喊道：

——我完蛋了！我不行了。如果你好不了，就去死吧。死吧，该死的！

---

① “她把那位大夫叫成彼得·蒂亚泽爵士，还拽下被子上的毛茛饰花。迁就她，一直到她咽气儿为止啊。”《尤利西斯》第6(10)页。彼得·蒂亚泽爵士是谢立丹《造谣学校》中的人物。

我忘了一切，大叫“讨厌！”，迅速朝他移动。接着令我恐惧的是，我看到母亲挣扎着从床上下来了。我赶紧跑过去，吉姆这时叫父亲出去了。

——你不能那样做，母亲喘着气说。你必须向我保证，绝不那样做，你知道他那样做，根本不知道自己在说什么。

然而，几天之后，她给我讲了一些话，我都记着，很幸福。母亲于 1903 年 10 月 13 日去世了，四十四岁出头。她在自己的丈夫和家庭之间煎熬着自己病弱的身体，直到死亡时在挣扎中屈服了。她挣扎着保护自己的身体不受他喝醉酒的毁灭。

她最后临终时，除了她的丈夫在身边之外，还有她那个大家族里较年长的成员，不知疲倦无私照顾她了几个月的我姑姑，还有我母亲的一个长兄。我父亲特别恨他，也只有这样的场合父亲才能姑且忍受他的出现。约翰·莫里是个得到了改造的无神论者和酒鬼(令人讨厌的一代！)。尽管他有时候有复发的倾向，但那洗心革面为他赢得了叔叔卡农·莫里的支持，还使他得到了爱尔兰重要天主教报纸《自由人杂志》的管理职位。母亲陷入无意识的状态时，约翰叔叔和所有其他人一起跪下来，开始大声祈祷。没有人注意到他；然而即使这样，那一幕似乎已经燃烧进入我兄长的灵魂。却没有进入我的灵魂。无论是作为一种安慰还是作为一种懊悔，宗教都完全从我的系统中抹除了，所以我对祈祷的拒绝跟我那时或后来不知名的失去感毫无关系。那一刻，我什么都没想；我仅仅意识到了某些残忍、无可回避、终结的、该死的、不公平的事情。后来，我相信我们只有一次生命，所有他人的谈话只不过是祭祀的骗局，我看出母亲的一生开始时幸福快乐，在最后的大约十五年里，却因为远远无法回避的环境，悲惨地不能再悲惨。她本应该反抗的。我一直以来都这样想。我清晰地看到，远或近，她应该反抗谁，反抗什么东西。但生活在这样一个充满仇恨的国家和时代，那一定需要有十分强大的个性的力量，而她并不拥有这些。

母亲去世后两三个月，我发现兄长的顿悟中添加了下面这一段：

> 两个来追悼的人从人群中向前。那个女孩一手抓着女人的裙子，在前边跑着。女孩的脸是一条鱼的脸，褪色的斜眼睛；女人的脸又小又方，是张讨价还价者的脸。女孩的嘴巴扭曲了，抬头望女人，看是不是时候哭；女人戴着一顶平的软帽，匆匆向前跑去停尸礼堂。

我读到这个片段时，想起自己也注意到了那对母女。她们在墓地门口的一小群人中间，我母亲葬礼之前的一次葬礼上。因为吉姆不喜欢葬礼，总是逃开，他在《尤利西斯》里的"冥府"那一章的印象一定是在我母亲的葬礼上或是在小弟弟乔治的葬礼上留下的。他再也没去过墓地。但那并不意味着他很警惕，而是如戈加蒂和埃格林顿带着毫无失误的确信断言的那样，他习惯了做笔记。他做的唯一一个笔记就是我引用的那一个；记录的方式我已经描述过了。那些顿悟更加意味着他的头脑处于那种原始状态，场景会留下不可抹除的印象，且那种错误的情感就是他烦恼的原因，如果人们再期待他去分享时，就更加令人烦恼了。

母亲的去世给我父亲和她的长兄约翰之间带来了和解，或许持续了有两星期。任何争吵都没有什么能够理解的原因，但那并不重要。我父亲这边是有个人的反感的，尽管其他人都很想友好起来，但那个人反感就足够了。因为我父亲那种反感加剧，变成了一辈子的刻薄家庭纷争，这纷争是他的生命理智。父亲和母亲的几个弟弟之间的关系很不稳固。姑姑约瑟芬的丈夫威廉·莫里也严重酗酒，他性格温顺、冲动，脾气相当不稳定，微醉的时候脾气狂暴，常常很诙谐，不醉的时候一般都是经受着宿醉。他以自己胳膊的力量和那口相当白洁的牙齿为豪。父亲和他经常在镇上的某个酒吧遇见，双方达成了休战，但父亲和那个年长的兄长之间的冷战是持久的。

葬礼之后，威利叔叔陪我父亲回到家，那天下午和我们一起在村里散了一会儿步。天气虽凄凉阴沉，却无法阻碍我们去乡间酒吧。因为在酒吧待的时间似乎有些漫长，我兄长突然停止下来，我们回家了。叔叔走后，我发现父亲独自坐在客厅，呜呜哭泣。无法自拔的愤怒充满我内心。我把自己剧烈的悲痛全部向他发泄出来，丝毫不剩。他静静听着，我发泄完，他毫无怨恨地说：

——你不懂啊，孩子。

最无法安慰的是家里年纪最小的梅布尔，但当然我们也叫她宝宝。她大概 9 岁，聪明善良，受大家的喜爱。她在 14 岁左右过世了，是我们家庭生活的最后一个受害者。她作为一个孩子，对自己母亲过世的悲伤无边无限；她无法平静下来。她会偷偷爬上楼去，藏在某个角落或是瘫在床上，撕心裂肺哭出来，直到有人想起她来，爬到楼上去找她。而吉姆总能成功地让她安静下来。他发现她在楼上泪流满面，让她听他讲。我记得吉姆坐在一楼楼梯的第一个台阶上，用胳膊揽着她，用十分讲求实际的平淡声音跟她说话。

——他说，你不要再哭了，因为没有理由去哭。母亲去了天堂。她在天堂远比在这个世界上幸福得多，但是，如果她看到你哭，那她就不幸福了。你想哭的时候，就要想想这些。如果你愿意，可以为她祈祷。母亲会很高兴的。但你不准再哭了。

最终，他成功地在她的心中施加了一种更加平静的悲伤，因为他聪明、有天赋、长得好看，还有平静的脾气，所以他总能对家里的女孩子有一种支配的力量。尽管我和他一直在一起，但他这种平静的脾气和我的脾气截然相反。

《尤利西斯》中的离世场景用了更加戏剧化的手法，但这归功于玛拉琪·摩利根，也是他目标明确的一次尝试。我母亲和兄长之间从不存在任何真正的敌对。我更应该说，任何了解思想拷问的人，当他走出年轻，获得成熟的时候，都在精神上依恋父母中的一个或另一个人，而且当这个人是一名作家，这种可以选择的依恋关系强烈影响他的艺术创作。那些受母亲影响更强烈的人，大多数都倾向于拥有顽固判断的偏执智慧；但是那些父亲影响占主导地位的人就表现出更佳宽阔的人性。我们都知道莎士比亚因为他的父亲而获得了一个“绅士”的称号。一些评论者暗示说这种继承称号的方法很狡猾。尽管一个人毫无理由不去尊敬自己的父亲，而这可能是一种尊敬自己的微妙的方式。莎士比亚能够合理赋予他所借的称号以价值，他希望归还在斯特拉特福正逐渐老去的父亲那名誉完全丧失时丢失的荣誉和适当的财富——在处理父亲和孩子的主题时，《哈姆雷特》和《李尔王》的作者能够借鉴深刻的个人情感。若是这样认为的话，看起来并不奇异。斯特恩、金史密斯和狄更斯，另一方面还有卡莱尔、拉斯金、肖河劳伦斯的可选择的依恋关系都很出名而且证实了猜想，但米尔顿一定会被认为是一个意外。

对兄长而言，我母亲一定成了这种类型的女人，沉溺在惊恐里，没有毅力，不认同并且尽力去克制冒险精神。总之，对他来说，她变成了那个爱尔兰女人，爱尔兰天主教教堂的同谋——他也这样称基督教徒的女帮厨，也就是在英国清教主义不可避免的影响下的天主教义最为闭塞的动物创造出的混合宗教形式的同谋；总之，她是自由思想和生存的享受的警惕且残忍的敌人的同谋。

兄长一辈子的两个重要热情所在就是爱父亲、爱祖国。后者并非是爱国主义者的爱。爱国主义是一种对集市的爱，有点对其他国家的仇恨，有点虚假。它是一个艺术家对他的国民的综合的爱。我相信，他的这两种爱都是源于他对上帝的古老的爱，而且那是在一种十分不利的气候下已经艰难地播下种子。这种气候就是：即将阻挠他和他的作品的他对国家更确切是对他的家乡的爱、对父亲的爱；对像他脖颈周围的一块磨石一样的父亲的爱。在某些男人心中，因为身边的困难和令他们沮丧的困难，感觉的种子会埋得更深；我好奇，与牧师的主题——神的爱相比，人们看不到那种人类的激情是更加崇高的。这种人类的激情可以痛苦地爱一个毫无价值的个体而不回头，可以原谅而不等被乞求。

母亲去世大概一周以后，兄长发现了一包信。这些信是我父亲在他们结婚前写给母亲的。兄长搬了一张小桌子和一把椅子放在后院花园，整个下午都在那里看那些信。他像医生或律师那样，想要得到问题的真相并提出问题，而毫无良心的责备。他看完所有信，我问他：

——怎么样？

——没什么，没什么，他回答得有点敷衍，还带有几分轻视。

对于那些有使命的年轻的诗人来说毫无意义，他们无情地将严苛的测试运用到书面语里；但是显然对于那些保留了很多年的肮脏和视而不见的秘密的女人来说有点意义了。我读都没有读就烧掉了。

在我母亲死后不久，大伙意识到她一直不停努力让整个家庭团结一体显得有多么不可或缺了。两年里我们东一个西一个了。最大的姐姐，当时是19岁，接管了一项会让男人和女人费尽力气的任务，自然对她来说难以应付了。我母亲死的时候就把她的家庭里年纪小的人介绍给了以前曾经养育她的姑姑，虽然姑姑约瑟芬有6个孩子，她家里也随时向我们敞开大门，无论什么时候就好像是我们自己家一样。我姐姐的主要困难在于当父亲取出他微博的养老金时，从他那里多少拿点钱。每个月27号的时候，父亲拿到钱了，他通常会早早起床，一想到那天可以喝到威士忌，他就会心情非常高兴。因为他在大厅里刷干净了莫阿兹，他会小声哼唱，完全就是模仿压抑自己的怒火，自言自语地诅咒他的家庭一样，这个家他粗略地分为两类，"败家子"和"王八蛋"。

——我会给你看看这个小把戏。

威胁也许被分为后一类的两种或三种，9岁到13岁这个年纪的孩子，他们正在上学；自卫的过程中早熟变得不愤世嫉俗的他们会这样回答：父亲我们真的知道这个小把戏。

当然是父亲的把戏，充满讽刺意味。在许多高兴的时候，他会讲寓言故事，从伊索寓言里挑选出来的或者不知道是什么的中世纪动物寓言故事集，就是狐狸如何摆脱身上的跳蚤。狐狸身上有了跳蚤之后，他解释到，狐狸跳进河里，一直游泳直到身上的虱子全部集中在它的鼻子那里。然后狐狸打一个大喷嚏，把虱子全部都弄到水里去。这就是他和我们多得要命一起时能做的，在上帝与其圣母的帮助下，回到了科克。他可以引用戈德史密斯的话：

一只野兔,他追猎和吹响追逐的号角,
来自根源的那个地方的男人,当开始他飞翔,
我还是充满希望,我渴望烦恼过去,
还是会回来——最终死在家里。

——我会摆脱你们所有人,回到科克。但是在我离开之前我会伤透你们的心!哦是的,天啊!看看如果我做不到我会伤透你们的心,但是我会先击垮你们的胃。

当最终他摆脱了他的家庭和最终没有负担了,仍然还有26年或者27年可活,他继续他的往日的狩猎告诉每个愿意听他讲的人,说不正常的家庭已经抛弃了他。

两个年长的姐姐已经被女修道会学校录取了,我对于找到一份在会计办公室的岗位而绝望,离开之后在爱尔兰药剂师协会找到一份职员的工作,薪水低得可怜。这曾是一个古老的新教会机构——爱尔兰药剂师协会。该协会有权利授予医学学位,我没说出来的打算是看看我是否可以拿一个药剂师的学位。工作轻松但是无聊。也不难记住在最普通的药品中用到的那些缩写词,还有一些突然出现在处方里的拉丁术语。因此当那个经理—— 一位英国人——问我之前是否做过药剂师的工作时,我回答的是没有,他一脸疑惑地看着我。我将我微博的薪水给了我妹妹,但是这并没有让我们的情况更容易点,因为我醉鬼的狡猾的父亲给的比我少。

兄长以一种置身事外的方式知道了我的工作是一名职员。和戈加蒂一起创作乐句的时候都是过去式了,他曾称呼我的兄长"平庸之才的嘲笑者和大众的灾难"。事实上,他对待占据了城市生活的大部分的中低层人们和他打算带着审慎的卑劣描绘

的人们的态度，当时是用心观察但是充满轻蔑的味道。我的日记里写有故事众多的办公室生活，以及一个有结局的、名为“竞争对手”的事。他从我的日记里找到了和交流过程中得到了更完整的信息。过些年后我在罗马的一家银行里当英国和法国的记者，对那里的人们一贯的卑躬屈膝感到过于愤怒以至于不能收集什么东西用于他那趟经历的目的。这不是一扇“发现大门”。无论如何，除了最后两个都柏林人的故事都早就写好了。

我兄长与戈加蒂之间的友谊当时是最早时期，也是最好的阶段。双方都是坦诚自然的。我兄长发现了或者觉得他发现了，另一个与他年纪相仿的人，他的身上诗人的观点不是一种胆怯或文化态度，不是孤立的一件事，而是生活本身所继承的一部分，对词没有道歉是恰当的。他被戈加蒂的才华和自由精神所吸引，也被他的不知疲倦的活力和智慧的污秽逗乐了。戈加蒂在其他方面也是可以充满智慧的，虽然不那么持久。至于我兄长，在交流过程中少有出色的表现或者有趣的行为。他以前常说他必须得言简意赅，但是往往是让人始料未及和高深莫测。他不受爱尔兰人的名族渴望影响，这种渴望催生了某种表面上太过于理智和虚假和形式上太过于形式化的智慧。他的智慧当突然在作品中显现出来的时候，也经常如此，便是讽刺性的。这一点源于内心，似乎是被环境的影响逼出来的。然而，其他人身上和都柏林单调的街道上的生机勃勃吸引他，隐秘而失望的生活麻木愚钝的面具，他和戈加蒂组成了非常有活力两个人。

照例，吉姆不像我那样因我们家的境况而那么压抑。事情愉快地来了，完全是快乐的，他就接受了。当他收到在《每日快报》上发表的书评的稿费时，本来数额不多，他拿了一部分用于家庭的日常花销，但是说得很直白说养家糊口不关他的事情。

无论如何他已经做得够多了。他拐弯抹角地提到了他在学校获得的奖金,每年有二三镑,他自愿给出的大部分钱对我们的生活所需并没有明显的改变。至于闲时的作品,也许是听了叶芝的建议,让我给他一些文章取标题。我做了大概六页长的清单,其中我记得有“纵酒狂欢者”,“运动美人”,“艺术家的写照(我当时正在读《女士的写照》无限的敬佩),“异教徒驳议”(吉姆当时正在读辑要;我只知道标题,但是作为一篇很好的现代文章让我惊讶),“世界让人不安的精液”(在叶芝民谣“郭尔王之癫狂”的乐句中最后本来是一个双关——世界上让人不安的精液,一个双关似乎对我比原来的乐句更有意义)。当时什么都没有想到;他当时也没有写文章,但是给戈加蒂说了他打算写一篇文章,名字叫做“异教徒驳议”。没过多久戈加蒂用这个标题发表了一篇文章,并拿给我的兄长看。戈加蒂呸的一声样子,并且还说出了一些“我们所有人都使用同样的字母表”的这样不着调的话。

我问吉姆他为什么把标题撕了。

——毕竟,我说,如果戈加蒂借用了标题也不是你的。

——我撕掉不是因为他借用,吉姆说。我撕掉是因为他浪费了这个标题。他写的东西完全就是废话。

从他 1903 年 9 月在《每日快报》上发表的作品来看,它完全就是书籍的两份简略的短评而不是评论。那是我母亲死后的几个星期后写出来的,非常匆忙和马虎,但是较短的那一篇——不过就是几行字罢了——有趣是因为他抛出了关于在《艺术家的写照》里的主要人物的选择的暗示。完全考虑费舍尔·安文发表一个笔名图书馆系列的小说。小说的标题是瓦朗蒂娜·卡里尔的《无用之人》。我兄长写到:“毕竟一个笔名图书馆有它的优势；要承认笔名在某种意义上就是不好的文学，就是保留不幸。”一年以后他自己的第一篇故事发表了，他接受了一条建议(不是我说的)使用笔名，“史蒂芬·代达罗斯”，但是后来后悔这种自我隐蔽。他并不觉得他做了坏事出版了不好的文学的作品，而他本来应该感到羞耻的。他已经拿走了他早已经开始写的《史蒂芬英雄》小说里的核心人物角色的名字。反对那个名字我抗议无效；但是也许他只是用这个名字作为笔名让他最终决定了要这样做。他希望可以弥补暂时的不足；事实上，为了更进一步将他和英雄分别开来，他宣布打算在小说的最后附加上笔名，斯蒂芬·代达罗斯所著①。

几周后，1903 年的 9 月 17 日，我兄长的另一些评论刊登在《每日快报》上。即使严厉批评了格雷戈里女士的一本书，他定期给报纸供稿表明这家编辑让他烦了但是没有坏心思。在图书馆的讨论中，他构想出了《尤利西斯》的第五章内容，马拉奇·马利根告诉史蒂芬编辑朗沃思非常反感这个。抛出来这种假话或者夸张的说法一副不负责任的样子，但是真真的是抱着模仿史蒂芬的希望，史蒂芬因此会知道微博的收入来源受到了威胁。我想已经抓住了《尤利西斯》里的马拉奇·马利根这个人物角色的读者，不知道这个事实的应该会自我怀疑，因此史蒂芬也是这样。

除了一些个人观点和反感的偶然揭露，其中有些评论没有什么意思。他写过一本故事集(阿奎拉·肯普斯特创作的《阿加·米拉王子历险记》)的评论。在这本故事集中，一些是意大利魔幻故事，然而其它的是关于野营生活的趣事。他说后者就是“经验非常丰富、总是非常着急被误解、有男子气概的不成熟

① 斯蒂芬·代达罗斯所著

的暴行。但是,那些控制对小说有需求的人正日复一日地被他们帮助建立的文明严重约束,以至于他们有异于曼德维尔时代的人,而为其大量撰写魔法、怪兽、英勇行为"。

不久之后,母亲 8 月份死了,兄长开始放肆喝酒。直到他不是一个绝对戒酒主义者了,而是他一直有所节制,他的朋友中没有谁是喝酒的。有一次他和乔治·克兰西都是大学生的时候,克兰西向他吐露的秘密带有许多侮辱的东西导致他很失落,因为那晚之前他还和一堆朋友一起呆了一晚上。我兄长听到他说了,然后他的回答赞同,充满着讽刺意味:

——如果你打算走向魔鬼,我觉得你已经选择了最短和最近的道路。

但是克兰西怎么说也不是个酒鬼。他学习有规律,另外,他还是一个运动健将,经常在家训练打一些比赛之类的。然而胜利的喜悦中,狂欢的时候他可以加入到他的队友们中的。现在我兄长需要他的建议。格雷里现在是他最要好的朋友,以前喝酒的,在酒宴上想让我兄长陪同。但戈加蒂强壮,我兄长没有那样的强壮体格,也没有吃饱饭的没有力气可以帮他搬酒。看起来戈加蒂那时刚开始憎恨我兄长的不让步和一副高高在上的样子。他给埃尔伍德说过(在《艺术家的写照》里类似吉普赛人)他想让乔伊斯喝酒就是为了摧垮他的士气,埃尔伍德样子上表现的比实际的更愚蠢,没有守住秘密说给我母亲和我听了。戈加蒂并没有盼望我的陪伴(他说在这个家里只有一个怪胎),但是我又经常和我的兄长在一起以至于他情不自禁要见我。

我和他们一起时,某天当他们在引用莎士比亚戏剧一首来反驳另一首歌曲的时候,经常这样。我相信我甚至可以回忆起事情发生在哪里。他们当时在伯克利街上,正趋向市中心。他们正步履艰难地跟在我兄长身后走，他在读。有时候，我试图详细说明他在贝尔维迪尔研究的拉丁书——奥维德的《变形记》和写有大量笔记的贺拉斯所著二手棕色书，正式来讲属于约翰·卡尔弗利城市的东西，后来属于弗吉尼亚大学。在最后，我发现了几行字。在我看来它们似乎适合于他和戈加蒂：

两个花季少年，一起玩耍，
一起唱歌并且为你作答。①

虽然我现在不明白，但还是幻觉还是存在。我怕兄长正在背诵奥托吕科斯的歌曲，歌词是这样的：

白色的床单皱缩在笆篱上，
高高的天空！可爱的小鸟，哦，它们唱得多美！
一夸特麦芽酒对于一个国王就是一小口。

戈加蒂插进来：

—— 一夸特酒！一夸特牛奶倒更符合你的胃口！

我的兄长维护自己欣赏的权利，还伴随着基于共同的理解的争论。对我而言，这个辩解听起来完全没有什么说服力。戈加蒂不会听。他开始变得傲慢无礼，摆手臂就好像是要让自己摆脱这样的毫无关联的诡辩。

——哦，我知道所有这样的事情，他宣称道，阿奎那和他们中的其他人。

① 两个花季少年，一起玩耍，/一起唱歌并且为你作答。

在对福斯塔夫和美人鱼旅馆诗人的效仿中，我兄长开始喝袋装的酒，让我惊讶的是他居然在达姆街上的酒窖里找到了，但是很快他谢绝了健力士黑啤酒。他端着酒杯的时候很健谈，他自然说话时的声音，让人舒服的男高音，似乎是紧张，稍微高几个调。我讨厌看见他貌似有理的眼神和喜欢说过于伤感的话，我通常会非常积极告诉他，要么是当面说，要么是早说过了。

——这东西让我觉得恶心，我说道，我就是想看看你。

——试试胆汁豆子，我兄长用一种淡定平和的讽刺口吻建议我，我保证这些东西适合你的胃口。

——昨晚伯恩带你回家的时候，你站都站不稳了。你难道不觉得恶心吗？

——你就是个烦人的清教徒。

——垃圾。

——你的问题是害怕活着。你和像你这样的人。这座城市出现了意志上的半身不遂情况。我不害怕活着。

——你是那样称呼那种生活的？

——是的，我就是那样叫的。你最想要的定义是什么？

——你在巴黎的时候你不是这样想的。

——也许我当时不一样。

——你还记得你曾经给克兰西的建议吗？对此你的想法也变了吗？

——我自我矛盾？我兄长笑着说，然后引用惠特曼的话。非常好，那，我就是自我矛盾了。

——我说，实际上没变，除了那些评论，你几个月什么作品都没有写了。

——你想让我穿上漂亮干净有领子的衣服，然后 9 点乘坐电车去到某个办公室，就像一个部门职员一样，然后晚上回家来，做一个诗人写写诗歌。

这些字眼总是带有一种预期的诽谤，被用那种来自于他父亲不停嘲笑的形式说了出来。

——那你不想成为一名作家了？

——我不在乎我是否还能再写一行字了。我想活着。至于写作，他带有讽刺意味的补充道，我也许可以利用清醒的时候去纠正水平参差不齐的人才中知识储备较弱者的一些语法错误了。

——我回答道：那毫无意义。你不能就这样放弃写作。这种生活不会阻止你写作；这只会和所写的东西相关。它没有任何妨碍的。

——兄长再次所引用的超越之道让我到达了智慧的殿堂。

——我反驳道：为什么你非要拿那个该死的疯子来说呢？生气就是因为被比作布莱克。无论如何，我知道这个宫殿的名字。它叫做疯人院。

——我兄长又用讽刺性的语气说道：看看你就是这样，总是会给别人提出充满智慧的建议，你应该自己开始写作，就像我已经开始饮酒了一样。

——我说：我没有才华。我没有理会他的嘲弄，然后回到主要的事情上继续说：但是至于我的生活，我难以想象你不得不对那些医学生中的醉醺醺又粗鲁的人们说什么的场景。这可难倒我了。

——我的兄长说：至少，他们不会像你一样让我烦。

因此我们开始长期的斗争，第一场斗争我失败了，赢了第二场，我不干了，拒绝了第三场。[①] 不肯半途而废的兄长不久便随着无节制的道路事业有了起色，一路狂奔。他成为了那群吵闹的学生的英雄，主要是医学上，然而他自己的酗酒还是得到了一些隐形的控制而有所缓和。他奇怪的穿着稍微符合他现在扮演的角色了。像都柏林这样保守的一座城市，只要是稍微有点不正常都会被察觉到。我兄长高大、瘦削的身躯，波西米亚人的巧取豪夺注定引人注目：连贯的蝴蝶式鞠躬，必不可少的拐杖，圆弧形宽边的柔软帽子，这个装扮在以前的都柏林非常受牧师的喜爱。他喝酒的回声通常情况下我立马就能听到，我可以听见，就像最近的最大的笑话一样，他背地里豪饮一晚上后陷入昏死的状态，他被他那些志趣相投的朋友们扶到附近的某个公园或者花园睡在草地上，露天坝下消散他的宿醉。看来完成游行圣歌基督徒的仪式后，那群人中其中一个走在前面，边走边哼唱，拿着我兄长的帽子，挂在他的拐杖上。那么晚了大街上还有些衣衫褴褛的小孩子跑来跑去，兴高采烈地转来转去模拟丧礼，看到那帽子，一个朝向另一个叫。

——哟，来，瞅瞅那个醉醺醺的新教牧师。你有见过这样的吗？他对耶稣[①]视而不见。

---

① 乔伊斯教授指的是他第一次试图阻止他兄长在的里雅斯特喝酒，最终结束于詹姆斯·乔伊斯 1906 年去罗马的时候；至于他的第二次和更为成功的尝试，是在他兄长 1907 年回到的里雅斯特之后；他拒绝再次尝试阻止他十字啊世界大战之后有，当时詹姆斯 1919 年—1920 年的时候在的里雅斯特。

① 天啊，瞅瞅那个正从产房走出的醉醺醺的牧师吗？Benedicat vos ommiptens Deus, Pater et Filius.（扶惟全能至仁之天主、圣父和圣子降福保全我们大家。）这号人，先生。登齐尔巷的娃子们……斯蒂芬牧师，背弃教义。《尤利西斯》第 495 至 496(417)页。

一个诗人，无论伟大还是渺小，几乎没有评判的根据，被淹没在狂欢的宴会里。如果我们没记错，直到许多年后，我兄长也许是 10 年后才又写诗，即便写也是少数带有强烈个人风格的即兴诗歌，包括《一便士一只的果子》。也许挫折在所难免。鸿鹄之志和诗意般的感情无法套上鞍具在平地上奔跑或者缓慢前进，周围的环境给予了他情感。灾难必然会赶上驾驶马车的人。但是在自然的经济下，对那些要把烂醉如泥的资本家写成醒悟了的现实主义者的阐述者来说，把酒狂欢也许有些帮助。

如果我没有选择跟随兄长的脚步，他还是会在家找到一个酗酒的接班人。最小的还在世的兄弟，在神学院的查理，他这个年纪的年轻人就开始喝得很凶，因此我有时候不得不同时照顾这三个酒鬼。也许，另外一个原本可能失业的时候还可以提取低级的喜剧精华。喜剧中一个醉酒的父亲责骂两个儿子喝醉了。但是我想那样做因此你必须间接知道情况。这个青年人查理找到一份在酒商办公室简简单单的工作，在那里，他是唯一一位职员，他没有什么要干的。不幸的是红酒商四十岁时是个粗心的人，他和女人一样喜欢红酒，有时候在周六下午他会叫上他的年轻职员从一家酒吧走到另一家酒吧，纯属娱乐，就为了看看他能喝多少。

查理虽然不是一个特别蠢的孩子，就像神学院校长叫他的那样，不聪明，但是他不是没有才华。他一个男孩子有着纯净的女高音，当他的声线发育了，尽管发育得缓慢，声调上比较饱满，和比吉姆的还更有力。都柏林有几家免费的练声机构，正如吉姆常常指出的那样，但是因为人和关于规律性的最小化都是必不可少的，在我们的激励下一个人总是有种身处一艘行驶在波涛汹涌的海上的开放式的船上的感觉。然而查理突然想做一名演员,经过一个大致的测试之后,被一家小公司录取了。这家公司将要去到乡下的镇上进行巡演,表演爱国主义戏剧,诸如《爱德华勋爵》或《九十八》或像《浪子康恩》那样的喜剧。从我记得的来看,他们希望他可以自己支付自己的费用。我愚蠢地干预了。我唯一能预见的就是他要挨饿。我想象着他因为在剧院喝酒被公司赶出去了,被扔在某个偏僻的地方,兜里一分钱也没有。我不觉得那个经纪人会很快发现他的声音对于公司来说是一项资产,本来会派上好的用场,那样的话干涉别人的生活往往就要承担无正当理由的风险。事实上,我们当时活得就像吉普赛人,因此如果他被扔在某个地方的话,就真的没有什么大差别。查理可能会在路上学到什么东西,因为除了声音之外,他还有一个好的表演风度。最糟糕的时候他本可以徒步旅行回家的。甚至他的生活本可以避免开始一段比最终的还更为不幸的旅途。无论如何,我去过演员经纪人的破烂住房,找了些理由打破了诺言。

查理和吉姆一样高,但是更壮实一些。查理小的时候,虽然有些笨手笨脚,但是他是我们四个中最强壮的。从细节之处来看,他长得好看,黑黑的头发微微卷起,满是愚昧的浮华虚荣之气,而这对演员和歌手的事业而言却是大有益处。女孩子们喜欢他。当他走在街上,头发随风而动,就像是一个人在走队列。查理现在以为自己是个诗人,不愿冒险向吉姆展示下他的功夫,而是悄悄地让我知道。而我将其转告吉姆,供他逗乐。查理用吟唱古老圣歌的方式背给我一首散文诗,描述了一场热情的冒险,结尾有着戏剧性的描写,“皎洁的月光倾泻进屋里,我脱下她的内裤”。我也引用了他的一首诗,诗句如下:

她牛奶般丝滑的乳房，充满了悲哀，
在垂落的蕾丝下耸起。

这位女子乳房波动的情景，配上我酸讽的转述方式，吉姆控制不住了。他发出了尖锐的笑声。

我兄长流淌的抒情风格已然竭尽，几近厌恶，这种厌恶之情控制了他。对于爱情世俗的浪漫态度已满足不了他。他也当过爱情的歌颂者，现在看来，简直可悲可笑。他抄写诗歌的卷轴放在桌上，无人问津，无人翻阅，包在黑色发亮的皮革套内。他唯一补充进这个合集的诗歌是"遗失了荣光的他"和"我听见一支军队在向这片土地前进"——因为一些原因这个真实的梦让他烦恼——我不记得它们是不是有荣幸可以被写在平常用的对开本纸张的中心。他没有公开宣布任何的改变，除了用那种挑衅和半讽刺性的宣称，而这我已经引用过了，但是他不再愿意将他的诗歌借给任何人。因为他已经写了他会时不时地给不同的人看或者背诵一些诗歌，但是他只将整本集册借给了戈加蒂、叶芝、拉塞尔，还有其他一两个人。然而拉塞尔将集册放在他那里，他展示给乔治·摩尔看。摩尔毫无兴趣地读了一些，然后交还给拉塞尔，还说了一个令人讨厌的批评词语。

——西蒙斯！

他以为，它们都是对亚瑟·西蒙斯的模仿。有一些关于我们兄长放荡生活的座谈会。约翰·埃格灵顿出席了此次座谈会。到会的还有戈加蒂。我就是从戈加蒂那儿得到消息的。埃格林顿听说了我兄长"走在马金和伯恩斯毁灭之路"；戈加蒂提到了他对女人的善良。莫尔则对此不屑一顾。

——我们都亲吻过女人，他说道。如果我们没有亲过嘴唇，那也亲过其他地方。

然后胖子约翰·埃格灵顿发话了。

——我从来没有亲过，他说。

他的话在戈加蒂的朋友们那里成了有意思的笑料，被那群言语粗俗的人时不时地拿来调侃。我兄长也嘲笑戈加蒂的事情，说埃格灵顿就是一个要命的初吻还在的例子。他的绰号叫做“要命的处男”。

但是罪恶和处女——两种与痴迷相关的想法从没有让我惊讶的时刻——放在一起也没有脱离他的想象力的控制，就好像他们对于女人的愉悦的更强烈的热情还记忆犹存。他当时写的对事物的真谛表明他穿着管道诗人的装扮短暂的露面的结束：

> 我们一起来了，徒步旅行者；我们在这里居住，住在错综交汇的街道上，夜晚和宁静紧紧笼罩着这儿。我们一起休息，相处融洽，非常满意，不再回想起我们来时道路的曲折。推着我们从难以捉摸和沙沙作响的黑暗里向前推进向一股洪流一样，积极主动和坚定不移还有腰部不适的运动？有东西要跃出我的身体，这东西就像一只老鹰，呼唤回应天空中的另一只老鹰，呼唤着渴望征服，呐喊着这不公的遗弃。①

他不喜欢妓女，虽然他认识一些——尤其不喜欢比较成功

① “一起，被夜拥抱，他们躺在地面。我听到她远处的低语轻轻呼向我欲裂的大脑。来吧！我遵命。朝我低俯更深些！我在这儿呢。征服者，别丢下我！仅有欢乐，仅有痛苦，带上我，拯救我，抚慰我，哦，饶恕我！”

《一便士一只的果子》中“祈祷”。

的那一种——源于某段巴黎场景的转瞬即逝的记忆：

她们三三两两地穿过人来人往的林荫大道，走起来就像那些在某个地方有空闲的人为他们点燃光亮。他们在面包房里，调笑、碾碎面粉块或者安静地坐在靠咖啡门的桌子旁边，或者从马车上翩然而下，华服衣袂纷飞，那翻动声柔软得像诱人出轨的女子的低喃。她们穿过喷洒了香水的空气：香氛之下她们的身体有一种温暖潮湿的味道……没有人爱她们，她们也不爱自己：她们只获取，不付出。

"不雅"、"邪恶"、"奸夫"——我兄长，恐怕也没法让自己摆脱对女人的雅各[①]情结，即"贪婪乃万恶之源"[②]。他年少时对此深信不疑。这是中世纪天主教教堂与众不同的地方，也许所有的基督教教堂都不同。这些努力让男人断了从女人的爱到上帝的爱的念头；这符合逻辑，但是荒谬；我兄长身上只体现出不合逻辑和旧念残留的感觉。

这段时间不仅使他的生活发生了变化，他对人生的态度也发生了改变；对他来说，这两件事是密不可分的。他的生活方式可预见的结果就是这吸引了许多认识他的人更多兴趣，如果这种变化不是突然发生的话。疯狂的恶作剧和淘气的事都是因他而生或者为他而发明的，只是因为似乎他们都很入戏。戈加蒂开玩笑地散布了一些出去，就和马拉奇·马利根对代达罗斯的做法一样，戈尔曼他在生活中与我兄长有关是因为兄长已经堕落为他们中的一员了。有一个故事，一点也不好笑，却是许多故事中经典的一个。一天下午，有件事儿将戈加蒂和我兄长引到

---

① 译者注：或译作"埃古"或"伊阿古"。

② 译者注：原文为 radix malorum。

神秘学会的一个或若干房间内。我觉得他们正在寻找鲁塞尔，因为神秘学会就是一个年轻的、即将成为的神秘派的人，在“他们亲爱的大师”[①]的孵蛋的翅膀下聚集起来，阅读难懂的诗歌，倾听圣父、圣子和神圣的呼吸的演讲，通常情况下会讨论模糊不清和如梦幻泡影作为宇宙的谜语的答案。对我来说，当然，这就是一个“催吐学会”。

那个时候房间是空的，但是角落里两个流氓发现了乔治·罗伯特的旅行包。乔治·罗伯特，后来成为了蒙塞尔公司的一名女士内衣的商业推销员。戈加蒂在口袋里找到了内裤，拉开用细绳绑在两个椅子上，用另一把椅子来固定扫帚的把手。他把扫帚把手固定在内裤的裤腿中间，然而在高举的内裤顶端挂了一张海报，上面写着“我从没做过”的刻印文字和“约翰·埃格林顿”的签名。

到达的头一晚，鲁塞尔和米切尔小姐一起，后来，其他会员也到了。鲁塞尔很鄙视地告诉他们，一进入房间，他就发现“一座淫秽雕像被乔伊斯摆在那儿”。他应该证实一下真相。我在某处读到过戈加蒂和我兄长取走“蒙塞尔经理旅行袋里的赃物”[②]的剩余部分，并且高兴地分发给了他们中欢乐的女性朋友们。这对我来说不合适。商业住宅已经限制了带有玩世不恭之作风或思想的同情心。罗伯茨将不得不回答有关样本的问题，也肯定会抗议。他不是这样做的。

关于我兄长放浪形骸的传闻一夜传到了希伊，人们可能会想，这很有可能会编成故事，奇怪的是受到了古老的传统爱尔兰

---

① 乔伊斯教授引用他兄长的讽刺诗歌，“宗教法庭”。

② 此引语出自另一猛烈抨击之作“灯之煤气”。

艺术的启发，至此：

> 所有告知他们的人都添加了新料，
> 所有听过的人也都夸大其词。

无论如何，一个周日晚上，大伙从希伊家出来。我兄长建议散散步，因为当天晚上天空繁星闪烁，非常美丽。然而，其中某君，读书时是个微不足道的笨蛋，而后又成了个滑稽自满的榆木疙瘩，说累了要回家。他那天早上七点就起来了，他说，要早点去集合，他必须第二天早上也早点起床。

——我兄长友好地说，我收回这个提议。我今天早上起床的时候肯定快到十一点了；但是我知道你是一个生活规律的人。

——而且我也不喝酒，那个粗鲁的呆瓜尖锐地补充了一句。

——我兄长评论说，真是客气的回击。

那段简短的唇枪舌剑，我并不在场，但是我兄长回家后把这事当作一个例子讲给我，说“有人”（并非特指）用这种方式把他表面上的浪荡不羁看作是镇子中的笑柄。他在的里雅斯特也这样抱怨，这事在那肯定是毫无根据的。我在苏黎世也有耳闻，因为把镇子涂画成红色的青年浪荡哥儿们总期待人们是色盲。

他的“表面放荡”并不影响别人邀请他去参加在希伊家的舞会。这个舞会，我认为，是为了庆祝一场订婚。希伊家虽然信教，但思想并不狭隘。最终我并未收到邀请，我和主人家都不觉得为此遗憾。为了能够参加舞会，吉姆不得不从戈加蒂那里借一套礼服。虽然戈加蒂比较结实，身高上也略有差异，但吉姆穿上还不错。这场舞会至少是个能激发创作感悟的场合，虽然这场舞会是以一位姑娘的名义举办，但这姑娘的芳名却不得而知。

她订婚了。她和他们一起在舞池中跳舞——当她翩翩起舞时,白色的裙子轻轻飘扬,她的头发上有白色的浪花状头饰;她的眼神微微游移,脸颊上透着光泽。她与我也跳了一会,这是她的舞姿中最为轻柔的一段。

——你现在几乎不来这里了。

——是的,我变得有点像隐士了。

——我有天看见你兄弟了……他长得很像你。

——真的?

——她和她们一起在舞台中央跳舞——雨露均沾、小心翼翼、不让自己专属于任何人。白色的装饰在她跳舞时弄乱了。她站在暗处的时候,脸颊上的光泽更深了。

我不确定谁才是此创作感悟的主人公,但是我猜应该是同一个女孩激发了以下创作感悟。以下的感悟内容创作于刚刚引用的内容之前:

她的胳膊在我的膝盖上放了一会儿,然后又收回去了。她的眼睛泄露了她的心思——神秘、警惕、封闭的花园——惊鸿一瞥。我记得专属于她的红与白的和谐,唤着她的名字和荣誉,唤她为了信仰起身离去,唤她从亚玛拿和有豹子的山寻找配偶。至于这完美柔软的肉体和包含所有奥秘的灵魂去向何方,我记得是这样回答:常在我怀中①。

---

① 参加这些仪式时,他使用一本被人忽视的旧书。该书由圣阿方萨斯·利果里撰写,它的字迹模糊,纸张发黑而干黄。书中,圣歌意象和领受圣餐者的祷告词交织在一起。他诵读这本书时,以为其灵魂召唤来一个凋零的世界。这世界充满了爱的热情及纯真回应。一个听不到的声音好似安抚这个灵魂,告诉她诸多名字和荣誉,吩咐她起身订婚并离开这里,吩咐她从亚玛拿和有豹子的山寻找配偶;这个灵魂好似用同样听不到的声音回答,愿奉献她的一切:inter ubera mea commorabitur(常在我怀中)。《艺术家的写照》第173(176)页。

无论这女孩是谁，她在他内心从对《雅歌》的记忆中醒来。《雅歌》在《室内乐》中是有迹可循的：

香风之歌总在唱
　　祝婚歌。
哎，风，你那令人愉悦的仪态
　　我求你走，
进入她的小花园
　　在她窗旁唱……

我的鸽子啊，我的美人，
　　起来，起来！
我等在香柏树旁，
　　我的伊人，我的佳偶。

在的里雅斯特我们一起去看望卡瓦洛蒂[①]的《雅歌》[②]正是一部短戏剧，里面卡瓦洛蒂处于这个时代的反圣职者的流行之风，他在乐调和创作方式上嘲笑《雅歌》。他的反圣职者主义只是放错了地方。《雅歌》至少在源头上不是一首宗教诗歌。它完全就是一首非常显然的婚礼民谣，适合两种嗓音和一种合唱，也许是所写过的最伟大的歌曲了。我兄长非常愤怒，本可能从戏院里走出来的，但是他想要看看后面的一曲。在中场休息的时候，他告诉弗兰奇尼他当时和我们一起，他说卡瓦洛蒂"就是一

---

① 科费利切·卡瓦洛蒂(1842—1896)，意大利剧作家。1910 年 4 月，这部戏剧在的里雅斯特的公共剧院上映。

② 意大利文《雅歌》。

个强有力的俗人,他人生中最大的梦想就是满肚子的意大利干面”[①]。弗兰奇尼同意这个说法。当我们回家的时候,他们用拉丁文圣经中的《雅歌》[②]报复他们,就为看看他们读一读《雅歌》[③]是什么感觉。

然而我揣测,这些捉摸不定的用散文体试写抒情诗的文学研究是这女孩唯一收到的关于他曾迷上她的表达。如果他俩在这之前也曾互诉衷肠的话,我应该会知道的。他不是遮遮掩掩的人,如果他真的被深深打动了,早就有一些大动作了。他是不会让一丁点真实情感悄然流逝的。正如在此处,他会用文字来抒发情感。但他亦不会因冲动而丧失理智。他对这两篇讨厌的记录都不甚满意,遂弃之不理。我却将其保存下来,因为我觉得以后他们犹如星星之火,早晚将通向更为博爱的主题。他对此二篇的不满,既因其是文学练笔,更因彼时创作的心境。

【手稿于此完结。】

---

① 意大利干面。
② 拉丁文《雅歌》
③ 意大利文《雅歌》

译者后记

译作《看守我兄长的人：詹姆斯·乔伊斯的早期生活》为国家社会科学基金课题“爱尔兰文学思潮的流变研究”(15BWW044)和教育部社会科学基金课题“2017 年度国别与区域研究中心(备案)：爱尔兰研究中心”(GQ17257)阶段性成果，也是上海对外经贸大学内涵建设课题“乔伊斯与爱尔兰非物质文化遗产”“《乔伊斯研究》与民族核心价值观”和“‘一带一路’战略格局下的爱尔兰与中国关系研究”(YDYL2018020)的最终成果。

本次笔译实践由上海对外经贸大学爱尔兰研究中心(Irish Studies Centre, SUIBE)组织。该中心自成立以来，走的是理论研究与学术实践相结合的道路，旨在以研究爱尔兰文学研究和作品翻译为基础，进而探究爱尔兰文化、历史、政治、经济等领域，增进“中-爱”两国的友谊和相互了解，加强该校与爱尔兰高校之间的学术交流。

在上海对外经贸大学各级领导的支持下，在本校不同部门的协作下，该译作历时 3 年完成，是团队智慧及合作的结晶。此研究团队主要由教师和在读研究生组成。该团队成员利用业余时间，多次商讨，制定翻译计划，查找资料，统一格式，讨论翻译疑难，反复校对，联系出版事宜等，勾绘出一条时光的印迹，写就了一曲苦中作乐的求索之歌。

作为上海对外经贸大学爱尔兰研究中心主任、本翻译团队组织者、本译作第一责任人，我谨向所有参加翻译和校对的合作者致谢，向上海对外经贸大学各级领导致谢，向支持本翻译团队的各部门致谢。

特别感谢冯雷。他是我带过的研究生，也是我的好友，他身在国外，是一位拥有多国语言能力的天才。我遇到拉丁语、意大利语、德语、西班牙语等词句时，时常请他帮忙。由于存在 12 个小时时差，我为了不影响他休息，时常熬通宵，在凌晨与他视频，或通过微信交流；若我在白天给他留言，他则在睡醒后，第一时间为我查找资料；即使正值出差，他也在下飞机后或旅途中，为我解答难题。

特别感谢上海对外经贸大学的优秀教师陈之瑜博士。在翻译本书时，我时常遇到法语词句。法语是我的第二外语，却不是我的常用语言。出于译文的严谨性，我多次找陈老师讨教，每次都能得到及时而满意的答复。

当然，必须感谢我爱人李春梅和儿子冯勃的理解和支持。为了科研，我近期基本上不呆在家，就住我校宾馆或办公室，几乎没有分担家务，也很少与他们共享假期。

但愿，此书为未来乔伊斯作品的翻译和研究提供参考。

翻译过程中，主要参考了如下资料：

Abrams, M. H. *A Glossary of Literary Terms*. 7th ed. Beijing: Foreign Language Teaching and Research Press, 2004.

Achtemeier, Paul J. , ed. *The HarperCollins Bible Dictionary*. New York: HarperCollins Publishers Inc. , 1996.

Joyce, James. *Finnegans Wake*. New York: Penguin Books, 1976.

—. *Letters of James Joyce*. Ed. Stuart Gilbert. New York: The Viking Press, 1957.

—. *The Critical Writings of James Joyce*. Ed. Ellsworth Mason and Richard Ellmann. New York: The Viking Press, 1959.

—. *The Portable James Joyce*. Ed. Harry Levin. New York: Penguin Books, 1976.

—. *Ulysses*. Ed. Hans Walter Gabler, with WolfhardStepe and Claus Melchior, and an Afterword by Michael Groden. The Gabler Edition. New York: Random House, Inc. , 1986.

McHugh, Roland. *Annotations to "Finnegans Wake."* 3rd. ed. Baltimore and London: The Johns Hopkins University Press, 2006.

《不列颠百科全书》(国际中文版,20 卷)。北京：中国大百科全书出版社,2002 年。

郭国荣主编:《世界人名翻译大辞典》。北京：中国对外翻译出版社,1993 年。

《圣经》(启导本)。香港：香港海天书楼,2003 年。

夏征农主编:《辞海》[1999 年版缩印本(音序)]。上海：上海辞书出版社,2002 年。

周定国主编:《外国地名译名手册》(中型本)。北京: 商务印书馆,1993 年。

冯建明
2018 年秋
上海对外经贸大学
爱尔兰研究中心(教育部备案)
博萃楼

图书在版编目(CIP)数据

看守我兄长的人：詹姆斯·乔伊斯的早期生活/[爱尔兰]斯坦尼斯劳斯·乔伊斯著；冯建明等译. —上海：上海三联书店，2019.11

ISBN 978-7-5426-6777-9

Ⅰ.①看… Ⅱ.①斯…②冯… Ⅲ.①回忆录—爱尔兰—现代
Ⅳ.①I562.55

中国版本图书馆 CIP 数据核字(2019)第 197932 号

看守我兄长的人：詹姆斯·乔伊斯的早期生活

著　　者 / [爱尔兰]斯坦尼斯劳斯·乔伊斯
译　　者 / 冯建明　张晓青　梅叶萍等

责任编辑 / 职　烨
特约编辑 / 宋寅悦
装帧设计 / 一本好书
监　　制 / 姚　军
责任校对 / 王凌霄

出版发行 / 上海三联书店
(200030)中国上海市漕溪北路 331 号 A 座 6 楼
邮购电话 / 021-22895540
印　　刷 / 上海展强印刷有限公司

版　　次 / 2019 年 11 月第 1 版
印　　次 / 2019 年 11 月第 1 次印刷
开　　本 / 889×1194　1/32
字　　数 / 190 千字
印　　张 / 8.625
书　　号 / ISBN 978-7-5426-6777-9/I·1539
定　　价 / 48.00 元